Neue Rundschau

Begründet von S. Fischer
im Jahre 1890
S. Fischer Verlag

Diesem Heft liegt ein Prospekt der
Allgemeinen Jüdischen Wochenzeitung
und der Zeitschrift *Literaturen* bei

Herausgeber und Redaktion:
Martin Bauer

Die Neue Rundschau erscheint viermal jährlich
Preis des Einzelheftes: 16 DM
Bezugspreis jährlich: 56 DM (inkl. Porto)
Berechnung jährlich bei Auslieferung des ersten Heftes
Das Abonnement verlängert sich automatisch,
wenn die Kündigung nicht bis zum 15.11. erfolgt.

Alle Zusendungen an die Redaktion erbeten an:
S. Fischer Verlag Berlin
Neue Rundschau
Neue Grünstraße 17
10179 Berlin
Telefax 030/30 86 39 10
eMail: Bauersfv@aol.com

Anzeigenverwaltung:
Runze & Casper Verlagsservice OHG
Linienstraße 214 · 10119 Berlin
Telefon 030/28 01 81 40, Telefax 030/28 01 84 00

Unverlangt eingesandte Manuskripte können nicht kommentiert werden.
Eine Rücksendung der Texte ist nur möglich, wenn Porto beiliegt.
Für unverlangt eingesandte Manuskripte kann keine Haftung übernommen werden.

Heft 3/2001 112. Jahrgang
Veröffentlicht im S. Fischer Verlag GmbH, Frankfurt am Main

Umschlagentwurf: Manfred Walch, Frankfurt am Main
Druck und Bindung: Clausen & Bosse, Leck
Printed in Germany 2001
ISSN 0028-3347 ISBN 3-10-809046-1

Postvertriebsnummer D 21222 F

Inhalt

Einsprüche und Nachreden

Editorial

Im Oktober 1901 erschien der erste Roman eines noch sehr jungen Schriftstellers beim S. Fischer Verlag in Berlin. Vier Jahre zuvor hatte derselbe Autor auf gut Glück eine Novelle an den Verlag gesandt, die im Lektorat mehr als positiv aufgenommen wurde. Sie war dort buchstäblich eingeschlagen. Schnell wurde ein Vertrag geschlossen, sodass die eingereichte Erzählung noch 1897 unter dem Titel *Der kleine Herr Friedemann* im Maiheft der »Neuen Deutschen Rundschau« veröffentlicht werden konnte. Weitere Novellen des unerhört fleißigen Mannes kamen in rascher Folge heraus, kommerziell nicht unbedingt erfolgreich, aber Samuel Fischer hatte in Wahrheit ja auf ein »größeres Prosawerk« gesetzt. Den Eingang des lange erwarteten Manuskripts, ein schweres Wertpaket, das in den damaligen Verlagsräumen an der Berliner Bülowstraße eintraf, bestätigte schließlich eine Postkarte, die das Datum vom 15. August 1900 trug. Vierzehn Monate später wurde das Buch wegen seines außergewöhnlichen Umfanges in zwei Bänden, die geheftet zwölf und gebunden vierzehn Mark kosteten, ausgeliefert. Immerhin handelte es sich um 1100 Seiten. Die Startauflage lag bei eher bescheidenen 1000 Exemplaren, die in den ersten zwölf Monaten abgesetzt werden konnten.

Die zweite Auflage des unter dem Arbeitstitel *Abwärts* 1897 in Angriff genommenen Manuskripts – der Autor hatte sich zusammen mit seinem Bruder in ein kleines Dorf unweit von Rom zurückgezogen – wurde Anfang 1903 ausgeliefert. Dieses Mal in einem einzigen Band, auf Dünndruckpapier aus dem Stehsatz gedruckt. Der Preis für die broschierte Ausgabe belief sich auf fünf Mark, wer das gebundene Exemplar wollte, musste eine Mark mehr berappen. Die 2000 Exemplare dieser Auflage waren schneller abverkauft, Nachauflagen wurden zügig beschlossen, weshalb mit Ende des Jahres bereits 10 000 Exemplare im Handel waren. Allerdings fand das hunderttausendste Exemplar seinen Leser erst 1918, siebzehn Jahre nach der Erstauflage und bei eher bescheidenen Jahresabsätzen, immerhin hatte vier Jahre lang ein Weltkrieg getobt, von durchschnittlich

6000 Büchern. Auf den endgültigen Durchbruch mussten Autor wie Verlag weitere elf Jahre warten. Nach komplizierten Verhandlungen gab Samuel Fischer dem drängenden Wunsch des Autors nach und lieferte 150 000 Exemplare des Romans am 7. November 1929 als Sonderausgabe aus – der Preis: 2,85 Mark. Bis zum Jahresende waren dank hektischer Nachdrucke 700 000 Exemplare abgesetzt, denn fünf Tage nach der Erstauslieferung, am 12. November 1929, gab das Komitee in Oslo bekannt, Thomas Mann erhalte für die *Buddenbrooks* den Literaturnobelpreis.

»Ohne viel Hoffnung, ohne viel Verzweiflung« hatte Thomas Mann das erste und einzig vorhandene Manuskript des Romans »auf liniertem Geschäftspapier, doppelseitig geschrieben« an den Verleger geschickt. Und nicht ohne gehörige Skepsis hatten sich beide gefragt, ob dicke Wälzer in einer Zeit der »Nervosität, der Ungeduld, des Kurzen, der keckkünstlerischen Skizze« überhaupt eine Chance haben. Doch traf Thomas Manns Seelengeschichte des Bürgertums offenbar nicht nur den Nerv seiner Zeit, sondern einer ganzen Epoche. So haben wir hundert Jahre nach dem Erscheinen seines Erstlings und zu Beginn eines neuen Jahrhunderts allen Grund, diesen Roman über den Verfall einer Familie wieder zu lesen.

Unbestritten ist der Roman *das* Genre der Moderne und hat als solches den Mythos wie die Epopöe historisch abgelöst. Seine Gattungsgesetze sind theoretisch vielfach diskutiert und im Intervall von Goethes *Wilhelm Meister* bis zu Joyces *Ulysses* auch in literarischer Praxis reflektiert worden. Trotz solcher Dekonstruktionen steht das »epische und«, in dem Robert Musil das Elementarteilchen allen Erzählens erkannt hat, nach wie vor in hohem Kurs. Die alte Streitfrage, was Mythen seien, ist demgegenüber noch offen. Allerdings lässt sich gefahrlos behaupten, dass sie im Gegensatz zum Roman von dem erzählen, was wir schon wissen. Dennoch kann selbst ein Roman, wenn er zum literarischen Kanon zählt, also wiedergelesen werden will, mythische Qualitäten annehmen. Für eine Leserin, die ihn zum zweiten Mal zur Hand nimmt, spricht er nämlich von Bekanntem, von Dingen und Begebenheiten, die keinesfalls neu sind. Dann taucht im uferlosen Meer des Unvertrauten, der Nachrichten, die wir noch nicht zur Kenntnis genommen haben, eine Insel der Vertrautheit auf. Dorthin lockt jene Lust am Text, die Gelesenes – den Gepflogenheiten der Moderne zum Trotz – noch einmal liest. Sie zielt auf das Rendezvous mit bekanntem Personal, mit schon betretenen Schauplätzen, mit Konflikten, die uns bereits in ihren Bann geschlagen hatten. Auch wir deren Verlauf jetzt vorhersehen können, ist das kein Manko wiederholter Lektüre. Vertrautheiten solchen Typs sensibilisieren nämlich für die konzentriertere Wahrnehmung von

Abweichungen, von nonkonformen Details, die sich ohne Eile und ohne die nagende Ungewissheit über den Ausgang des Ganzen dem zweiten Lesen besser einprägen. Nicht Spannung, die Kapitel für Kapitel auf- und wieder abgebaut würde, ist dann gefragt, sondern schrittweises Einverständnis. Wir erkennen die Geschichte im Nachvollzug ihrer Entfaltung wieder und genießen es, die Unterschiede, die sich im Kontrast zur ersten Lektüre einstellen, wahrzunehmen. Der wiedergelesene Text liefert interessante Gelegenheiten, unsere Teilnahme an literarischer Kommunikation als ein höchst subjektives Verhalten zu erfahren. So zweigen wir in der Romanlektüre gewissermaßen Nebeneffekte zur Ausprägung von Individualität ab. Formales Raffinement kann kontrollierter goutiert werden, Nebenfiguren bekommen ein stärkeres Profil, reflektierende Passagen ziehen die Aufmerksamkeit auf sich, nachdem die erste Lektüre sie schnell überblättert hatte. Dem vorbereiteten Auge geht womöglich auf, wie viel solides Handwerk für die Kunst des Schreibens vermag.

Die romaneske Erzählung, darin ist sie für jeden, der ein Buch wieder liest, den spezifischen Leistungen des Mythos verwandt, übermittelt also keine neuen Informationen, sondern Solidarität. Solidarität zuerst mit den Protagonisten der Erzählung, deren Schicksal uns vertraut ist und jetzt besonders nahe geht, weil wir ihre Lebensgeschichten – anders als unsere eigene – zu jedem Zeitpunkt des Dramas überblicken. Sie sind Nächste, ja Allernächste geworden, weil wir ihr Glück oder ihr Unglück buchstäblich kommen sehen. Solidarität aber auch mit dem Kreis derer, die ihr bewusstes Leben – wie wir – im Umgang mit diesem Werk und seinen Bedeutungen führen. Selbstverständlich sind diese Leser weit verstreut durch die Zeiten und Räume der Rezeption, allerdings lassen sie sich im Prinzip und häufig ganz ohne Mühe auffinden. Das durch die Lektüre entstandene Gedächtnis, dessen Besitz sie sich teilen, ist ein überindividuelles Sinnarchiv, das schnell aktiviert werden kann. Eine flüchtige Anspielung, vielleicht aus einer Gesprächssituation geboren, reicht gewöhnlich aus, um dem Adressaten zu signalisieren, dass sein Gegenüber auch zum Clan gehört, zur Leserschaft der *Buddenbrooks* beispielsweise. »Werde glöcklich, mein liebes Kind…« Und binnen eines Augenblicks ist jene Vertrautheit geweckt, die mich mit Bestimmtheit wissen lässt, dass auch der oder die Andere weiß. Dem Rückblick erweist sich das kommunikative Risiko einer Anspielung als passender Eröffnungszug in einem kommunikativen Spiel, das nun fortgesetzt und mit größerer Gewissheit nach Regeln weiter gespielt werden kann, die gemeinsamem Wissen entstammen. Inbegriff dieser Begegnungsformen ist der literarische Salon gewesen.

In solchen Situationen, das ist ihr Analogon zum Milieu des Mythos, geht es nicht um die Zukunft, die per definitionem unbekannt ist, sondern um Vergangenheit. Die gelungene, d.h. treffende Anspielung ruft ein Werk auf, das nun mit Blick auf gegenwärtige Ausdeutbarkeit erinnert wird. Und der Geist, Witz oder Sinn der Erinnerung bewährt sich an ihrer Kraft, Deutungen freizusetzen, die für den Augenblick des Gesprächs den Zauber der Evidenz haben. Es sind diese Sinnerlebnisse, die den virtuellen Reichtum literarischer Kultur aktualisieren und für deren Teilnehmer, Vertrautheit im Unvertrauten zu erzeugen. Sie erkennen sich an Nuancierungen und Modulationen der Rede, an Latenzen ihres sprachlichen Verhaltens, die allein ihnen signifikant sind. In der Binnenperspektive solcher Verständigungsverhältnisse bezeichnet die Zukunft eine bedrohliche, ja zerstörerische Macht, der sowohl die situativen Evidenzen wie die ihnen zu verdankende Solidarität zum Opfer fallen könnte. Der Abwehr solcher Besorgnisse dient und diente, was seit dem 19. Jahrhundert »Bildung« heißt. Und kein Zweifel kann daran bestehen, dass Formen religiöser Kommunikation deren sozial wirksamste Vorläufer gewesen sind. Echos dieser, zumeist verdeckten Kontinuität klingen noch im Begriff der »Kunstreligion« an.

Daran ist zu erinnern, um ein naheliegendes Mißverständnis auszuräumen, das in der Themenstellung dieses Heftes lauert. Keinem der Beiträge, die hier versammelt sind, ist an der kultischen Aufladung von Thomas Manns Roman gelegen. Und doch ist jede Wiederlektüre, ob sie nun kritisch oder apologetisch verfährt, *re-ligio* im Wortsinne. Diesem Formgesetz entkommt das wirkungsgeschichtliche Bewusstsein nicht. Mit dieser Einsicht ist nach allem Gesagten über die Zukunft der *Buddenbrooks* nicht entschieden, denn ein Kanon – man mag es bedauern – ist kein Gegenstand gut gemeinter Imperative.

Martin Bauer

Buddenbrooks nach 100 Jahren

Burkhard Müller
Der Fluch des Allerliebsten

Reinhard Mehring
Thomas Manns »Traumgedicht vom Menschen«

Heinrich Detering
Lübeck und die letzten Dinge

Lothar Müller
Die schwarzen Augen
des René Maria von Trotha

Manfred Dierks
Zu kurze Nerven

Werner Frizen
Nimm und lies

Bernd Hamacher
Buddenbrooks

Leo Domzalski
Hanno aus dem Lexikon

Dorothea Dieckmann
Eine schrecklich nette Familie

Bernd Ulrich
In spaßiger Hoffnungslosigkeit

BURKHARD MÜLLER

Der Fluch des Allerliebsten

Eine Neulektüre der Buddenbrooks nach fünfundzwanzig Jahren

Werke gibt es, die werden von ihrem Ruhm erschlagen. Kann noch jemand einen van Gogh im Museum anschauen ohne das Gefühl: da fehlt doch was? Ohne ihn in Gedanken nach unten zum Kalenderblatt zu verlängern? Oder aber im Gegenteil über die bestürzende Summe Bargeld zu erschrecken, die man hier leichtsinnigerweise herumhängen lässt? Denn dies scheint das Schicksal der großen Kunstwerke: gleichermaßen von ihren Reproduktionen zugedeckt wie von der Aura sündteurer Originalität überstrahlt zu werden. Kein Mensch sieht mehr die Sonnenblumen; er erkennt sie wieder.

Man könnte sagen, van Gogh, der verkannte, der verarmte, der wahnsinnige Künstler habe es nicht verdient, dass ihm das, worum er zu Lebzeiten vergeblich gerungen hat, nach seinem Tod in so tückischer Dialektik neuerdings entwendet wird. Aber das hieße die Sache dramatisieren. Einerseits hat er es ja schon verdient. Irgendetwas an seinem Werk sprach offenbar das Kitsch- und Schmuckbedürfnis eines breiten Mainstream an und wurde daraufhin so fleißig gedüngt und begossen, dass es den besseren Teil dieses Werks überwuchert hat – des Teils, der zweifellos noch da ist, aber unter all dem Geschlinge in unserer Generation wahrscheinlich nicht mehr auffindbar, weshalb wir ihn für unsere Lebenszeit mit getrostem Achselzucken den Kunstdruckverlagen und den zahlungskräftigeren unter den japanischen Versicherungen überlassen können.

Denn andererseits, und das sollten wir ohne Neid anerkennen, macht unsere Lebenszeit nur einen Bruchteil von der Lebenszeit der Werke aus. Wie lange war Dürer verloren! Siebzig Jahre musste er zur Verzierung der deutschen Banknoten herhalten; seit zehn Jahren kommen sie ohne ihn aus; und wenn es noch gelingen sollte, ihn von sämtlichen Lebkuchenschachteln herunterzuholen, dann kann man in zwanzig Jahren seine Selbst- und Apostelporträts wieder betrachten, ohne Völlegefühle zu kriegen.

Alle diese Werke waren stark genug, um sich durchzusetzen; daraufhin wurden sie von so großer Schwäche befallen, dass sie ihrer Durchsetzung erlagen; und so bleibt nichts zu tun, als auf ihre Langlebigkeit zu bauen.

Büchern ergeht es zwar in mancher Hinsicht besser als Gemälden, denn der periphere Blick, der nach einer Sekunde entscheidet: ach, das –, vermag nichts über sie. Und zum Glück lässt sich ein Buch in beliebiger Stückzahl drucken, sodass keiner es in jenem schatzgräberisch dinghaften Sinn wie ein Bild bezahlen und *haben* kann. Anstelle dieser beiden äußerlichen Verhaltensweisen, zu der die bildende Kunst kupplerisch ermuntert, des leichten, flüchtigen Hinschauens und des gewichtigen Akts des Kaufs, gibt es beim Buch schlechterdings nur eine intime: Man muss es, will man zu ihm in ein Verhältnis treten, durchaus *lesen.*

Aber wie viele Bücher liest man zum zweiten Mal? Angesichts der vielen einsam zu verbringenden Stunden, die ihre Lektüre erfordert, und angesichts der Überfülle anderer, noch gänzlich unbekannter Werke, die den Vortritt zu haben scheinen: wenige. Und namentlich bei den dicken Romanen lässt man es sich meist mit einem vagen Residuum des Plots und der Stimmung genügen, in denen zwanzig Jahre später, wenn man selbst längst ein anderer geworden ist, ein Stück der eigenen Jugend in halbfossilem Zustand überdauert. So ergeht es allen, und letztlich setzt sich aus vielen solchen blassen Reminiszenzen jenes fragwürdige Ding, die Bildung, zusammen, sofern es sie noch gibt. Ja am Ende muss man die berühmtesten Bücher vielleicht doch gar nicht mehr gelesen haben, um hier ungefähr auf gleicher Höhe zu stehen: Sie sind auf eine schwer zu bestimmende, osmotische Weise in der Kultur präsent, sie brauchen nicht mehr geschluckt zu werden, da sie von selbst durch die Membranen kriechen und jeder, auch der Bildzeitungsleser, eine ungefähre Vorstellung davon hat, was »kafkaesk« sei. Es lähmt die Neugierde; wenn ich Kafka nicht frühzeitig gelesen hätte, ich täte es heute vielleicht nicht mehr. Hat nun noch das deutsche Fernsehen zugeschlagen und ein Werk zum Eintopf seiner mehrteiligen Kostümschinken verrührt, scheint es vollends keinen Grund mehr zu geben, sich an Strittmatters Laden oder Fontanes Effi Briest persönlich heranzumachen. Und nun gar an die »Buddenbrooks«. Wenn es so etwas gibt wie die Sonnenblumen der deutschen Literatur, dann sie.

Die »Buddenbrooks« haben relatives Glück gehabt, wenn ich vergleiche, wie es anderen Büchern ergangen ist, die ich vor meinem zwanzigsten Lebensjahr gelesen habe. Für eine Schullektüre, eine so genannte Ganzschrift, waren sie zu dick. Hier mussten Christa Wolf und Max Frisch den

Kopf hinhalten, und es ist mir von damals ein inniger Widerwille gegen ihre freudlos pädagogische Art des Schreibens geblieben. Wenigstens kam es mir so vor, und da ich daran glaube, dass ein Ressentiment eine Wünschelrute sein kann, so würde ich diese Autoren auch heute nur mit Feindseligkeit in die Hand nehmen. Andere – Hesse, den jungen Rilke – las ich freiwillig; aber ich erkannte nur wenig später, dass es sich um mindere Ware handelte, dass sie mich betrogen hatten, als sie mich entzückten, und das verzeihe ich ihnen nicht. Auch Thomas Mann selbst musste Federn lassen: seine Novellen waren Gegenstand des Seminars zur Einführung in die Literaturwissenschaft, wo wir zu achtzig und teilweise auf den Heizkörpern saßen, während endlose Referate piepsstimmiger Grundschullehrerinnen in spe die Leitmotive des kleinen Herrn Friedemann zusammenklaubten, und war dies geschehen, so folgte Tobias Mindernickel. Einem Text, der das erlitten hat, traut man keine Kraft mehr zu, sich zu regenerieren.

Dass jemand von sich aus mit siebzehn Jahren die »Buddenbrooks« liest, scheint nicht auf der Hand zu liegen, ist aber zuletzt nicht merkwürdiger, als dass ein Fünfundzwanzigjähriger sie geschrieben hat. Wie in der Kleinstadtkomödie »Der Raub der Sabinerinnen«, etwa zur gleichen Zeit entstanden, eine Schauspielerin sagt, die sich langsam zur begehrten Rolle der Jungen Naiven hat emporarbeiten müssen: Wir haben alle mal alt angefangen. Dieser alte Anfang stellt ja, so verschieden sie sonst sein mögen, einen gemeinsamen Zug vieler deutscher Schriftsteller dar, die ihren Einstand zur letzten Jahrhundertwende geben, Thomas Mann so gut wie Hofmannsthal oder Rilke. Erstaunlicher ist, dass er damals als etwas Neues erlebt werden konnte. Wo aber wäre dieses Neue zu suchen? Wohl darin, dass sie sämtlich im Alten nicht mehr ihr selbstverständliches Lebenselement haben, sondern sich umwenden und, ohne doch schon draußen zu sein, zurückzublicken versuchen. Ein Missbehagen über etwas schwer Greifliches scheint sie zu erfüllen, ein unklares Bedürfnis nach Klärung. Robert Musil hat die Zeit zwischen Reichsgründung und Erstem Weltkrieg, diese schier nicht enden wollenden Jahrzehnte des späten 19. Jahrhunderts, mit einem Sommertag verglichen, der schön begann und sich sacht verschleiert; und dieses Gefühl, dass etwas an sich Angenehmes sich ungut zieht und dabei allmählich Schwüle in sich sammelt, lässt sich wohl wirklich kaum besser fassen als mit Metaphern des Atmosphärischen.

Ich konnte Thomas Mann gut verstehen; ich erkannte das Stoffliche wieder. Meine Großeltern mütterlicherseits kamen aus gerade zwei solchen norddeutschen Handelshäusern, wie die Buddenbrooks sie mir schilderten; zwar nicht aus einer Seestadt stammten sie, sondern aus dem binnenländischen Westfalen, und wo Thomas Mann von gemalten Rokoko-Tapeten sprach, da fanden sich stattdessen schwere geschnitzte Eichenmöbel. Das Geistige fehlte, soweit ich es sah, völlig. Aber der Schmerz über den Niedergang war derselbe, und sogar die Gründe dafür: Sentimental, wie es weder beim älteren Adel mit seiner Einrichtung des Majorats noch bei jüngeren Firmengründungen der Fall war, griffen Geschäft und Familie ineinander und verwandelten das Kapital in ein Erbe, das sich bei jedem Generationswechsel aufs Unvorteilhafteste zersplitterte und die Firma alle dreißig Jahre in schwer unterkapitalisiertem Zustand zurückließ. Einem solchen ausgebluteten Körper genügt dann ein entzündeter Zahn, um zugrunde zu gehen. (Beim Geschäft meines Urgroßvaters hatte ein betrügerischer Buchhalter diesen Part gespielt.) Die großbürgerliche Vergangenheit, die inzwischen rund ein Jahrhundert zurückliegt, blieb dennoch in den Gerätschaften erhalten, in den Serviettenringen und Kannenstöcken, die als Strandgut dieses Schiffbruchs in die kleinbürgerlichen Wohnungen meiner Verwandtschaft gerettet worden waren und, ebenso wie die Tischsitten, mit denen man immer noch die Kinder quälte, als die Reliquien eines goldenen Zeitalters verehrt wurden. Die eigentlichen Erinnerungen meiner Großeltern daran waren blass (jedenfalls sind es meine Erinnerungen an das, was sie mir erzählt haben), denn der Ruin war früh in ihrem Leben eingetreten; aber es genügte für eine allgemeine Grundstimmung von »Ich besaß es doch einmal, was so köstlich ist«. Die erste Dekade des 20. Jahrhunderts gab so den letzten für mich noch erhaschbaren Zipfel eines prunkvollen Mantels ab, der das ganze 19. umhüllte. Ich blickte in den Rahmen dieser Zeit hinein wie in eines ihrer nachgedunkelten, fast schwarzen Ölgemälde, die gerade deswegen, weil man auf ihnen so gut wie nichts mehr sieht, mit dem Schein einer geheimnisvollen Tiefe locken.

Und genau an dieser Zeitstelle, wo ich an eine Barriere stieß, hinter die ich nicht zurückgelangen konnte, setzt Thomas Mann ein, der sich seinerseits zu dem Jahrhundert umkehrt, das für ihn das vergangene war, und sich erbot, es mir zu erschließen. Wo eine Wand gewesen war, da öffnete sich ein zweites großes Zimmer, angefüllt mit drei und selbst vier ineinander geschlungenen Generationen *dazu*, hin bis zur nächsten Grenze säkularer Diskontinuität: dem Zeitalter Napoleons, der mit seiner Kontinentalsperre der Inkubus der Kaufherren gewesen war. Was es dazu aus meiner Familie gab, war abgemagert zur dürrsten Anekdote, eine Audienz meines Ururururgroßvaters hatte es gegeben bei König Lustick, Bruder Napoleons und König von Westfalen, schlau hatte er den transitorischen Umstand eines katholischen Machthabers ausgenutzt, um dem protestantischen Magistrat der Stadt eine Kirche abzuluchsen, während zugleich seine Lastkähne unter einer Tarnschicht aus Kartoffelsäcken den heiß begehrten Kaffee schmuggelten … Aber das lebte mir nicht mehr.

Auch die »Buddenbrooks« geraten hier an ihre Schranke zur Vorzeit, präsent gerade eben noch im Geplauder der Ältesten, ganz zu Anfang des Buchs. Damals hatte Pastor Wunderlich Madame Antoinette Buddenbrook das Leben gerettet, als er sie gegen die einquartierte französische Soldateska in Schutz nahm. *»›Sie stehlen meine Löffel, meine silbernen Löffel, das ist passiert, Wunderlich, und ich gehe in die Trave!‹«* Wegen der Plünderung des Tafelsilbers in die Trave gehen wollen (oder in die Lippe oder in die Pader): Daran erkannte ich die Klasse auch meiner Vorfahren, das war ein völlig lebenswahrer Zug. Jenseits davon, zurück ins 18. Jahrhundert, bekommen auch die Buddenbrooks nur noch gewissermaßen heraldische Tafeln zu fassen, da ist bloß noch der Gewandschneider aus Rostock, der sich »schon sehr gut gestanden« habe, Geschichte fällt dem Allgemeinen anheim, dem Schulbuch und den Fachleuten, es ist hier weiter nichts mehr zu holen.

Nimmt man das Buch nach so vielen Jahren wieder zur Hand, so erkennt man in ihm, was man damals noch nicht zu sehen vermochte, weil einem das spätere Werk noch unbekannt war: Die »Buddenbrooks« sind das Gründungsdokument der Institution Thomas Mann. Hier hat er zum ersten Mal systematisch und im großen Stil ausprobiert, was er konnte. Er nahm dazu einen Stoff, der ihm sowohl keinerlei Schwierigkeit bereitete, weil er ihn so gut kannte, als auch die größten Schwierigkeiten, weil er ihm so entsetzlich nahe lag, den Werdegang seiner eigenen Sippe nämlich, bis hin zu ihm selbst, der zu Hanno wurde und frühem Tod verfiel, um in die Darstellbarkeit einzugehen. Wir wohnen der Geburt der Thomas Mann'schen Ironie bei, wir sehen sie bei der Verrichtung ihres ursprünglichen Auftrags: Nicht nur als Werkzeug der formalen Distanzierung zu dem, was er am genauesten wusste, hat sie zu dienen; sondern vor allem als ein Mittel, es zu schirmen. Denn es war schon ein schamloses Projekt, das er hier in Angriff nahm: der lesenden Öffentlichkeit seine Familie auszuliefern, die Familie, die wie ein Kollegium von Vestalinnen die tiefe und dauernde Glut des Privaten gehütet hatte und das gültige Bild ihres Daseins im entzündeten Weihnachtsbaum erblickte. Als ihr wenn auch später Spross musste Thomas Mann das stark empfinden. Die Ironie stellt hier in gewissem Sinn einen Kompromiss dar zwischen es tun und es bleiben lassen. Und tun musste er es nun einmal, hier öffnete sich die ihm bestimmte Pforte in eine

Existenz als Schriftsteller, die ihm sonst verschlossen geblieben wäre. Schamhaftigkeit ist es, die Thomas Mann ironisch werden lässt.

Das will erst nicht recht einleuchten: Denn heißt nicht Ironie, den betreffenden Gegenstand der Lächerlichkeit, zumindest dem Schmunzeln preiszugeben? Nein, oder nur sehr teilweise; es heißt, den Charakter, den man darzustellen wünscht, auf ein paar einzelne bezeichnende Züge herunterzukürzen, an denen sich der Leser sozusagen schadlos halten darf. Er wird in ein Familienritual eingebunden, in eine Neckerei auf verschwiegenem tieferem Grund, wie sie vom launigen Gelegenheitsgedicht des 19. Jahrhunderts zelebriert wurde; aus dessen Geist sind die Buddenbrooks entstanden, und man tut dem jungen Thomas Mann kein Unrecht, wenn man ihn als den Vollender des alten Hausfreunds Jean Jacques Hoffstede ansieht, des Poeten, der gleich zu Beginn des Buchs seinen versifizierten Beitrag leistet: *»Tüchtigkeit und zücht'ge Schöne / Sich vor unserm Blick verband, –/ Venus Anadyomene / Und Vulcani fleiß'ge Hand. (...) Lebet wohl im prächt'gen Hause / Und behaltet wert und lieb / Den, der in geringer Klause / Heute diese Zeilen schrieb! –«*

Was bei Hoffstede fertige Formel war, und leicht überalterte dazu, verwandelt sich bei Thomas Mann in eigene Sprachleistung; aber indem er es stets von neuem, mit geringer Variation, wiederholt, gewinnt es auch bei ihm formelhafte Qualität, es gerinnt zum *Motiv*. Selbst die lebhafteste Figur des Buchs, Toni Buddenbrook, wird ganz in eine geringe Zahl solcher Motive abgebunden – die so rührend zitternde Oberlippe, die Vorliebe für große Atlasschleifen –, die als pars pro toto die Person in einem kleinen scherzhaften Ausschnitt zu kennzeichnen und im großen Rest vor der Zudringlichkeit des Lesers in Schutz zu nehmen haben. Im Gegenzug für das gewährte Amüsement wird Diskretion erwartet; vermittelt wird beides in der leichten Eleganz des Ausdrucks, eine Technik, die zuweilen hart am Rand zur Marotte steht, aber niemals wirklich kippt. *»›Charmant, Hoffstede!‹ rief der alte Buddenbrook. ›Dein Wohl! Nein, das war allerliebst!‹«*

Von diesem Allerliebsten noch einmal loszukommen, wird Thomas Mann in seiner weiteren Laufbahn größte Mühe kosten; und eigentlich schafft er es nie. Ja, in gewissem Sinn wird es damit immer schlimmer: Die Grundhaltung der Ironie, ursprünglich eingenommen, um einer konkreten einzelnen Schwierigkeit geschmeidig auszuweichen, geht in Gewohnheit über und von dort in eine dauerhafte, unwiderrufliche Verkrümmung des ganzen Skeletts dieses Werkes.

Man ist gewohnt, hier das Besondere von Thomas Manns Stil zu suchen, und sicher zu Recht. Aber dieser Stil lässt sich auch unter statischen

Gesichtspunkten beschreiben: als ein Übergewicht der kleinen Bauteile nämlich und allgemein des Wortschatzes zu allen anderen Konstituenten des Texts, dem Stoff, den Figuren, der Syntax, der Gesamtkomposition; dem Gedanken sowieso. Den ausgefuchsten Unernst, mit dem z. B. das einzige Wörtlein »dergleichen« einen ganzen Absatz zu durchtränken vermag, den Ausdruck altkluger Entdeckerfreude an solchen sprachlichen Möglichkeiten, die man den »Buddenbrooks« so sehr anmerkt, wird Thomas Mann bis in die spätesten Jahre nicht loswerden, auch wo es ihm nunmehr geradezu tödlich ernst ist. Es bleibt die Meisterschaft des Wunderkindes; und vergeblich ruft er gegen diesen ihm eingefleischten Zug das Pathos Schillers wie die Heiterkeit Goethes zu Hilfe.

So stellen sich die »Buddenbrooks« der Zweitlektüre als ein bemerkenswert unkomplexes Werk dar, ein umso erstaunlicherer Befund, als sein Gegenstand doch die fortschreitende Komplikation ist. Wie einfach schreitet sie voran! Da ist zunächst der alte Buddenbrook, bei aller hanseatischen Schwerblütigkeit noch von französischer Grazie überhaucht, bürgerlich im Sinn des Geldes und des unbedachten Behagens daran. Es folgt sein Sohn, der Konsul, in dem sich der Wurm des Zweifels vorderhand in Gestalt romantisch-religiöser Skrupulosität einnistet; er fühlt sich schon nicht mehr wohl bei der schlichten Logik, die den Vermögenszersplitterungen im Todesfall durch Vermögensbündelung mittels Verheiratung der Töchter entgegentritt – und wobei man sich nicht wohl fühlt, so wiederum die Logik des Autors, das geht schief. Den Höhe- und Wendepunkt der Saga bildet Thomas, der Senator, in dem die These des Bürgerlichen und die Antithese der Bewusstwerdung und Verfeinerung in die Synthese des Untergangs münden – oder, da die Sache nicht eigentlich dialektisch angegangen wird: ein »Hü« und ein »Hott« sich gegenseitig in einem »Brrr« zum Stillstand bringen. Und schließlich noch der Abgesang, Hanno, dessen früher Tod den Weg als beendet bezeichnet, der vom reinen Leben über Mischgestalten zur reinen Kunst und damit zur Vernichtung führt. Das wird zugegebenermaßen im späteren Werk noch etwas eingehender problematisiert, aber in den Buddenbrooks gelangt es über dieses Grundmuster nicht wirklich hinaus.

Dennoch gibt es in diesem Buch doch auch eine echte, eine unaufgelöste Spannung, und zwar immer dort, wo der formale Gegensatz von Diskretion und Schamlosigkeit, an dem dieses frühe Werk erwächst, ins Inhaltliche durchschlägt. Die Unentschiedenheit zwischen Reden und Schweigen stürzt nicht nur den Autor in Zweifel und veranlasst ihn, unverhältnismäßig häufig am Satzende zum Mittel der drei gedankenverlorenen Pünktchen zu greifen… – sie entzweit auch die Brüder Thomas und Christian. Christians Bedürfnis, in einem fort von seinen inneren Befindlichkeiten zu sprechen, erscheint als Hypochondrie, schlimmer, als Mangel an Haltung und Verantwortlichkeit, es wird in unmittelbaren Zusammenhang mit seinen geschäftlichen Misserfolgen gebracht. Dass es ihn, zwar nicht geradewegs, aber doch im Endergebnis, ins Irrenhaus führt, muss man wohl als einen starken Abwehrzauber seitens des Autors buchen.

»Wenn es nur dies wäre«, fuhr er (Christian) fort, indem er mit der Hand an seiner linken Seite herunterstrich, ohne seinen Körper zu berühren… »Es ist kein Schmerz, es ist eine Qual, weißt du, eine beständige, unbestimmte Qual. Doktor Drögemöller in Hamburg hat mir gesagt, daß an dieser Seite alle Nerven zu kurz sind… Stelle dir vor, an der ganzen linken Seite sind alle Nerven zu kurz bei mir! Es ist so sonderbar… manchmal ist mir, als ob hier an der Seite irgendein Krampf oder eine Lähmung stattfinden müßte, eine Lähmung für immer… Du hast keine Vorstellung… Keinen Abend schlafe ich ordentlich ein. Ich fahre auf, weil plötzlich mein Herz nicht mehr klopft und ich einen ganz entsetzlichen Schreck bekomme… Das geschieht nicht einmal, sondern zehnmal, bevor ich einschlafe. Ich weiß nicht, ob du es kennst… ich will es dir genau beschreiben… Es ist …«

»Laß nur«, sagte der Konsul kalt.

Nichts vermittelt mehr zwischen den beiden, als ihre Mutter, die alte Konsulin, stirbt, die gerufen hatte: »Assez, Christian!«, wenn für ihr strenges und feines Taktgefühl eine Schwelle erreicht war. Noch während sie aufgebahrt im Nebenzimmer liegt, kommt es zum unversöhnlichen Ausbruch des Hasses zwischen den Brüdern, seinerseits eine betrübliche Indiskretion ersten Ranges. Denn auch Thomas ist zuletzt nicht gefeit gegen das, was er an Christian so schmerzlich verachtet. Er erzählt seiner Schwester Toni, wie er einem roggenbauenden Junker dessen plumpe Herablassung nonchalant heimgezahlt hat, und fügt beiläufig an: Natürlich müsse man ein gewisses Übergewicht des Erzeugers über den bloßen Verteiler, der er selbst sei, zunächst anerkennen – Er erschrickt, er hat sich verplappert, die Gewissheit straft ihn, dass seinem Vater oder gar seinem Großvater dieser Gedanke niemals gekommen wäre. Und schon im Schatten des Todes philosophiert er am Travemünder Strand über die Willkür des Gebirges und die beruhigende Gleichform des Meers, über Gesundheit und Krankheit.

Frau Permaneder verstummte so eingeschüchtert und unangenehm berührt, wie harmlose Leute verstummen, wenn in Gesellschaft plötzlich etwas Gutes und Ernstes ausgesprochen wird. Dergleichen sagt man doch nicht! dachte sie, indem sie fest ins Weite sah, um seinen Augen nicht zu begegnen. Und um ihm in der Stille abzubitten, dass sie sich für ihn schämte, zog sie seinen Arm in den ihrigen.

Es mag so gut und ernst sein, wie es will, was Thomas gesagt hat: Es hat doch kein Recht darauf, gesprochen zu werden; und Toni, die »Harmlose«, schämt sich für ihn, ja sieht man genau hin, so schämt sie sich sogar dafür, sich geschämt zu haben, und so könnte es immer weitergehen: Die Scham wird die Schamlosigkeit niemals mehr völlig zudecken und auslöschen können. Das ist quälend; aber es ist auch ein Spiel, das sich nun immer weiter fortsetzt. Im »Zauberberg« ist es der Paderborner Ferdinand Wehsal (welche insinuierende Niedertracht steckt nicht allein schon in der Namensgebung Thomas Manns!), den die hoffnungslose Leidenschaft für eine Mitpatientin in die Zone der Bekenntnisse treibt, von der unerreichbaren »Fleischpuppe ihres Leibes« spricht er; dem peinlich berührten Hans Castorp fällt die Märchengestalt ein, der, so oft sie den Mund auftat, eine Kröte heraussprang; er versteht nicht, wie jemand, der mit diesem Fluch geschlagen ist, nicht generell den Mund geschlossen hält. Aber indem er den Protagonisten die Notwendigkeit des geschlossenen Mundes bedenken lässt, tut der Autor – anders ist es gar nicht möglich – den seinen auf.

Es fällt ein ungewisser Schein vom späteren Werk Thomas Manns zurück auf seinen Anfang. Eine Familiensaga sind die Buddenbrooks und bieder genug; und doch wird auch hier schon eine Lust am Unaussprechlichen mitumfangen. Man darf es nicht bei seinem Namen nennen, auf den es nur allzu gerne hört: Bankrott heißt es. Zwar mimt die Figur des Maklers Gosch das Böse erst bloß; sosehr er mit den Augen rollt und die Maske des finsteren Intriganten kultiviert, er bleibt doch dabei der gutherzigste Reaktionär von ganz Lübeck. Anders jedoch steht es mit dem Hauptgläubiger des glücklosen Bendix Grünlich, dem Bankier Kesselmeyer.

> Er war von leicht untersetzter Gestalt und weder dick noch dünn. Er trug einen schwarzen und schon etwas blanken Rock, ebensolche Beinkleider, die eng und kurz waren, und eine weiße Weste, auf der sich eine lange, dünne Uhrkette mit zwei oder drei Kneiferschnüren kreuzte. Von seinem roten Gesicht hob sich scharf der geschorene weiße Backenbart ab, der die Wangen bedeckte und Kinn und Lippen freiließ. Sein Mund war klein, beweglich, drollig und enthielt lediglich im Unterkiefer zwei Zähne. Während Herr Kesselmeyer, die Hände in seinen senkrechten Hosentaschen vergraben, konfus, abwesend und nachdenklich stehen blieb, setzte er diese beiden gelben, kegelförmigen Eckzähne auf die Oberlippe. Die weißen und schwarzen Flaumfedern auf seinem Kopfe flatterten leise, obgleich nicht der geringste Lufthauch fühlbar war. […] Heute ließ er ein flüchtiges, heiteres und von einem kleinen krampfhaften Kopfschütteln begleitetes »Ahah« verlauten, das aus einer ungeheuer fröhlichen Gemütsstimmung hervorzugehen schien … und doch durfte dem nicht getraut werden, denn es bestand die Tatsache, daß der Bankier Kesselmeyer sich desto lustiger benahm, in je gefährli-

cherer Laune er sich befand. Wenn er mit tausend »Ahahs« umhersprang, den Kneifer auf die Nase hieb und sich vor übermäßiger Albernheit ersichtlich nicht zu lassen wußte, so konnte man sicher sein, daß die Bosheit an seinem Inneren zehrte ... Herr Grünlich sah ihn blinzelnd mit unverhohlenem Mißtrauen an. [...]
»Wie benimmt sich denn die Kreditbank?«
»Sie prolongiert.«
»Ahah? Sie lügen ja? Ich weiß ja, daß sie Ihnen schon gestern einen Tritt versetzt hat? Einen höchst, höchst aufmunternden Tritt?... Nun sehen Sie mal! Aber schämen Sie sich nur nicht. Es liegt natürlich in Ihrem Interesse, mir weiszumachen, daß die anderen nach wie vor ruhig und sicher sind... Na-hein, mein Lieber! Schreiben Sie dem Konsul. Ich warte eine Woche.«
»Eine Abschlagssumme, Kesselmeyer!«
»Abschlagssumme her und hin! Abschlagssummen läßt man sich erlegen, um sich vorderhand von jemandes Zahlungsfähigkeit zu überzeugen! Habe ich das Bedürfnis, *darüber* Experimente anzustellen? Ich weiß doch wundervoll Bescheid, wie es mit *Ihrer* Zahlungsfähigkeit bestellt ist! Ha-ahah... Abschlagssumme finde ich höchst, höchst spaßhaft... [...] will sagen, ich verlange mein Kapital.«
»Kesselmeyer, Sie sind schamlos!«
»A-ahah, ›schamlos‹ finde ich höchst spaßhaft!«

Eine schauerliche Szene. Ganz und gar nicht ist ihre Ironie, als was allein Settembrini sie seinem Zögling empfehlen kann, »gerades und klassisches Mittel«: Eine Brille ist sie, die in den Abgrund blicken lässt. Aus ihm weht jener Hauch herauf, in dem Kesselmeyers Flaumfedern beben, wie das Fluidum der Eiseskälte, das Leverkühns nächtlicher Besucher verströmt. Das Kapital ist mehr als die Seele des Geschäfts: Es ist die Seele. In dem unglückseligen buddenbrookschen Schwiegersohn kündigt sich der Doktor Faustus an, und von dem spaßigen Bankier wird dessen Vertragspartner präfiguriert. Vom Leibhaftigen geholt zu werden – wie hätte man sich das vorzustellen? Auch Thomas Mann sagt es nicht; aber er charakterisiert die Hölle immerhin so weit, dass in ihr gerade die edelsten Menschen ununterbrochen die schlimmsten Schamlosigkeiten ausstoßen müssen; welche, erfährt man nicht, und entgeht doch nicht der schlüpfrigen Zumutung, sie sich selbst ausmalen zu sollen.

An vieles andere: an die Konsulin, die ganz weit den Arm herumdreht, wenn sie jemandem freundlich entgegenkommt; an Permaneder, diese überdrehte Karikatur eines Oberbayern; an den Organisten Pfühl, der sich aus sittlichen Gründen weigert, Wagner zu spielen, und an Gerda Buddenbrook, mit ihren eng beieinander liegenden, bläulich umschatteten Augen, die ihn behutsam doch herumkriegt – hatte ich mich noch recht gut erinnert. Aber der allseits gekrümmte Kesselmeyer, dieser frühe Teufel, war mir gänzlich entfallen gewesen. Umso stärker wirkte diese Szene jetzt auf mich. Sie bildet den eigentlichen Fund meiner Neulektüre und gab mir die beruhigende Gewissheit, dass selbst ein bedrohlich übergroßer Ruhm seine Grenze notwendiger- und glücklicherweise zuletzt an der Schwäche des Gedächtnisses hat.

REINHARD MEHRING

Thomas Manns »Traumgedicht vom Menschen«

I. Buddenbrooks als Prolepse des Ganzen

Thomas Mann litt unter dem Erfolg seiner *Buddenbrooks*. »Es gibt ein trauriges Künstlerschicksal«, meinte er schon 1904 auf die eigene Sorge gemünzt, »vor dem jeder sich fürchten muß, dem es auch nur von weitem droht: nämlich bis zum Tode und in die Unsterblichkeit hinein der Autor eines erfolgreichen Erstlingswerkes zu bleiben« (XIII, 388). Deshalb erprobte er in den nächsten Jahren die verschiedensten literarischen Alternativen; er schrieb ein Theaterstück, kehrte zur Novelle zurück, wandte sich der Essayistik zu, entwarf Figuren des Glücks. Doch erst mit dem *Zauberberg* konnte er wieder an die große Epik der *Buddenbrooks* anknüpfen. Noch die Nobelpreisbegründung erinnerte ihn an den langen Schatten des Anfangs, der über seinem Werk lag. In einem späten Brief vom 27. Dezember 1950 an Ferdinand Lion heißt es:

> »Wenn Goethe recht hat, zu sagen, daß der der Glücklichste ist, dem es gelingt, das Ende seines Lebens an den Anfang zu knüpfen, so bin ich ›glücklich‹; denn der Faustus schließt sich wirklich mit den jugendlichen ›Buddenbrooks‹, rück- und rundläufig, zu einem Ring zusammen und sucht instinktiv, die Einheit, Geschlossenheit, *Festigkeit* des Lebenswerks zu sichern. Umsonst, wie ich oft glaube. Denn wahrscheinlich sind und bleiben die Buddenbrooks ›mein‹ Buch, das mir aufgetragene und künstlerisch einzig wirklich glückliche, das immer gelesen werden wird; und wenn ich fürs Weitere irgendwelche Anerkennung verlange, so nur die, daß ich ein langes Leben, dessen Sendung eigentlich mit 25 Jahren erfüllt war, leidlich würdig und unterhaltend auszufüllen gewußt habe. Ich sage immer, daß, was nach Faustus noch kommt, nur Nachspiel und Zeitvertreib ist. Aber manchmal geht es mir auf, daß alles, was nach ›Buddenbrooks‹ kam, im Grunde nur Nachspiel und anständiger Zeitvertreib war.«[1]

Man muss das nicht allzu wörtlich nehmen. Im Ernst war Mann nicht der Auffassung, dass eine künstlerische »Sendung« mit einem einzigen vollendeten Werk erfüllt sei. Denn er betrachtete die Kunst als eine Form der »Rettung und Rechtfertigung« (XI, 367) eines ganzen Lebens. Sie war ihm eine permanente, lebenslange Aufgabe. Wenn Mann deshalb von der Erfüllung seiner künstlerischen »Sendung« durch die *Buddenbrooks* spricht, so meint er nur den artistischen Rang des Werkes. Im Ernst wollte er aber sein ganzes Leben durch ein »Lebenswerk« rechtfertigen und orientieren. Mit der Idee eines Lebenswerkes antwortete er auf den Erfolg der *Buddenbrooks.* Nach dem vollendeten Kunstwerk blieb noch die Aufgabe einer Stilisierung des Künstlertums zur Lebensform, zu der Mann sich in seiner programmatischen Novelle *Tonio Kröger* 1903 bekannte. Mit dem *Felix Krull* unternahm er es dann, das Künstlertum als Form der Lebenskunst und Exempel glückenden Lebens darzustellen. Seine Vorstellungen vom Lebenswerk bildete er dabei an seinem »Dreigestirn« Schopenhauer, Wagner und Nietzsche. Insbesondere Wagner vermittelte ihm das Erlebnis künstlerischer Größe. An ihm schulte er seine Begriffe vom »Werkwillen« und seine Vorstellungen von der Organisation eines Lebenswerkes. Im Brief an Ferdinand Lion verweist er zwar auf Goethe, spielt aber auch auf Wagners »Ring« an.

Die Formel von der »Einheit, Geschlossenheit, *Festigkeit*« gibt Kriterien zur Beurteilung des Lebenswerkes an die Hand. Das Kriterium der »Festigkeit« prüft die »Einschaltungen«, so Manns Wort, darauf, ob sie nur »Zeitvertreib« waren oder ein engeres Verhältnis zum Lebenswerk haben. Das Kriterium der »Geschlossenheit« meint die Kohärenz des Rückbezugs einer Fülle von Schriften auf die sinnhafte »Einheit«. Gerade in seinem Spätwerk bemühte sich Mann um eine solche interpretative Einheit. Sein »Lebenswerk« umfasst dabei nicht nur die Ganzheit seiner Schriften, sein Gesamtwerk, sondern auch die künstlerisch orientierte »Einheit« eines Lebens. »In Wahrheit ist die ›Kunst‹ nur ein Mittel, mein Leben ethisch zu erfüllen«, schreibt Mann schon in den *Betrachtungen eines Unpolitischen*: »Mein ›Werk‹ – sit venia verbo – ist nicht Produkt, Sinn und Zweck einer asketisch-orgiastischen Verneinung des Lebens, sondern eine ethische Ausdrucksform meines Lebens selbst [...]. Nicht auf das ›Werk‹ also, sondern auf mein Leben kommt es mir an« (XII, 105). Die prägenden Entscheidungen eines Lebens knüpft Mann dabei an die Jugend, genauer: an die frühen Identitätsträume von einem gelingenden Leben. Die Bedeutung solcher Träume thematisiert er erstmals im *Felix Krull* deutlich. Weil er die »Einheit« derart an den Anfang einer Lebensgestaltung rückbindet, verwundert der – im Brief an Lion vorgenommene – Bogen vom *Doktor Faustus* zu den *Buddenbrooks* nicht.

Vom Spätwerk her erscheint manches als Prolepse. Die Bezüge zwischen den *Buddenbrooks* und dem *Doktor Faustus* sind vielfältig. So beginnen die *Buddenbrooks* die Nationalgeschichte, die *Doktor Faustus* abschließt. Die dort durch Leverkühn und Zeitblom markierte Entscheidungsalternative zwischen dem Musiker und dem Literaten ist in den *Buddenbrooks* schon im freundschaftlichen Gegensatz von Hanno Buddenbrook und Kai Graf Mölln präfiguriert. Im Folgenden geht es nur um einen weiteren Aspekt: um die lehrhafte Fortsetzung von Thomas Buddenbrooks »Erhellungen« (I, 658) in Manns »Traumgedicht vom Menschen«.

II. Thomas Buddenbrooks »Erhellungen«

Im 10. Buch hat Thomas Buddenbrook die »Herrschaft über sich selbst« verloren und hegt nur noch den einen Wunsch, »seinen Kopf auf ein kühles Kissen zu legen« (I, 615). Auch an seinem Sohn entdeckt er die mangelnde »Lebenstüchtigkeit« (I, 629). Ein Verhältnis seiner Frau zu einem musizierenden Leutnant zerstört das »Bündnis« des Verständnisses, der Rücksicht und des Schweigens, auf das die Ehe gebaut war. Thomas empfindet nur noch »jagende Angst vor dem Ganzen« (I, 648). In dieser »metaphysischen Stimmung«[2] fällt ihm Schopenhauer in die Hände. Er liest dessen Abhandlung *Über den Tod und sein Verhältnis zur Unzerstörbarkeit unseres Wesens an sich* und gibt sich einer »schweren, dunklen Trunkenheit« hin. Lange verbleibt er im »Zustande eines schweren, dunklen, trunkenen und gedankenlosen Überwältigtseins«. Dann schläft er ein, erwacht nach kurzem Schlaf »mit einer keimenden Liebe im Herzen« und sieht »plötzlich« klar: »*Ich werde leben!*« (I, 656). Instantan versteht er den individuellen Tod als eine Befreiung aus wirklichen Beschränkungen zur Identifikation mit allem Möglichen. Daraus entwickelt er eine Vorstellung von der »Unzerstörbarkeit« seines »Wesens«:

> »In meinem Sohne habe ich fortzuleben gehofft? In einer noch ängstlicheren, schwächeren, schwankenderen Persönlichkeit? Kindische, irregeführte Torheit! Was soll mir ein Sohn? Ich brauche keinen Sohn! ... Wo ich sein werde, wenn ich tot bin? Aber es ist so leuchtend klar, so überwältigend einfach! In allen denen werde ich sein, die je und je Ich gesagt haben, sagen und sagen werden: *besonders aber in denen, die es voller, kräftiger, fröhlicher sagen ...* Irgendwo in der Welt wächst ein Knabe auf, gut ausgerüstet und wohlgelungen, begabt, seine Fähigkeiten zu entwickeln, gerade gewachsen und ungetrübt, rein, grausam und munter, einer von diesen Menschen, deren Anblick das Glück der Glücklichen erhöht und die Unglücklichen zur Verzweiflung treibt: – Das ist mein Sohn. *Das bin ich*, bald ... bald ... sobald der Tod mich von dem armseligen Wahne befreit, ich sei nicht sowohl er wie ich ...« (I, 657f.)

Senator Buddenbrook ersetzt die Vorstellung vom leiblich-genetischen Fortleben im Sohn durch eine Identifikation mit den Nachgeborenen, die fröhlicher Ich sagen und bewusst als Individuen auftreten. Damit fasst er eine hilfreiche Idee. Identifikatorische Entdeckungen ungelebter Möglichkeiten können der Orientierung des eigenen Lebens dienen. Jeder führt sein Leben mittels bestimmter Vorstellungen von »*voller, kräftiger, fröhlicher*« Identität. Konzepte gelingenden Lebens lassen sich nicht abgelöst von gemeinschaftlichen, politischen Rahmenbedingungen und Perspektiven formulieren. Buddenbrook formuliert sie als Anerkennungsverhältnis von Vater und Sohn. Max Weber bemühte dafür 1895 ein »etwas phantastisches Bild«:

> »Vermöchten wir nach Jahrtausenden dem Grab zu entsteigen, so wären es die fernen Spuren unseres eigenen Wesens, nach denen wir im Antlitz des Zukunftsgeschlechts forschen würden. Auch unsere höchsten und letzten irdischen Ideale sind wandelbar und vergänglich. Wir können sie der Zukunft nicht aufzwingen wollen. Aber wir können wollen, daß sie in unserer Art die Art *ihrer eigenen Ahnen* erkennt. Wir, mit unserer Arbeit und unserem Wesen, wollen die Vorfahren des Zukunftsgeschlechts sein.«[3]

In seinen »Erhellungen« überlagert Thomas Buddenbrook diese politische Konzeption der »Unzerstörbarkeit« seines »Wesens«, d. h.: des Ethos einer Lebensform, durch eine religiöse. Er empfindet es als tröstenden Ausgleich für ein beschränktes Leben, dass Nachfahren überlieferte Potenziale ergreifen werden. Das politische Verständnis der »Unzerstörbarkeit« (nicht: Unsterblichkeit) des Wesens setzt den Fortbestand der eigenen Lebensform voraus. Buddenbrook bedauert nur, dass er die Möglichkeiten seines Lebens nicht voll realisierte. (So brachte er es niemals zum Bürgermeister.) Sein resignatives Urteil bezieht sich auf ungelebte Möglichkeiten, nicht auf die Potenziale selbst. Er kritisiert nicht sein »Wesen«, sondern nur seine mangelnde »Lebenstüchtigkeit«. Dabei tröstet ihn die Gewissheit des Fortbestands der eigenen »Sittlichkeit« (Hegel). So weit lässt sich ihm folgen. Seine »metaphysische« Erwartung einer »Ewigkeit« aber ist durch die politische Auffassung des eigenen »Wesens« nicht begründet. Schopenhauer hätte ihm für seine »metaphysischen Bedürfnisse« nichts weiter bieten können. Auch deshalb vermag Buddenbrook seine »Erhellungen« nicht im Alltag festzuhalten, sondern sinkt auf die konventionellen christlichen Wahrheiten zurück, zweifelt, verzichtet auf weiteres Fragen und beschließt, »zum wenigsten einmal seine irdischen [Angelegenheiten] gewissenhaft zu bestellen« (I, 661). Er macht sein Testament und stirbt bald darauf – »Aber, zum Donnerwetter, daran stirbt man doch nicht!« – an den Folgen einer Zahnoperation.

Immer wieder erwähnt Thomas Mann den autobiographischen Kern und die zentrale Bedeutung von Buddenbrooks »Erhellungen«. Im Schopenhauer-Essay von 1938 unterscheidet er dabei zwischen der »Predikt« und dem »Wesen« einer Philosophie. Er, Mann, erfasse eine Philosophie »nicht nach ihrer Lehre, ich meine: nach der Predikt, sondern nach ihrem Wesen« (IX, 560). Die Auffassung einer philosophischen Lehre als Predigt zielt auf den doktrinalen, autoritativ-apodiktischen Geltungsanspruch und verweist auf religiöse Offenbarungsgewissheiten. Wie Nietzsche deutet Mann die Philosophie historisch als religiöses Säkularisat – was die Sache freilich verkürzt. Dabei fasst er jede philosophische Lehre als Explikation eines »Erlebnisses« und »Wesens« auf. Konsequent führt er individuelle Überzeugungen auf prägende »Erlebnisse« zurück. Dabei betont er die Abhängigkeit des Erlebnisses vom »Wesen« des Erlebenden, weshalb sich genauer von »Erfahrungen« sprechen ließe. Mann betrachtet Philosophie als eine Form individueller Erfahrungsauslegung. Deren wesentliche Aussage verstehe nur der Künstler, der den apodiktischen Geltungsanspruch auf den Standort des Erlebenden rückbezieht und perspektivisch kommuniziert. Deshalb schreibt Mann auch, »daß man im Sinne eines Philosophen denken kann, ohne im geringsten *nach* seinem Sinn zu denken« (IX, 561). Schopenhauers Metaphysik versteht er biographisch als Explikation einer jugendlichen »Todes-Erotik« und »erotischen Konzeption der Welt«.

Ein solcher Umgang mit philosophischen Geltungsansprüchen ist seinerseits nicht unphilosophisch. Er entspricht der zeitgenössischen Lebensphilosophie, die Mann durch Nietzsche und den Nietzscheanismus kennenlernte. Mann verweist auf diese Prägungen, wenn er schreibt: »Hier dachte freilich einer, der außer Schopenhauer auch schon Nietzsche gelesen hatte und das eine Erlebnis ins andere hineintrug« (IX, 561).[4] Dabei wendet er seine biographische Kritik philosophischer Geltungsansprüche auch auf Nietzsche an (vgl. IX, 708). Er sieht in Nietzsche den Ironiker (vgl. XII, 22), »Ethiker« (XII, 146) und Musiker (vgl. X, 180ff.), »*glaubt* [...] ihm fast nichts« (XIII, 143). In den *Betrachtungen eines Unpolitischen* schreibt er:

> »Nietzsche hat seinen Künstler nicht, oder, noch nicht, wie Schopenhauer [in Wagner, RM], gefunden. Wenn aber ich auf eine Formel, ein Wort bringen sollte, was ich ihm geistig zu danken habe, – ich fände kein anderes als eben dies: die Idee des Lebens, – welche man, wie gesagt, von Goethe empfangen mag, wenn man sie nicht von Nietzsche empfängt, und die bei diesem freilich in einem neuen, moderneren, farbigeren Lichte steht.« (XII, 84f.)

Mann stellt Nietzsches Philosophie deshalb 1947 »im Lichte unserer Erfahrung« – und im Umkreis des *Doktor Faustus* – von Nietzsches »Krankheit« her dar. Der biographische Zugang zeigt den Ethiker als Ironiker: als Tragöden der »Selbstüberwindung, Selbstzüchtigung, Selbstkreuzigung« (XII, 146), der sich auch dem eigenen Werk gegenüber ironisch verhält und lieber singen wollte. Mit Nietzsche findet Mann zur platonischen Literarisierung philosophischer Diskurse zurück. Er diskutiert und kreditiert philosophische Geltungsansprüche im Gesprächskontext ihrer Sprecher. In seine Entscheidung für die literarische Gestaltung philosophischer Lehren gehen auch romantische Vorstellungen vom »absoluten Roman« als Inbegriff aller sinnvoll möglichen Standpunkte ein. So wählt Mann die epische »Ironie« als Form lehrhafter Erfahrungsauslegung auch aus philosophischen Motiven. Seine biographisch-kritische Methode wendet er dabei von Anfang an auch auf sein »Dreigestirn« an. Schopenhauer selbst vertritt den – von Mann so bezeichneten – romantisch-metaphysischen »Individualismus« (X, 200) nicht, den Buddenbrook »plötzlich« für sich entdeckt. Er kennt keine individuelle Erfahrung einer Unzerstörbarkeit des individuellen »Wesens« einer Person.[5] Manns Auffassung ist aber auch durch den Hinweis auf Nietzsche nicht hinreichend geklärt. Jedenfalls müsste man dann schon seiner Auffassung Nietzsches als »Ethiker« (XII, 146) folgen – was aber nicht abwegig ist.[6]

Mann lehnt Nietzsches »Immoralismus« als Selbstmissverständnis ab und betont die Zusammengehörigkeit von »Leben und Moral« (IX, 696). Seine ethische Auffassung des individuellen »Lebens« zeigt sich schon in den frühen Novellen. Sie gehen von Protagonisten des Scheiterns – wie dem kleinen Herrn Friedemann oder Tobias Mindernickel – aus und gestalten die reflexive Distanz zum »Leben« dann immer positiver als eine Ermöglichung der Lebensform des Künstlertums, das Mann abschließend mit dem *Felix Krull* zum Paradigma der Lebenskunst erhebt. Er situiert seine ethische Ausgangsfrage nach der Möglichkeit gelingenden Lebens – in seinen vier »kleinen Vollbringer[n]« (TB 19.6.1954) *Buddenbrooks, Der Zauberberg, Joseph und seine Brüder* und *Doktor Faustus* – dann in einem zweiten Ansatz im Kontext ihrer historisch-politischen Bedingungen und gelangt dabei zu einer komplexen politisch-philosophischen Antwort. Sein ganzes Werk lässt sich anhand dieser doppelten Fragerichtung nach den Möglichkeiten und den Bedingungen gelingenden Lebens einteilen und problemgeschichtlich darstellen.[7]

Der lehrhafte Gehalt des Mann'schen Werkes kann hier ausgehend von Buddenbrooks »Erhellungen« nur angedeutet werden. Er besteht in der politisch-philosophischen Reflexion des moralischen Selbstanspruchs,[8] *»voller, kräftiger, fröhlicher«* Ich zu sagen. *Buddenbrooks* gestaltet dieses Problem als Spannung von Tradition und Individuation: Den Buddenbrooks gelingt es nicht, sich aus ihren Familienbanden zu lösen und ihr eigenes Leben zu leben. Mann bejaht ihre Emanzipationsbestrebungen und Ausbruchsversuche und kritisiert nur die religiöse Aspiration auf Unsterblichkeit und »Ewigkeit« als Ausflucht vor dem vollen Eingeständnis des eigenen Scheiterns. Ist dies der lehrhafte Kern der *Buddenbrooks* und eine zentrale Problemfrage des Gesamtwerks, so müsste Mann ihn im weiteren Werk festhalten und konsequent nach den Möglichkeiten und Bedingungen der Entwicklung »*voller, kräftiger, fröhlicher*« Identität fragen. Im *Zauberberg* findet sich denn auch ein vergleichbares lehrhaftes »Traumgedicht«. Dessen »Ergebnissatz« (XI, 423) macht Mann sich persönlich zu eigen (vgl. XI, 368) und führt ihn im weiteren Romanwerk mythopoietisch aus. Gibt es ein solches Leitmotiv des Romanwerks, so ließe sich Manns Werk insgesamt als eine Art »Traumgedicht vom Menschen« bezeichnen. Mann literarisiert keine begrifflich vorausgesetzte Lehre, sondern folgt der philosophischen Überzeugung, dass die Inkongruenz zwischen dem individuellen Erleben und der lehrhaften Apodiktik in der ironischen mythopoietischen Formulierung am besten zur Sprache kommt.

III. Erhellungen im »Traumgedicht«

Im Schlüsselkapitel »Schnee« begibt sich Hans Castorp auf eigene Faust ins Gebirge, verirrt sich, gerät in einen Schneesturm, findet endlich Unterkunft und träumt einen eigenartigen Traum (III, 678 ff.) von Jünglingen und Mädchen und einem »Blutmahl« von »Greuelweibern«. Erwachend formuliert er als Ergebnissatz:

> »Da habe ich einen Reim gemacht, ein Traumgedicht vom Menschen. Ich will dran denken. Ich will gut sein. Ich will dem Tode keine Herrschaft einräumen über meine Gedanken! Denn darin besteht die Güte und Menschenliebe, und in nichts anderem. [...] *Der Mensch soll um der Güte und Liebe willen dem Tode keine Herrschaft einräumen über seine Gedanken.«* (III, 685 f.)

Was Thomas Buddenbrook als religiöse Identifikation ersehnt, ist hier als moralische Forderung ausgesprochen. Castorp universalisiert sein »Ich will« zum »Der Mensch soll«. Eine moralische Maxime will für alle Menschen gelten. Doch nicht nur Kant, sondern auch Platon klingt im Ergebnissatz an. In der pädagogischen Provinz des Zauberbergs exploriert Mann die Möglichkeit einer Freiheit von der Politik, der »großen Konfusion« (III, 646 f) der Zeit. Die Bildung zur Selbständigkeit knüpft er dabei, wie

Platon, an die philosophisch umfassende Diskursivierung personaler Erfahrungen von Liebe und Tod. Castorp meint sein Traumgedicht, wenn er gegen Ende des Romans gegenüber Clawdia vom »genialen Weg« spricht: »Zum Leben gibt es zwei Wege: Der eine ist der gewöhnliche, direkte und brave. Der andere ist schlimm, er führt über den Tod, und das ist der geniale Weg.« (III, 827) Die Unterscheidung zweier Wege zum Leben scheint Platons Bildungsphilosophie direkt aufzunehmen.[9] Liest man »Tod« ontologisch im Sinne Platons, so ist das Tote eine Metapher für alles Endliche und Vergängliche. Platon zeigt – im »Staat« -, weshalb man um der »Güte und Liebe«, d. h. des humanen, mitmenschlichen Lebens willen – Platon würde sagen: umwillen der Gerechtigkeit – dem Tod, d. i. dem Vergänglichen, keine Herrschaft »über seine Gedanken« einräumen soll, und verknüpft diesen »genialen Weg« mit der Bildung durch Wissenschaft und Philosophie. Ähnlich geht Castorp seinen eigenen Bildungsgang. Mann ironisiert seine platonische Auffassung des Bildungsproblems zwar durch die makabre und frivole Fassade des Sanatoriums- und Tuberkuloseromans; die ist aber auch eine Metapher für eine philosophische Idee von Genesung und Gesundheit (vgl. XI, 595).

Die metaphorische Rede vom Tod legt eine mythopoietische Auffassung nahe. Im Vorspiel des Joseph-Romans fabuliert Mann sie aus. Seine initiale Idee (XI, 625), der »produktive Punkt«[10] des Romans ist dabei die Formulierung des Jakobssegens, mit der Mann eine säkulare Korrektur des überlieferten gnostischen »Romans der Seele« vornimmt. Nach gnostischer Überlieferung schickte Gott der menschlichen »Seele« den »Geist« nach, um sie aus der Welt zu erlösen. Manns Korrektur dieser »Lehre« besagt, dass der Geist zum »Verräter an seiner Sendung« wurde, weil ihn eine »unerlaubte Verliebtheit in die Seele« (IV, 44) ergriff. Dieses »verratähnliche Verhalten« des Geistes ist aber »die stille Hoffnung Gottes« auf den Menschen. Gottes Sehnsucht zielt, so der Erzähler, nicht auf die Erlösung des Lebens durch den Geist, sondern auf das »Eingehen des Geistes in die Welt der Seele«:

> »Das Geheimnis aber und die stille Hoffnung Gottes liegt vielleicht in ihrer Vereinigung, nämlich in dem echten Eingehen des Geistes in die Welt der Seele, in der wechselseitigen Durchdringung der beiden Prinzipien und der Heiligung des einen durch das andere zur Gegenwart eines Menschentums, das gesegnet wäre mit Segen oben vom Himmel herab und mit Segen von der Tiefe, die unten liegt. Dies also wäre als geheime Möglichkeit und letzte Deutung der Lehre in Betracht zu ziehen.« (IV, 48 f.)

Der Akzent liegt nicht nur auf der »Seele«, sondern auch auf der »Welt« des Menschen. Mann erzählt vom »geistigen« Wirken des Menschen in der

»Welt«. Schon mit seiner Formulierung vom Jakobssegen deutet er seine Antwort an, Joseph als Beispiel einer »Sendung« vorzustellen. Josephs Entwicklung zum »Ernährer« der »Welt« affirmiert er dabei als fundamentalen Sinnwandel der Herkunftsreligiosität. Joseph repräsentiert den »Materialismus des Geistes, die Wendung eines religiösen Menschen zur Erde« hin (XI, 899; XII, 681), die Mann mit Nietzsche als »Sozialismus« versteht und im *Doktor Faustus* als »Durchbruch zur Welt« fordert. Der Roman erzählt von der individualisierenden Wirkung religiöser Spekulation im Hinblick auf die Ermöglichung säkularer politischer Ordnung und guter Politik. Mit dem Josephsroman beantwortet Mann seine Frage nach den Möglichkeiten und Bedingungen gelingenden Lebens in politisch-theologischer Perspektive. Er betrachtet die religiöse Spekulation dabei phänomenologisch aus der Teilnehmerperspektive des Erben ihrer Überlieferung als Medium der Entwicklung individueller Freiheit. Exemplifiziert Felix Krull die Möglichkeit individuellen Glücks, so erörtert Mann mit der Josephsgestalt vom Philosophenkönig und »Politiker des Guten« auch die Möglichkeit moralisch-politischer Verantwortung eines glückenden Lebens. Sie ist ihm die Rückprojektion einer humanen Aussicht. Joseph verkörpert die Aussicht darauf, was für die Gegenwart fraglich bleibt: Ist es heute in Deutschland wirklich möglich, ein individuell glückendes und moralisch-politisch verantwortliches Leben zu führen?

Nach seiner paradigmatischen Gestaltung der grundsätzlichen Möglichkeit eines glückenden und guten Lebens nimmt Thomas Mann diese Frage für seine Gegenwart wieder auf. Die mythologische Perspektive hält er dabei mit dem Faust-Mythos vom Teufelspakt fest. Sammael, der »Engel des Giftes« (VI, 304), fordert den Liebesverzicht: »Du darfst nicht lieben.« (VI, 331) Im Sinne des platonischen Ergebnissatzes ist Adrian damit des Todes. Auch sein Werk ist des Teufels. Erneut unterscheidet Mann scharf zwischen der Musik und dem Wort als möglicher Antwort. Nur der Literat (Zeitblom), nicht der Musiker, vermag sich im Medium des Wortes von der »deutschen Katastrophe« (F. Meinecke)[11] zu distanzieren. Mann beantwortet damit eine alte, auch zwischen Wagner und Nietzsche gestellte Frage eindeutig zugunsten der Dichtung. Der *Doktor Faustus* führt also die mythologische Auslegung des »Traumgedichts vom Menschen« fort. Nur triumphiert Gott jetzt nicht mehr über die Engel, sondern im Ringen um die »Seele« des Menschen scheint nun der Teufel zu obsiegen. In teuflischer Eingebung zielt Leverkühns Parodie der Überlieferung auf die Destruktion der Werkidee.[12] Der Teufel (VI, 241f: »Ich bin gegen die Werke im großen ganzen.«) bestärkt ihn in seinem Zweifel am Werk (VI, 241). Zuletzt schreibt Adrian die symphonische Kantate »Doktor Fausti Weheklag«, die den »Gedanken der Rettung als Versuchung zurückweist« (VI, 644), und vollendet dieses Werk, indem er bei der Uraufführung mit einem »Klagelaut« auf den Lippen zusammenbricht. Er inszeniert die Klage nur noch im Untergang. Mit Zeitblom besteht Mann dagegen auf der Unterscheidung von Kunst und Leben als einer Bedingung humaner Existenz. Deshalb schreibt er auch seinen »Roman« über *Die Entstehung des Doktor Faustus.* Der *Doktor Faustus* beweist ihm, dass das gelungene Kunstwerk, dessen Möglichkeit der Teufel bestreitet, mit der Distanz vom Leben auch praktische Orientierung gibt.

Buddenbrooks »Erhellungen«, Castorps »Ergebnissatz«, Jakobssegen und Teufelspakt sind Schlüssel zum Romanwerk. Die angedeuteten literarischen und gedanklichen Verknüpfungen ließen sich eingehender untersuchen. Es wäre aber schon etwas erreicht, wenn gezeigt wurde, dass Mann die Einheit seines Romanwerks als »Traumgedicht vom Menschen« knüpfte. Schon in den *Buddenbrooks* hätte er dann der Verfallsperspektivik der Familie eine Erhellung der Individualität entgegengesetzt, die er in seinen weiteren Gestaltungen des »Problems der Humanität« weiterführte. Der philosophische Gehalt dieser mythopoietischen Gestaltung ist damit freilich kaum angedeutet. Wer aber nur einen zweiten Blick auf den *Zauberberg, Joseph und seine Brüder* und den *Doktor Faustus* wirft, wird kaum bezweifeln, dass Mann die mit *Buddenbrooks* aufgeworfene Individuationsproblematik intensiv durchdenkt und gestaltet.

Dass er seine Frage nach der Entwicklung des Menschen dabei von Nietzsche her aufnimmt, zeigt er zuletzt im *Felix Krull* an. Der dritte und letzte Teil des Romans, Manns literarisches Schlusswort, beginnt mit Krulls Besuch im Zirkus und seiner Neigung zu einer Seiltänzerin, einem »Engel der Tollkühnheit« (VII, 460). Er liebt sie als Sinnbild der Entwicklung des Menschen. »Zwischen Tier und Engel, so sann ich, stehet der Mensch. Näher zum Tiere stehet er, das wollen wir einräumen. Sie aber, meine Angebetete, obgleich Leib ganz und gar, aber keuscher, vom Menschen ausgeschlossener Leib, stand viel weiter hin zu den Engeln.« (VII, 461) Mann greift damit Nietzsches Gleichnis vom Seiltänzer aus dem *Zarathustra*[13] auf und zeigt so die ideengeschichtliche Herkunft seiner Frage nach der Entwicklung des Menschen abschließend an. Seit dem *Zauberberg* (vgl. III, 383 ff) formuliert er den philosophischen Anspruch seines »Traumgedichts« auch mit einer eigentümlichen, wohl auf Ernst Haeckel[14] zurückgehenden Lehre von den drei »Urzeugungen« der Natur, des Lebens und des Geistes. Mit seinem Essay *Lob der Vergänglichkeit* (X, 383 ff) autorisiert er diesen naturgeschichtlichen Mythos, der den »Roman der Seele« mit einem evolutionistischen Forschungsparadigma vereinbar macht, ausdrücklich als eigene Auffassung. Im *Felix Krull* wird er durch Professor Kuckuck vertreten. Es ist aber ein – von Hans Wysling[15] mehrfach verbreiteter – Irrtum, Kuckucks Betrachtungsweise für eine letzte Autoraussage zu nehmen. Für Kuckuck ist der Mensch die letzte »Urzeugung« (VII, 542) gegen das Tier, das Leben aber nur eine »sehr flüchtige Episode«. (VII, 538, vgl. 577ff.) Mit den Artisten weiß Krull dagegen um eine andere Möglichkeit: dass der Mensch nämlich nicht nur eine »Urzeugung« der Natur ist, sondern sich vermöge der Liebe »im Fach der Wirkung, der Menschenbeglückung und -bezauberung« (VII, 463) auch zu den Engeln erhebt. Wie im *Zauberberg* ist der dilettierende Schüler seinem Lehrer im Wissen um die Liebe philosophisch überlegen. Ähnlich ironisch sah Mann seinen Rang zwischen den Fächern.

IV. Eine politische Philosophie

Ausgehend von Thomas Buddenbrooks »Erhellungen« wurde die lehrhafte Einheit des Romanwerks in der philologischen Engführung auf Manns »Traumgedicht« vorgestellt. Mann betonte zwar zumeist die Unterhaltungsabsicht seines Werkes, bestand aber darüber hinaus auch auf einer lehrhaften Gesamtaussage. Deren Richtung bezeichnete er im Untertitel seiner Essay-Sammlung *Adel des Geistes* mit dem »Problem der Humanität«. Der lehrhafte Anspruch bezog sich dabei nicht nur auf theoretische Aussagen – etwa auf die Vertretbarkeit von Manns Lebensphilosophie –, sondern auch auf die praktische Funktion des Werkes. Mann sah in der »Annehmbarkeit« (IX, 557) einer Lehre durch ein Leben einen Wahrheitsbeweis. Eine Philosophie erschien ihm nur dann als existenziell wahr, wenn ein Individuum damit verantwortlich leben kann. Die Wahrheit des eigenen literarischen Werkes bewies sich ihm folglich primär an dessen praktischer Bedeutung. Für das eigene Werk einstehen, hieß ihm auch: sich politisch engagieren. Deshalb bemisst sich die Wahrheit seines Werkes nicht nur an der Vertretbarkeit seines historisch-politischen oder philosophischen Denkens, sondern auch an der Integrität des Engagements.

Es wurde gesagt, dass Manns Entscheidung für die Dichtung auch philosophische Motive hatte: Mann folgend ist eine Philosophie nur dann verstanden, wenn ihre Doktrin auf »Erlebnisse« zurückgeführt und im Zusammenhang ihrer Erfahrungsgründe literarisiert ist. Die biographischexistenzielle Interpretation setzt einen praktischen Philosophiebegriff voraus, wonach die Lehre der Lebensführung dient. Nimmt man den moralisch-politischen Appell ernst, so steht Manns Werk in der durch Schopenhauer und Nietzsche vermittelten platonischen Tradition politischer Philosophie. Es wäre ein Missverständnis, seinen lehrhaften Anspruch nicht ernst zu nehmen oder zu relativieren. Es gibt kaum ein zweites Werk, das die Frage nach den humanen Chancen und den historisch-politischen Bedingungen einer individuellen Lebensführung ähnlich konsequent, komplex, vertretbar und integer für die Erfahrungen der »deutschen Katastrophe« verantwortete und beantwortete. Thomas Mann ist also auch ein »Klassiker« der politischen Philosophie. Das klingt zwar etwas exzentrisch, kommt dem erstrebten Verhältnis von Kunst und Leben aber näher als eine Banalisierung des Werkes zur bloßen Unterhaltungsliteratur. Nicht zuletzt wegen seines philosophischen Zugs wird Manns Werk heute noch gelesen. Im Olymp der Nationalschriftsteller steht es vereinsamt da.

Die *Buddenbrooks* gefallen dabei als einfacher, frischer Anfang. Voraussetzungslos lesbar lassen sie vieles *ex post* erahnen. Man liest das »Traumgedicht« gewissermaßen immer mit. Auch das meint Thomas Mann, wenn er am 20. Januar 1930 an André Gide zur Nobelpreisbegründung schreibt, »daß ich den Preis ausschließlich oder doch ganz überwiegend für meinen Jugendroman ›Buddenbrooks‹ erhalten habe. Das ist wenigstens die Auffassung der Akademie, die aber ganz offenbar im Irrtum ist. ›Buddenbrooks‹ allein hätte mir niemals die Geltung verschafft, welche es der Akademie ermöglicht und sie bestimmt hätte, mir den Preis zu verleihen.«

1 Die meisten zitierten Briefstellen und Selbstkommentare finden sich in: Thomas Mann, Selbstkommentare: ›Buddenbrooks‹, hrsg. von Hans Wysling unter Mitwirkung von Marianne Eich-Fischer, Frankfurt 1990, hier: 126; zitiert wird nach: Gesammelte Werke in dreizehn Bänden, Frankfurt 1974.

2 Dazu vgl. Martin Heidegger, Was ist Metaphysik? (1929), 5. erw. Aufl., Frankfurt 1949.

3 Max Weber, Der Nationalstaat und die Volkswirtschaftspolitik, in: ders., Gesammelte politische Schriften, 4. Aufl., Tübingen 1980, 1–25, hier: 13.

4 Dazu vgl. Hans Wysling, Schopenhauer-Leser Thomas Mann, in: Schopenhauer-Jahrbuch 64 (1983), 61–79, hier: 64.

5 Dazu vgl. Dieter Birnbacher, Schopenhauer und das ethische Problem des Selbstmords, in: Schopenhauer-Jahrbuch 66 (1985), 115–129; zur Gesamtauffassung Schopenhauers ders., Induktion oder Expression? Zu Schopenhauers Metaphilosophie, in: Schopenhauer-Jahrbuch 69 (1988), 7–19; ders., Schopenhauers Idee einer rekonstruktiven Ethik, in: Schopenhauer-Jahrbuch 71 (1990), 26–44.

6 Zur Originalität von Manns Nietzsche-Deutung vgl. Manfred Riedel, Nietzsche in Weimar. Ein deutsches Drama, Leipzig 1997, 47, 66ff., 176f., 200ff. Zur Gesamtauffassung des Werkes als praktischer Philosophie vgl. Volker Gerhardt, Die Tugend des freien Geistes. Nietzsche auf dem Weg zum individuellen Gesetz der Moral, in: Heiner Hastedt u. a.

(Hrsg.), Sich im Denken orientieren, Frankfurt 1996, 198–213; ders., Pathos und Distanz. Studien zur Philosophie Friedrich Nietzsches, Stuttgart 1988; ders., Friedrich Nietzsche, München 1992.

7 Dazu eingehend Verf., Thomas Manns Bekenntnis zur Demokratie, in: Christoph Gusy (Hrsg.), Demokratisches Denken in der Weimarer Republik, Baden-Baden 2000, 134–154; ders., Thomas Mann. Künstler und Philosoph, München 2001.

8 Als Ethik bezeichne ich den Reflexionsbezug auf moralische Selbstverständnisse und Handlungen. Ethik ist keine besondere Wissenschaft, auch wenn sie als Teildisziplin der Philosophie professionell betrieben wird. Jeder Akteur hat ein ethisches Verhältnis zu seinem moralischen Selbstverständnis. Deshalb lassen sich »Moral« und »Ethik« nicht trennscharf unterscheiden. »Subjektivität« existiert nur in leibhaftigen Individuen. »Individuen« verfügen als moralische Subjekte über ein Verständnis ihrer Identität (Ich-Bewusstsein). Eine »Identität« konstituiert sich nicht nur über die lebensgeschichtliche Erinnerung, sondern auch über das Vermögen zur Selbstbestimmung und -definition nach eigenen Vorstellungen von gelingendem Leben. Ein Leben gelingt, wenn eine selbst bestimmte und stabile Identität annähernd vollzogen wird. Das Selbstverständnis gibt Kriterien der Selbstverwirklichung. Davon spricht Thomas Buddenbrook, wenn er sein Versagen gegenüber den eigenen Möglichkeiten, »Ich« zu sagen, beklagt.

9 Dazu Heinrich Scholz, Der Platonische Philosoph auf der Höhe des Lebens und im Anblick des Todes, Tübingen 1931.

10 So in einem wichtigen Brief vom 28.12. 1926 an Ernst Bertram (Thomas Mann an Ernst Bertram. Briefe aus den Jahren 1910–1955, Pfullingen 1960, S. 155). Bei seiner religionsphilosophischen Auffassung der Geist-Seele-Thematik folgt Mann weitgehend Max Scheler, auf dessen Programmschrift *Die Stellung des Menschen im Kosmos* er in diesem Zusammenhang wiederholt verweist (vgl. XII, 658f.; X, 750).

11 H. A. Winkler (Der lange Weg nach Westen, Bd. 2, München 2000, 112ff.) nimmt ganz ausdrücklich einzig Thomas Mann vom Vorwurf des Versagens der deutschen Historiker vor den Aufgaben eines Verständnisses der »deutschen Katastrophe« aus: »Die geistige Herausforderung, an der Friedrich Meinecke scheiterte, meisterte Thomas Mann.«

12 Eindrucksvolle ästhetische Verteidigung des Werkbegriffs bei Reinold Schmücker, Was ist Kunst? Eine Grundlegung, München 1998.

13 Dazu vgl. A. Pieper, »Ein Seil geknüpft zwischen Mensch und Übermensch«. Nietzsches erster »Zarathustra«, München 1990.

14 Dazu vgl. E. Cassirer, Das Erkenntnisproblem in der Philosophie und Wissenschaft der neueren Zeit. Vierter Band, 2. Aufl. Darmstadt 1994, 211ff.

15 Dazu vgl. nur Hans Wysling, Narzißmus und illusionäre Existenzform, Basel 1982, 302ff; ders., Wer ist Professor Kuckuck? Zu einem letzten »großen Gespräch« Thomas Manns, in: Hermann Kurzke (Hrsg.), Stationen der Thomas Mann-Forschung, Würzburg 1985, 276–295.

HEINRICH DETERING

Lübeck und die letzten Dinge

Eine Skandalgeschichte von und mit Thomas Mann

Im Rückblick eines Jahrhunderts liest sich die *chronique scandaleuse* der *Buddenbrooks* wie eine Trilogie der literarischen Leidenschaften. Sie beginnt als Lübecker Lokalposse, setzt sich fort als Schwabinger Künstlerdrama und endet als ein Weihespiel zwischen Totentanz und Parsifal. Der Titel, den Thomas Mann selbst dafür erfindet, klingt so sonderbar wie die ganze Geschichte, die doch ins Zentrum seiner Poetik führt und hier deshalb erzählt werden soll. Er lautet: *Bilse und ich*.

Lokalposse

Angst ist der Anfang, Angst und Lust und ein Familienstreit. Der Schauplatz ist Lübeck, vor dem Schöffengericht. Dort findet im Oktober 1905 ein Beleidigungsprozess zwischen Verwandten statt. Da es sich aber beim Beklagten um einen Schriftsteller, beim Kläger um seinen Verwandten und beim Klagegegenstand um einen Roman handelte, geht es zugleich um das Verhältnis von Literatur und Leben, um Fiktion und Wirklichkeit. Der Rechtsanwalt Ritter aus Tondern hat seinen Cousin verklagt, den Heimatschriftsteller Johannes Valentin Dose, und zwar wegen Beleidigung und Schädigung seiner Anwaltspraxis. Dose, fünfunddreißig Jahre alt, lebt nach allerlei Abenteuern in den USA seit drei Jahren als Privatlehrer in Lübeck und steht seit einem Jahr mit seinem Cousin auf Kriegsfuß. Das liegt an einem Roman, den er 1904 in Glückstadt veröffentlicht hat und der den feierlichen Titel trägt: *Der Muttersohn. Roman eines Agrariers*. Darin tritt ein Alkoholiker auf, der dem Anwalt Ritter, wie dieser selbst empört zu Protokoll gibt, zum Verwechseln ähnelt; auch in einer ehebrecherischen Liebesbeziehung des trunksüchtigen Romanhelden sieht der Anwalt eine eigene Affäre bloßgestellt. Dose weiß von alldem nichts. Denn wie es sich für Dichter gehört, hat er seinen Roman nicht bei klarem Verstand geschrieben, sondern in unbewusster Eingebung. Allenfalls ungewollt sind ihm dabei auch Elemente aus dem Privatleben seiner Verwandtschaft in die Romanwelt hineingeraten; folglich haben ihm »die Absicht und das Bewusstsein der Beleidigung gefehlt«. Die Verteidigung ist erfolgreich; Dose wird freigesprochen.

Dass der Prozess in Lübeck größte Aufmerksamkeit erregt, liegt nicht nur an den drastischen Themen, die hier, obendrein von einem sichtlich Betroffenen selbst, öffentlich zur Sprache gebracht werden. Die *soap opera* aus Alkoholismus, Ehebruch und Familienzerwürfnissen kommt erst richtig in Fahrt, als Dose der Name eines Berufskollegen einfällt. Denn: sich durch einen Roman bloßgestellt zu fühlen in intimen Erlebnissen und privaten Peinlichkeiten, das ist im Oktober 1905 ja nicht nur für Tonderner Vettern, sondern auch für viele Lübecker Bürger ein bekanntes Gefühl; darauf lässt sich eine Verteidigung aufbauen. Dose selbst hat den ersten, noch etwas vagen Einfall, gleich fünf Schriftsteller, die ihre Romanfiguren gleich ihm unbewusst lebenden Vorbildern nachbildeten, als Zeugen oder Gutachter zu bestellen; unter anderem denkt er an Gustav Frenssen, Hermann Sudermann und Thomas Mann. Zwar wird der Antrag abgewiesen. Aber der junge und ehrgeizige Staatsanwalt Enrico von Brocken greift den einen Namen auf, den in Lübeck ohnehin jeder im Sinn hat, spitzt Doses Unterstellung einer »unbewussten« Gestaltung zum Vorwurf zielgerichteter literarischer Denunziation lebender Personen zu und errichtet auf diesem Exempel den provozierendsten Teil seines Schlussplädoyers: Nicht bei Doses Roman eines Agrariers, wohl aber bei Thomas Manns Roman vom Verfall einer Familie handle es sich um einen »Bilse-Roman«.

Damit ist der Skandal perfekt. Denn mit sicherem Griff hat Enrico von Brocken den Begriff gefunden, der die etwas disparaten Fälle Dose gegen Ritter und Lübeck gegen Thomas Mann triumphal unter einen Hut und auf den Begriff bringt. Dieser Ausdruck ist in aller Munde, und er bezeichnet um 1905 so etwas wie die Mutter aller literarischen Skandalgeschichten. Leutnant Fritz Oswald Bilse hat im Herbst 1903, unter dem klingenden Pseudonym »Fritz von der Kyrburg«, einen Schlüsselroman veröffentlicht: *Aus einer kleinen Garnison. Ein militärisches Zeitbild.* Aus eigener Erfahrung und kaum verhüllt erzählt er darin von den Nachtseiten der lothringischen Garnison Forbach, von Langeweile, Überdruss, Standesdünkel, Spiel und Trunksucht, sexuellen Eskapaden und hierarchischen Zwistigkeiten. Nicht »das militarisierte ›System‹« selbst stellt er dabei in Frage, wohl aber »seine Übertreibungen« (wie Klaus Harpprecht in seinem Bilse-Porträt gezeigt hat)[1] – mutig, hemmungslos kolportagehaft und in einem ebenso ehrgeizigen wie ungelenken Stil. Umgehend wird das Buch verboten und der gerade fünfundzwanzigjährige Bilse von einem Kriegsgericht zur Entlassung aus der Armee und zu sechs Monaten Arrest verurteilt. Das vergleichsweise geringe Strafmaß verdankt sich der faktischen Rehabilitation Bilses durch den Prozess – woraufhin Kaiser Wilhelm II. »den Mitgliedern des Kriegsgerichts Mein ernstes Mißfallen« ausspricht und mehrere beteiligte Richter in den Ruhestand versetzt. Dies, die öffentliche Distanzierung des Reichskanzlers von Bülow von der Haltung des Kaisers und die Bestätigung des Urteils in der zweiten Instanz tragen zusätzlich zur öffentlichen Beachtung des Verfahrens bei, das längst alle Züge eines Sensationsprozesses angenommen hat. Schließlich kommt es sogar zu einer Reichstagsdebatte, in der August Bebel es für »überhaupt das Entscheidende des Urteils« gegen Bilse erklärt, dass das Gericht »alles, was Bilse in seinem Roman gesagt hat, [als] wahr« bestätigt habe, und folgert: »es gibt noch mehr Forbachs in der Armee. Es muß nur ein Bilse da sein, um es an die Öffentlichkeit zu bringen.« Das Publikum ist begeistert; rasch wird das Buch in großer Auflage nachgedruckt, nun mit der Verfasserangabe »Fritz von der Kyrburg (Leutnant Bilse)«, und in mehrere Sprachen übersetzt.

Damit ist der Begriff »Bilse-Roman« redensartlich geworden, ein Synonym für ruchlos beharrliche, schamlos zudringende Schlüsselliteratur. Da Bilse zudem nach kaiserlicher Überzeugung dazu beigetragen hat, »das Ansehen Meiner Armee und im besonderen des Offizierskorps in weiten Kreisen des In- und Auslandes zu beeinträchtigen«, hört sich der Ausdruck aus dem Munde eines kaisertreuen und karrierewilligen Staatsanwalts auch politisch gefährlich an.

Trotz dieses Rufes der Renitenz gerät Bilse übrigens bald ins Lager der radikalen Rechten. Einige Dramen »aus dem militärischen Leben« bleiben zwar erfolglos, ein »Negerroman« unter dem Titel *Afim-Assanga: Die schwarze Welle* aber findet 1925 seine schaudernden Leser; die Abhandlung *Frankreich, die schwarze Rasse – und wir* erscheint dann 1932 schon in den *Nationalsozialistischen Monatsheften*. Der Einklang mit den national Denkenden stärkt das Selbstbewusstsein gegenüber minder begabten Kollegen wie dem Verfasser der *Buddenbrooks*. Eine Abhandlung über *Die Technik des Romans*, die Bilse 1914 erscheinen lässt, behandelt zwar den Dichter von der Kyrburg selbst ausführlich, Thomas Mann hingegen wird mit keinem Wort erwähnt.

In Lübeck, im Herbst 1905 trifft von Brockens Vergleich in den Kern jener »ungeheuren Erregung«, an die sich ein Zeitzeuge erinnert. Es ist die Erregung (so der Schriftsteller Otto Anthes rückblickend 1925) über ein »Buch, das den einen als niedrige Rache eines Mißvergnügten, den anderen als der Ausfluß einer ehrfurchtslosen Frechheit, allen gleichermaßen aber als ein übles Machwerk erschien, mit dem ein mißratener Sohn die Vaterstadt geschändet habe«. Dass alsbald »Hunderte von Personen ... in ihren Urbildern wiedererkannt« wurden, führte zu jenen berühmt-berüchtigten Listen, die bald nach der Veröffentlichung von *Buddenbrooks* in Umlauf kamen und die dem literaturgeschädigten Rechtsanwalt Ritter eine Menge Lübecker Leidensgefährten zuführten.

Mit Doses Freispruch scheint die Ehre des trinkfreudigen Ehebrechers so wenig wieder hergestellt wie die der hundert Urbilder – wohl aber die Freiheit einer Kunst, die sich auf in der Wirklichkeit wiedererkennbare Personen und Umstände bezieht. Doch diese Rettung ist von kurzer Dauer. Schon im folgenden Frühjahr wird der Rechtsstreit um Doses Roman wieder aufgenommen; und im April 1906 wird der Heimatdichter vom Lübecker Landgericht nicht nur zu zweihundert Mark Geldstrafe verurteilt, sondern auch zur Vernichtung sämtlicher Exemplare und Druckplatten seines Romans. So, heißt es in der Begründung, ergehe es einem Schriftsteller, der »mit Bewußtsein« und in »ehrverletzender« Absicht seine Mitmenschen blossgestellt habe. Anwalt Ritter frohlockt; Dose aber protestiert nun mit einer erneuten Gegenklage nicht nur gegen das Urteil, sondern überdies auch gegen die »Beleidigung«, auch er – und nicht bloß irgendein Mann – habe »à la Bilse« geschrieben. Die Klage wird abgewiesen; Dose legt vor dem Hanseatischen Oberlandgericht Revision ein, bleibt wiederum erfolglos, und so endet für ihn der Prozess um die Freiheit seines Romans mit dessen restloser Vernichtung.

Künstlerdrama

Thomas Mann lebte, als all dies geschah, längst in München. Unter seinen Lübecker Urbildern aber muss es nicht wenige gegeben haben, die den weiten Abstand überbrücken halfen. Die Münchner *Allgemeine Zeitung* jedenfalls erläutert am 23. November 1905 und unter Berufung auf Informationen aus erster Hand, dass es »Thomas Mann [...] besonders kränkt, daß so viele seiner Lübeckischen Landsleute die boshafte Liebenswürdigkeit hatten, ihm in mannigfachen Zuschriften diese Aeußerung des Anwalts zu übermitteln«. Sollten diese Landsleute ihn nicht auch über den in jeder Hinsicht finalen Ausgang der Sache auf dem Laufenden gehalten haben?

Schon unmittelbar nach dem Skandal im Landgericht jedenfalls trifft bei der Redaktion der *Lübeckischen Anzeigen* ein besorgter Artikel aus München ein. Am 7. November 1905 erscheint er als Aufmacher im Feuilleton der Morgenausgabe: Frühstückslektüre für eine Stadt, die der nach Schwabing Entflohene, aus dieser sicheren Entfernung, noch immer seine »Vaterstadt« nennt (»es ist unglaublich«, gesteht er der Lübecker Schriftsteller-Freundin Ida Boy-Ed, »wie sehr es mir um Lübeck zu thun ist«.) Den Prozess setzt der gut Informierte als bekannt voraus; »man weiß, um was es sich handelt«. Sogleich holt er zur Gegenwehr aus – vielmehr: zur Selbstverteidigung. Gegen den Vorwurf der Nestbeschmutzung wehrt er sich mit demonstrativer Keckheit und schlechtem Gewissen.

> Nun, ich wäre, sehr wider Erwarten des Herrn Dose und seines Advokaten, kein Entlastungszeuge, – ich wäre ein Belastungszeuge geworden, wenigstens insofern, als ich die beiden Herren durchaus nicht in ihrer Behauptung hätte unterstützen können: wenn ein Dichter lebende Personen zeichne, so geschehe das unbewußt. Ich habe, als ich »Buddenbrooks« schrieb, mit vollem Bewußtsein auf die Wirklichkeiten geblickt, nach denen ich, aus Eigenstem hinzufügend, meine Arbeit gestaltete, und wenn ich wegen Beleidigung verklagt worden wäre, so hätte ich eine Ausflucht wie die von der Unbewußtheit als unwürdig verschmäht.

Was hätte er denn gesagt? »Ich hätte mir gesagt: ›Die bürgerlichen Gesetze sind offenbar andere, als die, welche ich in mir trage.‹« Da hat sich aus der Selbstrechtfertigung unversehens ein Gedanke ergeben, der über den Anlass einen entscheidenden Schritt hinausgeht. Will er den Anspruch dieses durchaus mehrdeutigen Fundamentalsatzes untermauern, so muss Thomas Mann das Aperçu begründen und weiter ausgreifen in die Literaturgeschichte:

> Wenn man alle Bücher, in denen ein Dichter, ohne von anderen als künstlerischen Rücksichten geleitet worden zu sein, Zeitgenossen, lebende Personen seiner Bekanntschaft porträtiert hat, auf den Namen Leutnant Bilse's taufen wollte, so müßte man ganze Bibliotheken von Werken der Weltliteratur unter diesem Namen versammeln, darunter die allerunsterblichsten. Als, um ein gutes Beispiel zu nennen, Goethe's Werther-Roman erschien und alsbald eine gewaltige Fernwirkung gewann, da hatten die Urbilder der Lotte und ihres Ehemannes alle Ursache, sich kompromittiert zu fühlen. Sie liefen nicht in die Gerichte. Sie begriffen, daß es kleinlich gewesen wäre, dem Dichter zu grollen, der ihnen in seinem Buche ein tausendmal höheres, intensiveres und nachhaltigeres Leben verliehen hatte, als sie in der bürgerlichen Wirklichkeit führten, – und sie schwiegen.

Also im Ernst mit Goethe vergleicht sich der eben dreißigjährige Verfasser eines einzigen, womöglich gar bloß eines Bilse-Romans?

»Vorzüglich!« sagen meine Landsleute. »Er vergleicht sich mit Goethe!« – Bewahre, nein. Aber Goethe war nicht immer der allen Injurienklagen entrückte Genius, der er uns heute ist. Auch er war einmal gegenwärtig, Zeitgenosse, modern, war irgend ein junger Mann aus Frankfurt, der »schrieb«, der sein Leben dichtete, die Eindrücke, die er von Welt und Menschen gewann, in Büchern gestaltete, gerade wie ich; und wenn Ihr mich fragt, mit wem der beiden ich mich eher verwandt fühle, mit Goethe oder mit Bilse, so antworte ich ganz ohne Größenwahnsinn: Eher mit Goethe.
Darauf nämlich kommt es an, ob man, dem Wesen, wenn auch gewiß nicht dem Grade nach, eine Art Goethe oder ein Bilse ist [...]

Da hat sich zum zweiten Mal ein polemischer Gedanke ins Grundsätzliche verselbständigt. Indem er sich so eben doch mit Goethe vergleicht, kann Thomas Mann auf dem Umweg über dessen Jugendgeschichte wieder an die Lübecker Herkunft anknüpfen und den Weg zurück finden zum beinahe schon aus den Augen verlorenen Anlass. Mit der kaum ironischen Bitte um die Liebe seiner Vaterstadt endet also der Artikel:

Ich weiß sehr wohl, daß es in Lübeck Leute gibt, welche in mir den berüchtigten Vogel sehen, der sein eigenes Nest beschmutzte. Sie tun unrecht, sie denken unrecht, – ich weiß nicht, wobei ich es ihnen schwören soll, denn sie glauben nicht, daß mir irgend etwas heilig sei. [...] Ich habe zu Ehren meiner Vaterstadt und meiner Familie auf meine Art ebenso viel getan, wie mein Vater, der vielleicht in Lübeck noch nicht vergessen ist, auf seine Art getan hat. [...] und es ist gar nicht ausgeschlossen, daß man in Deutschland an diesen Gestalten noch seine Freude haben wird zu einer Zeit, wenn wir alle, die Urbilder und ich selbst, längst nicht mehr zu den Lebenden gehören.
Es wird meinen Landsleuten schwer fallen, das zu glauben. Sie werden denken: »Es ist doch nicht möglich, daß der kleine Thomas Mann, der unter uns herumlief und in der Schule so ungewöhnlich faul war und nicht gut tun wollte, ein Dichter ist, ein ordentlicher, nicht nur wie Bilse, sondern einer, der in die Literaturgeschichte kommt.« Vielleicht ist es nicht möglich. Aber wenn man mich in Lübeck nicht für einen Dichter hält, so brauchte man mich deshalb dort noch nicht für einen Ehrabschneider und Heimatschänder zu halten. [...] Ich grüße die Heimat von Herzen. Sie soll nicht so schlecht von mir denken! Thomas Mann.

Ein Nachwort nennt der entlaufene Sohn diesen Text. Er hält die Angelegenheit für erledigt. Das aber ist sie ganz und gar nicht, für die unverdrossen weiter prozessierenden Lübecker Verwandten so wenig wie für ihren Landsmann. Bereits eine Woche später nämlich, am 14. November 1905, wird ein Ausschnitt aus dem *Nachwort* zum zweiten Mal veröffentlicht, als separater Text – diesmal überraschenderweise in der Augsburger und Münchner *Allgemeinen Zeitung* und unter der entschieden ins Allgemeine gehenden Überschrift *Darf der Dichter Zeitgenossen porträtieren?*

Das Erstaunliche an diesem Artikel ist der Umstand, dass er überhaupt noch einmal erscheint. Wie umständlich die Übertragung ist, wird aus einer redaktionellen Vorbemerkung deutlich – sie verweist eigens auf die *Lübeckischen Nachrichten*, die doch Münchner Lesern schwerlich zugänglich sind. Warum dies alles? Weil der Münchner Thomas Mann mittlerweile seinen eigenen Dose-Bilse-Skandal hat, einen Skandal in und mit der *Neuen Rundschau*. Während in Lübeck die Prozessvorbereitungen anliefen, hat er in München die Novelle *Wälsungenblut* verfasst, die von der Familie seiner Braut nicht ohne Grund als »antisemitisch« und überhaupt als Entgleisung verstanden worden ist und deshalb, obwohl bereits gedruckt, von der Publikation im Januarheft 1906 zurückgezogen werden muss. Das Gerücht, Thomas Mann habe seine Novelle als denunziatorische Schlüsselgeschichte über die Familie seiner Frau verfasst, erhält durch den Rückzug nur neue Nahrung. Will sich der Autor verteidigen, ohne neuen Anstoß zu erwecken, dann bietet die beiläufige Reprise eines Lübecker Kuriosums dafür die denkbar geeignetste Camouflage.

Mit der Streichung der meisten anlassbezogenen Bemerkungen und der programmatischen Überschrift vollzieht die Münchner Kurzfassung den entscheidenden Schritt aus einem Bündel aus Privataffären in die programmatische Reflexion. Denn die in der Selbstrechtfertigung aufgetauchte, nun zur Überschrift avancierte Frage gilt nicht nur einzelnen Personen, sondern dem Verhältnis von Leben und Kunst. Dieses Grundproblem aber ist mit dem »Nachwort« nicht abgetan, sondern fängt hier erst an. Es hilft nichts, die selbständig gewordenen Gedankengänge verlangen ein größeres Format. Thomas Mann geht wieder an den Schreibtisch.

Schon zu Beginn des Dezember 1905 arbeitet er am dritten, ausführlichsten Text der Reihe. Er schreibe, lässt er Heinrich wissen, »an einem Artikel über ›Erfindung‹ und ›Beseelung‹«. Zum ersten Mal bindet der Titel dieses Essays Kunst und Kolportage zusammen. Der Essay *Bilse und ich* erscheint im Februar 1906 in den *Münchner Neuesten Nachrichten*.

Und da liest ihn der Dichter der *Biene Maja*. Der nachmals berühmte, vorerst nur lokal bekannte Waldemar Bonsels ist aus Kiel gekommen wie Thomas Mann aus Lübeck – und folglich mit den nordischen Klatschgeschichten nicht weniger vertraut als mit denen in München, wo er sich nun als Verleger versucht. Kurzerhand schlägt er Thomas Mann vor, den Essay als selbständiges Bändchen gleich noch einmal zu veröffentlichen. Und der stimmt nun, ausdrücklich um »möglichst weiter Verbreitung« willen, zu. Es ist der vierte Text der Reihe und die überhaupt einzige derartige Publikation des jungen Thomas Mann. Ein neu hinzugekommenes Vorwort datiert er auf den »50. Todestag Heinrich Heines« – da wird ein Geltungsanspruch sichtbar, der den Autor selbst überrascht haben könnte.

Der Erfolg gibt Bonsels Recht. Noch im selben Jahr erreicht *Bilse und ich* drei Auflagen. Kein anderer Essay des jungen Thomas Mann hat ein vergleichbares öffentliches Interesse gefunden; und wenige haben ähnlich kontroverse Reaktionen ausgelöst. Die Eierschalen seines skandalösen Ursprungs haften auch diesem Text noch an – was Münchner Leser eher mit Befremden gelesen haben dürften. Zugleich erreicht der Ton eine neue, verletzende Schärfe. So gereizt beginnt es: »Zu Lübeck, meiner Vaterstadt, ist mir neulich übel mitgespielt worden. Gelegentlich eines Preß-Prozesses, einer literarischen Beleidigungssache, eines geräuschvollen, für uns aber unbeträchtlichen Handels [...] ist viel und heftig von meinem Roman *Buddenbrooks* die Rede gewesen, einem Buche, das in jedem Skandalprozess unbedingt zur Sache gehört und zwar darum, weil seine Figuren zum Teil nach lebenden Personen gebildet sind.« Und wie zur Bestätigung geht es nun, geräuschvoll, zunächst gegen lebende Personen. Der Bilse-Vorwurf wird zitiert – und das

> wurde in offenem Gerichtssaal gesprochen und hatte also Resonanz genug, zusammen mit dem Namen des Sprechers zu mir zu dringen. Ich will ihn nennen, diesen Namen, er stehe hier. Einmal soll er in einer großen Zeitung stehen, ich will's veranlassen. Er lautet: von Brocken. Von Brocken sagte: »Ich stehe nicht an, laut und offen zu behaupten, daß auch Thomas Mann sein Buch à la Bilse geschrieben hat, daß auch ›Buddenbrooks‹ ein Bilse-Roman ist, und ich werde diese Behauptung vertreten!« Hoch aufgerichtet stand er da. Kommt, wir wollen ihm nicht böse sein. Wir wollen uns billigerweise ein wenig in seine Lage versetzen. Man verbringt seine Tage als Rechtsanwalt in einer mittleren Hafenstadt, man fristet ein dürres, armseliges und völlig unbemerktes Dasein, man gäbe 'was drum, könnte man ein bißchen Aufhebens von sich machen. Beachte doch, guter Leser, das verzweifelt Herausfordernde in von Brockens Worten! [...] Ich widme ihm diese freundlichen Zeilen – mehr kann ich nicht für ihn tun.

Was der weitere Essay programmatisch fordern wird, hier führt er es polemisch vor: die Verwandlung hässlichen Lebens in schöne Literatur. Bei der ersten Lektüre prägt sich nur diese hochfahrende Schärfe ein, nicht ihr demonstrativer Zweck. »Der treffende Ausdruck«, erklärt der Schreiber beiläufig, »wirkt immer gehässig.« Warum eigentlich? »Wenn ich aus einer Sache einen Satz gemacht habe«, fragt er, »was hat die Sache noch mit dem Satz zu tun?« Und dann der schneidend höhnische Schluss:

> Bilse und ich ... irgend ein Unterschied ist vorhanden, man wird es mir zugeben, und vielleicht ist es ein ähnlicher Unterschied wie der zwischen Frechheit und Freiheit. [...] des Künstlers Würde und Hoheit beruht in ihr [dieser Freiheit], und For-

> derungen von Rücksicht und Bürgertakt vermögen nichts über sie. [...] Nicht von Euch ist die Rede, gar niemals, seid des nun getröstet, sondern von mir, von mir ... – Lest dies! Merkt dies! Es ist ein Sendschreiben, ein kleines Manifest. [...] Sagt nicht immer: Das bin ich, das ist jener. Es sind nur Äußerungen des Künstlers gelegentlich Eurer. Stört nicht mit Klatsch und Schmähung seine Freiheit, die allein ihn befähigt, zu tun, was ihr liebt und lobt, und ohne die er ein unnützer Knecht wäre.

Das ist eine Provokation. Am verständnisvollsten reagieren umgehend die *Lübeckischen Blätter*, die schon Kummer gewohnt sind. Sie rühmen die »ergreifenden Worte« des Essays und fragen die Lübecker: »Soll die Kunst bestraft werden für den Unverstand und die Klatschsucht des Publikums?« Auch diejenigen Leser aber, die das folgsam verneinen, zeigen sich befremdet über die Proklamation, auf die das Manifest hinausläuft: die Proklamation einer ontologischen Überlegenheit des Kunstwerks über das Leben. Ob damit nicht vielmehr eine Überlegenheit des Künstlers über seine unkünstlerischen Mitmenschen gemeint sei? Richard Moritz Meyer, der die Schrift in der Berliner *Nation* rezensiert, schlägt vor, »die Sache vom Standpunkt des Wanderers [zu] betrachten, der auch von dem prachtvollsten Löwen ungern aufgefressen wird«. Schroffer und erkennbar als selbst Betroffener urteilt Kurt Martens, Thomas Manns Duzfreund, im *Leipziger Tageblatt*: »Niemanden wird er damit überzeugen. Die stolze Ablehnung aller menschlichen Gesichtspunkte zugunsten der rein künstlerischen mag für ihn als Künstler maßgebend sein, die menschliche Gesellschaft aber, der er nun einmal [...] angehört, wird die Folgen sozialer Rücksichtslosigkeit stets unangenehm spüren lassen.« Allein der Kritiker Julius Havemann nimmt den Anspruch ernst, den Thomas Manns Vorwort angedeutet hatte. In einem Thomas-Mann-Porträt für den konservativen *Eckart* rühmt er 1909 *Bilse und ich* »Lessingscher Schärfe und Sicherheit«, die, »wie einst der ›Anti-Goeze‹ den Namen jenes trefflichen Pastors«, den Namen des Staatsanwalts von Brocken »der Nachwelt überliefern dürfte«. (Was hier ja auch wieder geschehen ist.)

Tatsächlich bleibt das öffentliche Interesse weit über die Skandale hinaus so lebhaft, dass noch 1910 eine 4. Auflage fällig wird, für die Thomas Mann das *Vorwort* abermals weitgehend neu schreibt. Eine endgültig überarbeitete Fassung jedoch liegt erst 1922 vor, in der Sammlung *Rede und Antwort*. Erst jetzt, siebzehn Jahre nach dem Skandal und zweiundzwanzig nach dem Roman, der ihn auslöste, hat sich der Essay von seinen Ursprüngen emanzipiert. (Das Gespenst Bilses verfolgt den Verfasser noch bis mindestens 1927; danach wird der literarische Leutnant in den Briefen nicht mehr erwähnt.)

Was so unter Thomas Manns Händen zustande gekommen ist, nennt Hans Rudolf Vaget im *Thomas-Mann-Handbuch* »das zentrale Dokument seiner Poetik«. Lässt man seine Entstehungsgeschichte Revue passieren, so kann man zusehen, wie dem vom Blitzlicht der Skandale noch geblendeten Verfasser selbst allmählich aufgeht, *was* er da eigentlich geschrieben hat, was er da schreibt. Was im ersten Lübecker Artikel als das Eigengesetz der Kunst gegenüber der bürgerlichen Moral behauptet worden war, hat sich am Ende theoretisch und historisch weit entfaltet. Was dort als Selbstrechtfertigung dieses besonderen Künstlers begann und sich in die Legitimation des Künstlers überhaupt ausweitete, führt nun in eine grundsätzliche Funktionsbestimmung des literarischen Kunstwerks gegenüber der empirischen Welt. Genügte als weltliterarischer Vergleichsfall dort Goethes *Werther*, so kommen nun Schillers Geschichtsdramen, Rousseaus Bekenntnisse, Shakespeares Schauspiele, Turgenjews Romane hinzu. Vor allem aber haben zwei mächtige Akteure die Szene betreten, die bisher nur hinter den Kulissen rumort haben.

Da ist zunächst, und namentlich eingeführt, der »Erkenntnis-Lyriker«, dessen Dithyramben durch das apollinische Spiel mit der »süßen Leyer« und dem »strengen Bogen« hindurch vernehmbar sind, süß und wild; dass der Künstler ein für sich genommen bedeutungsloses Lebens- und Wirklichkeitsmaterial in dezisionistischer Selbstermächtigung zu gestalten, es so zu unterwerfen und Kunst als Lebens-Kritik auszuüben habe, hat Nietzsche dem Schreiber hörbar souffliert.

Der andere Akteur macht sich nicht so laut bemerkbar. Nur auf dem Weg über wiederkehrende Metaphern und Begriffe gleitet er in den Text, eher zwischen den Zeilen als in ihnen treibt er sein Wesen. Sein erster Schatten ist schon auf jenen frühen Brief gefallen, in dem Thomas Mann seinem Bruder Heinrich das Thema seines neuen Essays als die Frage von »›Erfindung‹ und ›Beseelung‹« vorstellte. Erfindung – das ist Literatur, natürlich. Aber was ist Beseelung?

Weihespiel

Das Theater als Tempel hat Thomas Mann 1907 einen (dann mehrmals separat unter diesem Titel nachgedruckten) vorab veröffentlichten Teil des *Versuchs über das Theater* überschrieben. Und dessen Schluss zeigt, wie weit sich der Schriftsteller in dieser experimentierfreudigen Phase tatsächlich in eine neoromantische Kunstreligion vorwagte. Er halte es, schrieb er da im Anschluss an eine scharfe (wiederum von Nietzsches Anti-Wagner-Schriften inspirierte) Polemik gegen das Bayreuther Schauspielertum und nun entschieden ironiefrei – er halte es für »nicht mehr unmöglich, daß in irgend einer Zukunft, wenn es einmal keine Kirche mehr geben sollte, das Theater allein das symbolische Bedürfnis der Menschheit zu befriedigen habe –, daß es die Erbschaft der Kirche antreten und dann allen Ernstes ein Tempel sein könnte«.

Zwischen den Fassungen der Bilse-Texte bildet sich, scheint mir, zunehmend deutlich eine vergleichbare Vorstellung heraus von der Kunst des Romans. Kunst als Erlösungsmysterium: das beschäftigt bereits den frühen Thomas Mann weit mehr, als das Bild vom bürgerlichen Ironiker wissen will. Im Verlauf des Gedankengangs nämlich treten immer mehr Vorstellungen und Metaphern in den Vordergrund, die religiöser Sprache entlehnt sind. Das sind zunächst nur die durchaus konventionellen Bestimmungen des Dichters als eines schöpferischen *alter Deus*. Darüber hinaus aber entfaltet der Text spezifisch christliche Denkfiguren. Indem einige zunächst beiläufig erscheinende leitmotivische Schlüsselwörter wiederholt und beim Wort genommen werden, rückt schließlich die Gestalt des Dichters selbst metaphorisch in die Position eines leidenden Erlösers ein, wird die ästhetische Selbstverteidigung zur Proklamation einer eigentümlichen Version neuromantischer Kunstreligion. Mit Hilfe christologischer Metaphern nämlich werden die Lübecker Vorwürfe mangelnder Erfindungsgabe, narzisstischer Gefühlskälte und Rücksichtslosigkeit umgedeutet in Tugenden einer durch Selbstzucht, ja Selbstopfer bewirkten Läuterung, als Heilung einer defizienten Lebenswirklichkeit. Wie geht das vor sich?

»Das Stoffliche« ist für sich genommen bedeutungslos, ja von zweifelhaftem ontologischem Status: »Als ich *Buddenbrooks* zu schreiben begann, saß ich in Rom [...]. Lübeck hatte nicht viel Realität für mich, man kann es mir glauben, ich war von seiner Existenz nicht sehr überzeugt.« Erst durch den Dichter wird die Wirklichkeit »mit seinem Odem und Wesen erfüllt« – wie Gott in der Erschaffung des Menschen den Lehm mit seinem Odem und Wesen erfüllt hat. Durch seinen Anhauch macht der Künstler sie zugleich »zu seinem Eigentum«, auf das fortan »niemand die Hand legen darf«. Der Vorgang dieser »Beseelung« – siebenmal taucht der Begriff auf – wird über die Schopenhauer-Allusionen hinaus umschrieben mit neuplatonisch-mystischen Begriffen: Der Dichter steigt hinab in die Sphäre des »Stofflichen«, und er »identifiziert« sich dort »mit seinen Geschöpfen«. Dabei werden diese ihrerseits transformiert in »Emanationen des dichtenden Ich«; und das auch und gerade dann, wenn es sich etwa um »ein widriges und entsetzliches Wesen« handelt. Was damit entsteht, nennt Thomas Mann mit einer Metapher aus der Mystik das »innere Einswerden« von

Schöpfer und Geschöpf – zugleich eine Erniedrigung des Schöpfers und eine Erhöhung des Geschöpfes. Was aber bedeutet diese Doppelheit? Sie bedeutet, ausdrücklich, eine »Erlösung«. Und sie entspringt dem »Glauben [...], daß böse und stumme Dinge erlöst und gut gemacht werden, wenn man sie ausspricht«. *Diese* »Freiheit« ist es, ohne die der Schriftsteller (mit der Formel Jesu aus Mt 25,30 oder Lk 17,10) »ein unnützer Knecht wäre«. Lutherisch orthodox ist das alles gewiss nicht. Aber aus lutherischer Tradition entlehnt der Text diese Metaphern, und aus noch älteren Quellen. Schöpfung, Sündenfall, Erlösung: für den Erlöser bedeutet das »*Schmerz*« (zehnmal erscheint der Begriff), »Schmerz des Erkennens und Gestaltens«, dem »jedes Erleben zu einem Erleiden« wird. In diesem »Leiden« des Künstlers aber besteht sein »Martyrium«, mehr noch: seine »Passion«. Und allein »das Werk, das ein Künstler in Schmerzen tat«, »*rechtfertigt*« seinen Ehrgeiz. Lauter Pathosvokabeln, aber um Kampf und Leiden geht es ja auch; das sollen die Lübecker, das soll die Welt ruhig wissen. Wer es schmerzlos haben will, ist ein Bilse.

Um *Buddenbrooks* geht es eigentlich noch immer, vielleicht sogar noch um die tragikomische Verzweiflung des Heimatdichters Dose, der die Druckplatten seines »Muttersohns« vernichten muss; nur haben sich die

Einzelfälle längst ins Modellhafte aufgelöst. Jeder der herbeizitierten theologischen Begriffe wird eingeschmolzen in diese produktionsästhetische Reflexion – freilich so, dass dabei die Ästhetik eine eigentümlich religiöse Aura erhält. »Beseelung« des »Stofflichen« durch den »Odem«: das zitiert die zweite Schöpfungsgeschichte der Genesis. Umfangreicher aber und auffälliger erscheinen christologische Bilder und Rechtfertigungslehre – die erniedrigende »Identifikation« des Schöpfers mit den Geschöpfen, das Erleiden von »Züchtigung« und »Schanden«, von »Martyrium« und »Passion«, schließlich das »Versöhnliche«, die »Erlösung«, das Wieder-gut-Machen.

So nahe aber diese Bilder und Pathosvokabeln den kunstreligiösen Vorlieben des Zeitgeistes verwandt scheinen, so deutlich sind sie doch auch wieder davon geschieden. Kein *Siebenter Ring* steht hier ja in Rede und keiner des Nibelungen, sondern ein sozialer, psychologischer, musikalischer Roman. Gerade im prosaischen, im modernen, kritischen und analytischen Kunstwerk besteht die Aufgabe, die der *Bilse*-Autor sich auferlegt: gegenwärtige, empirische Wirklichkeit zu läutern, heil zu machen allein durch die Weise ihrer künstlerischen Gestaltung, die zugleich ihr künstlerisches Durchschauen bedeutet. Im nachgetragenen *Vorwort* wird Thomas Mann die Andeutungen seines Essays noch einmal mit der Proklamation überbieten, dass der »Künstler-Egoist sein eigenes Herz als Monstranz zu erheben« beanspruche – womit auch der priesterlich-rituelle Umgang »mit Symbolen [...] und Monstranzen« erheblich überboten wird, den er im Theater-Essay dem Wagner des *Parsifal* zuschreiben wird, dem Künstler des »Bühnenweihefestspiels«. Auch dies alles ist nur metaphorisch gemeint, natürlich; im Grunde noch immer die angestrengte und vielleicht überspannte Selbstverteidigung eines verlorenen Sohnes, der sich von der Vaterstadt in die Ferne und in die Enge getrieben fühlt und der, indem er seine Wunden vorzeigt, die Heimat grüßen will, »von Herzen. Sie soll nicht so schlecht von mir denken! Thomas Mann.«

Zu Ende gedacht ist das alles noch nicht, wird es auch in den Essays nicht werden, die ab 1907 zum Bilse-Komplex hinzutreten und in denen es kaum weniger angestrengt und manchmal selbstquälerisch um Wagner und »Tempel«, um »Geist und Kunst« geht. Und doch ist es vielleicht gerade die Schmerzensspur, die aus dem »kleinen Manifest« ein »Sendschreiben« macht, aus dem Gesellschaftsroman ein Weihespiel, aus der Selbstverteidigung eine Poetik. Eine ordentliche, nicht nur wie Bilse, sondern eine, die in die Literaturgeschichte kommt.

1 Klaus Harpprecht: Fritz Oswald Bilse. Wie ein Leutnant mit literarischer Ader berühmt wurde. In: Frankfurter Allgemeine Magazin Nr. 919, 20. Oktober 1997, S.29–38.

LOTHAR MÜLLER

Die schwarzen Augen des René Maria von Trotha

Eine Nachprüfung mit Dr. Wegge

Dass der Leutnant René Maria von Trotha uns nicht aus dem Kopf will, hat mit Doktor Wegge zu tun. Denn Dr. Wegge hat uns gelehrt, zwischen den Toten und den Untoten der Romane zu unterscheiden und die Letzteren unserer besonderen Aufmerksamkeit empfohlen. Die Toten, das sind die, die im Roman sterben wie Winnetou und Lucien de Rubempré. Wenn wir zu ihnen zurückkehren, dann zu ihrem Tod oder an ihr Grab. Immer wieder sehen wir die schwarze Flüssigkeit aus dem Mund Emma Bovarys hervorbrechen. Immer wieder Anna Karenina und den herannahenden Zug. Immer wieder das Rondell und die weiße Marmorplatte, auf der nichts als der Name Effi Briest steht. Sie sind verlässlich da, diese Toten, wie ihr Gegenüber, die Überlebenden, von denen wir wissen, wo sie geblieben sind. Die fortziehen in eine fremde Stadt, dableiben, wo sie sind, oder zurückkehren wie Ismael, um Bericht zu erstatten. Die Toten werden vom Roman in ihren Gräbern, die greifbar Überlebenden in den Umrissen ihres Fortlebens bestattet. Dazwischen aber gibt es den Schwarm der erzählerisch Unerlösten, die unbestatteten Untoten, von denen ungewiss ist, wo sie am Ende bleiben. Viele Nebenfiguren sind unter ihnen, die schon halb an der Schwelle des Vergessens zu stehen scheinen, wenn wir das Buch schließen. Aber sie tauchen unversehens, oft ungerufen und ohne erkennbaren Anlass in der Erinnerung wieder auf wie irgendein halb zerflatterter Klassenkamerad, von dem nicht einmal der Name fest verfügbar geblieben ist. Diese Wiedergänger sind der Tribut des Romans an die Geschichten, die er nicht erzählt. Mit dem Konjunktiv im Bunde, halten sie sich für die Unausgeführtheit ihrer Existenz im Roman durch die Fülle der Möglichkeiten schadlos, die ihnen an seinem Ende bleibt. So führen sie in der Einbildungskraft ein spukhaftes Nachleben.

Wir erfahren in den »Buddenbrooks« nicht viel über René Maria von Trotha, wenn auch von seiner Erscheinung noch zu sprechen sein wird. Nur in zwei Passagen des Romans hat er einen jeweils kurzen Auftritt. Als

Secondeleutnant bei einem Infanteriebataillon ist er in der Stadt an der Trave, deren Name im gesamten Roman nicht fällt, stationiert. Er stammt aus dem Rheinland, aber ob er dahin zurückkehrt, bleibt offen. Denkbar ist, dass er den Dienst quittiert, um das Leben eines Virtuosen zu führen. Aber diese Eventualität ist ebenso ungewiss. René Maria von Trotha ist überhaupt von sehr viel Ungewissheit umgeben, und je genauer wir ihn auf Geheiß von Doktor Wegge ins Auge fassten, desto mehr wuchs diese Ungewissheit. Irgendeine Selbstauskunft war von ihm nicht zu erwarten. Wir fanden seine Art zu sprechen beschrieben, aber keinen einzigen Satz, den er zum Roman beigesteuert hätte. Er blickte nur stumm zurück mit seinen schwarzen Augen, von denen noch die Rede sein muss. Vielleicht hat er es uns übel genommen, dass einige von uns seine Person für durchaus unbedeutend hielten.

Der Herzog von Enghien

Verschlossen, hager unter schütterem Haar, nicht selten nervös und immer unberechenbar, war Doktor Wegge von Gerüchten umgeben, die wissen wollten, er sei als junger Mann wegen irgendeiner politischen oder moralischen Unzuverlässigkeit ins Visier der nationalsozialistischen Behörden geraten. Er nährte diese Gerüchte nicht, trat ihnen aber auch nicht entgegen. Über eines aber konnte kein Zweifel bestehen: Er war hochgradig misstrauisch, witterte überall einen Hintersinn, eine verborgene Absicht, eine verdächtige Ausflucht. Die Dichter, mit denen er uns vertraut zu machen hatte, nahm er von seinem Misstrauen nicht aus. Noch weniger die Lehrpläne. Zu den »Buddenbrooks« kamen wir, weil er wieder einmal mit den Vorgaben haderte. »Short story«, bellte er, »Kurzgeschichten – so, so, das findet man jetzt modern. Aber immer schön der Reihe nach. Meine Herren, ich weigere mich, mit Ihnen über die Kurzgeschichte im zwanzigsten Jahrhundert zu reden, ehe Sie das Zeitmaß der großen Romane des neunzehnten in sich aufgenommen haben!« Wir lehnten uns zurück. Wir wussten, er würde nun wieder ins Extemporieren geraten und unweigerlich bei seinem Lieblingsthema landen, bei den großen Russen, bei Tolstoi. Es ist hier nicht der Ort, Dr. Wegges erregte Rede über das Auseinanderfallen des Epischen im zwanzigsten Jahrhundert zu rekapitulieren. Ihr Schlüsselsatz war deutlich genug und er klang bedrohlich in unseren Ohren: »Was eine short story ist, meine Herren, können Sie erst verstehen, wenn Sie *Krieg und Frieden* gelesen haben!«

Er ließ sich dann zwar auf die »Buddenbrooks« herunterhandeln, aber nicht, ohne gleich zu Beginn der Lektüre noch einmal seinen Tolstoi anzubringen. Denn es erwies sich, dass zwar die Handlung des Romans im Jahre 1835 beginnt, die Gesprächsthemen beim Einweihungsfest im neu erworbenen Haus in der Mengstraße allerdings wie von ungefähr in die napoleonische Ära zurückführen. Man erinnert sich der Umstände, als die Stadt von den Franzosen besetzt war, und Pastor Wunderlich gibt anstelle der über ihre eigene Rolle immer noch leicht indignierten Madame Buddenbrook die schon hundertfach erzählte Geschichte des Sergeanten Lenoir zum Besten, dem die silbernen Löffel der Familie dann doch nicht zum Opfer fallen. Was aber serviert die Konsulin Buddenbrook als ihr »Meisterwerk« in ebendem Moment, wo Pastor Wunderlich von der Anekdote über den Sergeanten Seiner Majestät des Kaisers zu diesem selbst übergeht und von den Franzosen sagt: »Sie kannten wohl keinen anderen Gott als diesen fürchterlichen kleinen Menschen?« Sie serviert ihren »Russischen Topf«!, triumphierte Doktor Wegge. Und an welchem Ort haben die einzigen Gesprächsteilnehmer in der Mengstraße, die das von sich sagen können, Bonaparte von Angesicht zu Angesicht gesehen? Der alte Buddenbrook in Paris, bei einer Parade in den Tuilerien unmittelbar vor der russischen Kampagne, Jean Jacques Hoffstede während des Zuges nach Osten in Danzig. Wie aus einer Feuerzangenbowle ließ nun der enthusiasmierte Doktor Wegge aus dem russischen Topf der Konsulin die Konversation aufsteigen, die am Anfang von »Krieg und Frieden«, anno Juli 1805, im Salon der Hofdame Anna Pawlowna Scherer stattfindet, und bald war in der Mengstraße das Echo der Kontroverse über Napoleon zu hören, die in Petersburg die Gastgeberin nicht hatte verhindern können. In ihrem Mittelpunkt stand das Schicksal des Herzogs von Enghien, den Bonaparte im März 1804 unter Bruch des Völkerrechts im badischen Städtchen Ettenheim hatte festsetzen, nach Vincennes verbringen und dort ohne Verzug hatte hinrichten lassen. In Petersburg war die Aufregung darüber noch ganz frisch, zudem war Napoleon nah. In der Mengstraße gehörte er schon in die Geschichte, über die sich friedlich räsonieren ließ, denn im Jahre 1835 herrschte in Frankreich der Bürgerkönig Louis Philippe. Darauf kam es Doktor Wegge bei seinem Hin und Her zwischen dem russischen Topf der deutschen Bürger und dem Petersburger Salon an. Ich will Ihnen sagen, rief er, wer bei Tolstoi den großen kleinen Kaiser, den Erben der Revolution gegen den royalistischen Emigranten mit jakobinischer Schärfe verteidigt und die Hinrichtung des Herzogs von Enghien rechtfertigt: die jüngere Generation in Gestalt von Pierre Besuchow! In der Mengstraße aber übernehmen diesen Part die Alten. Freilich in sehr viel milderer Tonart. Pastor Wunderlich referiert ein pronapoleonisches Buch, und der alte Buddenbrook mag auch ohne Sukkurs durch die Historiker von seiner Hochachtung für den Kaiser nicht lassen. Für seinen leicht bigotten Sohn aber ist Napoleon, »der den Herzog von Enghien ermordete«, ein »Unmensch«. Sein Idol ist Louis Philippe, der Bürgerkönig. Jean Jacques Hofstedes maliziöse Bemerkung, das sei einer, den man sich als Gegenstand des »Schwärmens« nicht recht vorstellen könne, und der Spott seines Vaters über die leitartikelhaften »praktischen Ideale« seines Sohnes prallen an der Option des Biedermeier-Geschäftsmannes für die Julimonarchie ab. Nicht, dass Doktor Wegge die Anhänglichkeit der Alten an den Heros ihrer Jugend sonderlich hoch geschätzt hätte. Es war ihm zu viel Sentimentalität darin. Aber eins war klar: Den mittleren – in jedem Sinn mittleren!, bellte er – Buddenbrook, den Vater von Thomas Buddenbrook, wollte er uns gründlich verleiden. In diesem Krämer, rief er uns noch nach, als wir schon die Sachen packten, ist der Citoyen gründlich erloschen! Die Prosa der Verhältnisse hat in ihm alle Leidenschaft erstickt! Nichts ist noch in Ordnung, wenn so einer die Geschäfte führt! Nein, meine Herren, da ist der Wurm schon drin, der Verfall beginnt nicht erst mit dem Anschwellen der Musik!

Der schwarzgoldene Türgriff

Berühmt war Dr. Wegge für seine Anfälle gnadenloser Ungerechtigkeit. Niemand war vor ihnen sicher, gerade die brillantesten Referate konnten sie herausfordern. Diesmal traf es den stillen Stolz, unseren besten Klavierspieler, der freiwillig das Thema »Thomas Buddenbrook und die Musik« übernommen hatte. Er war äußerst gründlich vorbereitet, hatte mit leiser, melodiöser Stimme lange und eindringlich gesprochen. Eine kleine Anthologie von Zitaten über Musik und einzelne Komponisten, die er aus dem Roman herausgezogen hatte, war der Auftakt. Er klang aus in der Gegenüberstellung von »Kontrapunktik« und »Harmonik«, führte dann zu dem Fazit, nicht in irgendeiner Musik verdichte sich das Lebensproblem des Thomas Buddenbrook, sondern in der Musik Richard Wagners. Hier kannte der stille Stolz sich aus. Anknüpfend an Edmund Pfühl, den Organisten von Sankt Marien, und Gerda Buddenbrook schlug er einen Bogen von den Meistersingern zum Tristan, bestimmte den Ort des Lohengrin in Biographie und Werk Wagners und erläuterte, was ein Leitmotiv sei. Anschließend gab Schüler Stolz eine souveräne Zusammenfassung dessen, was er aus einschlägigen Lexika über die musikgeschichtliche Bedeutung des »Tristanmotivs« zusammengetragen hatte. Dann erst begann er mit seiner Charakteristik des Thomas Buddenbrook. Er hob die russischen Zigaretten hervor, die ständige Anspannung, die stets lauernde Müdigkeit und zeichnete das Bild eines an sich selbst verzweifelnden Geschäftsmannes und Bürgers, dem in der eigenen Frau, vor allem jedoch im eigenen Sohn sein Widerpart, der Künstler gegenübertritt. Diesen Sohn, Johann Buddenbrook, präsentierte der stille Stolz als das ins Leben getretene Tristanmotiv, durch das die Musik im Hause Buddenbrook die bürgerliche Solidität untergräbt. Der Typhus-Tod des kleinen Johann lieferte ihm für diese Machtergreifung der Verfallsmusik das Stichwort: Machtlos wie einer ansteckenden Krankheit stehe Thomas Buddenbrook der Musik gegenüber, die ihm nicht geheuer ist, die seine gesamte Existenz untergräbt. Das Einfallstor für die Ansteckung durch die Kunst aber liege im Bürger und Geschäftsmann selbst, in seiner zunehmenden Nervosität, der keine Ostseekur gewachsen sei. Diese Nervosität des Thomas Buddenbrook sei eine Art Vorstufe und Inkubation des Typhus, der seinen musikalischen Sohn hinwegraffe. Schon damit hatte Stolz, wie uns schien, seine Aufgabe mehr als glanzvoll erfüllt. Aber er tat noch ein Übriges und trug eine Zugabe vor, die er aus in der Bibliothek entliehenen Büchern zusammenkomponiert hatte. Darin erhielt die Macht der Musik, der Thomas Buddenbrook nichts entgegenzusetzen weiß, einen uns unbekannten Namen: das Dionysische. Stolz hatte gerade den griechischen Gott Dionysos herbeizitiert, las einige Passagen vor, die er aus einer Abhandlung des Philosophen Nietzsche exzerpiert hatte, als Doktor Wegge ihn grob unterbrach, ungehalten »Danke, das reicht!« knurrte und, statt den konsternierten Referenten zu loben, vor den Abwegen warnte, auf die er sich durch seine Ratgeber aus der Bibliothek habe locken lassen. »Das Dionysische, Nietzsche, schön und gut, das ist ja alles recht interessant, aber dies ist ein Roman, meine Herren, und wenn Sie wissen wollen, was es darin mit der Musik auf sich hat, müssen Sie dem Autor beim Erzählen auf die Finger schauen, statt nachzubeten, in welche Theorien er sich dabei hüllt.« Damit nicht genug, musste sich der stille Stolz nun auch noch vorhalten lassen, eine für sein Thema entscheidende Passage unbeachtet gelassen zu haben. »Thomas Buddenbrook und die Musik – da können Sie doch an der Treppenhausszene nicht vorbeigehen, Stolz! Vom Dionysischen phantasieren, aber den Leutnant René Maria von Trotha nicht erwähnen, das geht nicht!«

Das Versäumte hatten wir im Folgenden mehr als gründlich nachzuholen. Zoll für Zoll wurde die Erscheinung des René Maria von Trotha durchgenommen, vom seitwärts gescheitelten, dicht gelockten schwarzen Haar über der weißen Stirn abwärts. Ausführlich wurde das Unmilitärische seiner Bewegungen gewürdigt, das nachlässige Tragen der Uniform, als sei sie ein Zivilanzug, das Fehlen jeglicher Strammheit in seinem großen, starken, muskulösen Körper. Seine Neigung, mit geöffnetem Interimsrock dazusitzen, die Wange gegen den Handrücken gelehnt, musste gar pantomimisch illustriert werden. Denn der Secondeleutnant forderte mit ihr unverkennbar dazu auf, als ein Ästhet und Virtuose porträtiert zu werden, dessen schräg an den Mundwinkeln hinablaufendes Schnurrbärtchen sich durch nichts und niemand hätte bewegen lassen, militärische Haltung anzunehmen. Was war von diesem Universalvirtuosen zu halten, der Klavier, Geige, Bratsche, Cello und Flöte gleichermaßen vortrefflich spielt? Welcher Art waren seine Beziehungen zu Gerda Buddenbrook, die im Roman nicht auftauchen konnte, ohne dass sogleich und immer wieder von ihren blau verschatteten Augen die Rede war? Was geschah eigentlich, wenn sie mit ihrem Duopartner unter vier Augen war? »Das Merkwürdigste an ihm aber waren die Augen: große, außerordentlich glänzende und so schwarze Augen, daß sie wie unergründliche, glühende Tiefen erschienen, Augen, welche schwärmerisch, ernst und schimmernd auf Dingen und Gesichtern ruhten …«

Es half nichts, dass wir darauf verwiesen, im Roman gebe ausdrücklich »ihr bißchen verstaubte Menschenkenntnis« den spitzen Zungen der Stadt den Verdacht ein, Gerda Buddenbrook überschreite in ihrem Verhältnis zu Herrn Leutnant von Trotha, gelinde gesagt, die Grenzen des Sittsamen. Fallen Sie doch auf einen solch plumpen Trick nicht herein, meine Herren, konterte höhnisch Dr. Wegge. Glauben Sie bloß nicht, dieser Leutnant, der aussieht wie der unwiderstehliche Liebhaber aus einem Groschenroman, werde nur so zum Spaß herbeizitiert. Sie haben ja Recht, Stolz, die aufwogenden Harmonien, die aus dem Salon herausdringen, werden von Richard Wagner stammen. Die entscheidende Frage aber ist doch die: Was tun die beiden, wenn sie nicht spielen, wenn kein Laut aus dem Salon ins Treppenhaus dringt, dorthin, wo Thomas Buddenbrook qualvoll horcht und sich in Angst verzehrt? Leidet er nicht unter dem Schweigen im Salon mehr als unter der Musik? Und nützt es ihm etwas, wenn er die Worte »Betrug« und »Ehebruch« in Anführungszeichen setzt?

Schritt für Schritt mussten wir dem aufs Schweigen lauschenden Thomas Buddenbrook durchs Treppenhaus folgen, hinauf bis ins Ankleidekabinett, wo er sich die Stirn mit Eau de Cologne wäscht, und wieder hinab in den ersten Stock. Wie in einer Großaufnahme sahen wir ihn dort verharren, entschlossen, das Schweigen im Salon um jeden Preis zu brechen, den schwarzgoldenen Griff der weißen Tür schon in der Hand, dann aber zurückweichend, als mit einem stürmischen Aufbrausen die Musik wieder einsetzt. Über die Gesindetreppe ins Erdgeschoss hinab folgten wir dem aufgewühlten Thomas Buddenbrook, über die Diele und den kalten Flur hinein in den Garten, kehrten dann mit ihm zurück in die Diele, dort, wo der ausgestopfte Bär stand, und sahen, wie er sich auf dem Absatz der Haupttreppe an dem Goldfischbassin zu schaffen machte – unfähig, zur Ruhe zu kommen. Satz für Satz verfolgten wir, wie er während einer solchen Stunde des Horchens auf das Schweigen im Salon unverhofft im zweiten Stock der Galerie seinem musikalischen Sohn begegnet, in jener einzigen, kostbaren Szene, in der plötzlich, während ihre Blicke ineinander ruhten, jede Fremdheit und Kälte, jeder Zwang und jedes Missverständnis zwischen ihnen dahinsank.

Nach der Begegnung mit dem kleinen Hanno aber kam Doktor Wegge noch einmal auf Thomas Buddenbrooks Hand zurück, die den schwarzgoldenen Griff der Salontür schon umfasst hält. Er zog ein schmales Buch aus der Tasche, schlug es an vorab markierter Stelle auf und unterlegte die Großaufnahme der für einen Moment entschlossenen Hand mit einem Satz, der ihr Zurückzucken durch eine resolute Vollendung der Geste ersetzte: »Ich schlich ganz leise zur Tür und riß sie mit einem Ruck auf.« Posdnyschew, so hieß der Besitzer dieser anderen Hand. Er war eben, von Unruhe und Eifersucht getrieben, mit der Eisenbahn vorzeitig von einer Dienstreise nach Moskau zurückgekehrt. In dem Salon, vor dessen Schwelle er – anders als Thomas Buddenbrook – nicht verharrte, befand sich seine Ehefrau mit ihrem Duopartner, dem Violinisten Truchatschewski. Wie er am Anfang der »Buddenbrooks« das Echo von »Krieg und Frieden« im Haus an der Mengstraße hörbar gemacht hatte, so ließ Wegge nun im prächtigen Treppenhaus des Neubaus in der Fischergrube das Echo der »Kreutzersonate« seines geliebten Tolstoi erklingen. Hier, meine Herren, finden Sie die für den Leutnant von Trotha und Gerda Buddenbrook zuständige Theorie über die Wirkung der Musik! Und hier finden Sie den Skandal und Tumult, vor dem Thomas Buddenbrook im letzten Moment zurückschreckt! Und dann holte er den eigens aus dem Musikraum entliehenen Schallplattenspieler hervor und spielte den ersten Satz von Beethovens Sonate in einer Aufnahme mit David Oistrach und Lew Oborin vor, ehe er mit erregter Stimme die Passage vortrug, in der Posdnyschew rückblickend die musikalische Darbietung beschreibt, die seine Frau und Truchatschewski nach einem Diner im Salon seines Hauses gegeben hatten: »Sie spielten die Kreutzersonate von Beethoven… Kennen Sie das erste

Presto? Sie kennen es?!«, rief er. »Huhuhu! Ein furchtbares Werk ist diese Sonate. Und gerade dieser Teil. Und die Musik überhaupt ist etwas Furchtbares. Was ist sie? Ich verstehe es nicht. Was bewirkt sie? Und warum wirkt sie so, wie sie wirkt? Man sagt, die Musik wirke erhebend auf die Seele. Das ist nicht wahr, das ist Unsinn! Sie wirkt, sie wirkt furchtbar – ich rede aus eigener Erfahrung –, aber keineswegs erhebend. Sie erhebt die Seele nicht, sie zerrt sie herab, sie stachelt sie auf... Ich fühlte mich den ganzen Abend leicht und heiter. Meine Frau aber hatte ich noch nie so gesehen, wie sie an diesem Abend war. Diese blitzenden Augen, dieser strenge, bedeutende Ausdruck während des Spiels und diese vollständige Auflösung, dieses schwache, klägliche und selige Lächeln, als das Spiel zu Ende war.« Nie würde Thomas Buddenbrook so exaltiert reden. Aber wenn er angstvoll auf die Stille im Salon lauscht, in dem der Leutnant von Trotha schon seit zwei Stunden mit Gerda Buddenbrook zusammen ist, dann, meine Herren, liegt der Schatten Posdnyschews über ihm, den die Erinnerung an die Kreutzersonate vorzeitig in seinen Salon zurücktreibt, mit einem Dolch in der Hand, den er wenig später unterhalb der Rippen in die Brust seiner Frau stößt. Nein, Thomas Buddenbrook ist nicht Posdnyschew, es charakterisiert ihn geradezu, dass er es nicht ist. Und doch folgt der Berührung des schwarzgoldenen Griffes, selbst wenn die Tür geschlossen bleibt, auch im Haus an der Fischergrube ein naher Tod. Es ist nicht lange nach der Begegnung zwischen Vater und Sohn auf der Galerie, »daß Thomas Buddenbrook, achtundvierzig Jahre alt, seine Tage mehr und mehr als gezählt betrachtete und mit seinem nahen Tode zu rechnen begann«. Im Sommer 1874, so stellten wir beim Nachrechnen fest, schlich der Senator durchs Treppenhaus. Im Januar des folgenden Jahres schon war er tot.

Der Blick zum Erker

Nicht lange vor den »Buddenbrooks«, als »Maria Stuart« auf dem Lehrplan stand, hatten Dr. Wegges ständige Ermahnungen begonnen, »den Dichtern auf die Finger zu sehen«. Das Thema der abschließenden Klassenarbeit lautete folglich: »Was tut Friedrich Schiller, um uns Maria Stuart sympathisch zu machen?« Zuvor war vor allem von den Bemühungen Schillers die Rede gewesen, Königin Elisabeth ins Zwielicht zu rücken. Die Szene II,5, ihre Unterredung mit Mortimer, füllte eine ganze Stunde. Der verklausulierten Formulierung, »daß meine Dankbarkeit den Flor der Nacht / entlehnen muß«, galt die erhöhte Aufmerksamkeit. Der kleine Herwig, der Schüchternste in der Klasse, war rot angelaufen, als Wegge nicht lockerließ, ihm die Übersetzung dieser »blumigen Rhetorik« in »gemeinverständliche Prosa« abzuverlangen. Frauenfiguren schienen seinen Spürsinn in besonderer Weise auf den Plan zu rufen. So war es nun nicht verwunderlich, dass er sich mit den spärlichen Stereotypen, die uns vom Erzähler der »Buddenbrooks« über die Gattin Thomas Buddenbrooks mitgeteilt wurden, nicht zufrieden gab. An Gerda Buddenbrook fanden sein Misstrauen wie sein Interesse für alles zweideutig Schillernde reichlich Nahrung. Denn sie strahlte Nervosität und Kälte zugleich aus, und ihre Leidenschaft für die Musik gefror in der kühlen Aura einer Statue, deren Distanz zum Leben auch darin zum Ausdruck kam, dass sie, ganz im Gegensatz zu Thomas Buddenbrook, nicht zu altern schien. Vor allem aber war, trotz oder gerade wegen Tolstoi, das letzte Wort über ihr Verhältnis zum Leutnant Trotha noch nicht gesprochen. Wir hatten, um hier weiterzukommen, den Übergang vom Hochsommer 1874 in den Herbst zu präparieren, die Wochen also, in denen Thomas Buddenbrook, die Zigarette im Mund, im Rauchzimmer, in einem tiefen Winkel des Bücherschrankes, auf den zweiten Teil eines berühmten metaphysischen Systems stößt und darin zu lesen beginnt, bis er das Kapitel entdeckt, das er dann mit fest geschlossenen Lippen und zusammengezogenen Brauen vom ersten bis zum letzten Buchstaben durchliest: »Über den Tod und sein Verhältnis zur Unzerstörbarkeit unseres Wesens an sich«. Eher unwillig nannte uns Wegge den Namen des Philosophen, den der Autor der »Buddenbrooks« koketterweise verschwiegen habe. Aber niemand hatte ein Schopenhauer-Referat zu übernehmen. Stattdessen erinnerte er uns daran, wie eng der Gedanke an den eigenen Tod eben noch, im selben Kapitel, mit dem schwarzgoldenen Türgriff und dem Leutnant von Trotha verbunden gewesen sei und wie verwundert, ja befremdet man deshalb darüber sein müsse, dass in den nächtlichen Gedankenkaskaden, die Thomas Buddenbrook nach der Lektüre durch den Kopf gingen, die Erinnerung an die Qualen im Treppenhaus so gar keine Rolle spiele, außer dass in sehr dürftigen, allgemeinen Wendungen unter anderem von der »nagenden Sorge um die Ehre seines Hauses« die Rede sei. Wie er bei »Maria Stuart« auf der Mortimer-Szene herumgeritten hatte, so war Wegge nun an den äußeren Bedingungen der nächtlichen metaphysischen Phantasien mehr interessiert als an einer Zusammenfassung der einschlägigen Kapitel beim Willensmetaphysiker Schopenhauer. Denn hier kam Gerda Buddenbrook wieder ins Spiel. Als der Senator mit glühendem Kopf in einen Schlaf der Erschöpfung fällt und Stunden später jäh erwacht, mochte in ihm die Philosophie noch ihr Unwesen treiben. Wichtiger jedoch war, dass der

Leser hier beiläufig erfuhr, wie einsam Thomas Buddenbrook in diesem schwülen Hochsommer 1874 in den Flor der Nacht gehüllt ist: »Er wußte sich allein in dem großen Schlafgemach, denn Gerda schlief jetzt in Ida Jungmanns Zimmer, die kürzlich, um näher beim kleinen Johann zu sein, eines der drei Altan-Zimmer bezogen hatte.«

Sie sehen, meine Herren, Ida Jungmann hat ein Motiv für ihren Umzug. Aber welches Motiv hat Gerda Buddenbrook? Mit einer gewissen Konsequenz ergab sich aus dieser Frage die Hausaufgabe, die wir bis zur nächsten Doppelstunde zu präparieren hatten: »Wo ist und was macht Gerda Buddenbrook während der Beerdigung ihres Mannes?« Ganz leicht war die Frage nicht zu beantworten. Es mochte daran liegen, dass zunächst die voluminöse Präsenz von Frau Permaneder alle Aufmerksamkeit auf sich zog. Doch war klar und unbestreitbar, dass der Senator nach seinem Tod im Salon aufgebahrt war, in den weißseidenen Polstern seines Sarges, unter dem Segnenden Christus Thorwaldsens, inmitten von Blumengebinden und Palmwedeln, die sich über seine Füße neigten, und dass Gerda Buddenbrook die Kondolenzvisiten ebenfalls im Salon entgegennahm. Viel weniger eindeutig indes, wo sie sich eigentlich aufhält, wenn am Tag der Beisetzung Pastor Pringsheim zu Häupten des Sarges seine Rede gehalten hat und sich die vierspännige Leichenkutsche mit den ganz in Schwarz gehüllten Pferden auf den Weg zum Friedhof macht. Nicht ohne Verwunderung mussten wir feststellen, dass der Roman sie in diesem nach allem Vorgefallenen doch unzweifelhaft bedeutsamen Moment unversehens aus den Augen zu verlieren schien. Sie mochte sich in der vierspännigen Leichenkutsche befinden, aber das wurde nicht mitgeteilt. In den Kutschen, die sich anschlossen, hielt sie sich gewiss nicht auf. Die erste besteigt Christian Buddenbrook mit dem Pastor; die zweite der kleine Johann nicht etwa mit seiner Mutter, sondern mit einem namenlosen »wohlgenährt aussehenden Verwandten aus Hamburg«. Und als am Grab die Trauermusik verstummt und die Segenssprüche Pastor Pringsheims in der kühlen Luft verhallt sind, nehmen nur der Bruder und der Sohn des Verblichenen die Beileidsbezeugungen des langwierigen Defilees entgegen. Wir erwogen, dass auch Frau Permaneder, die Schwester des Toten, in der Friedhofsszene keine Erwähnung findet und doch bestimmt dabei war, dass mithin für Gerda Buddenbrook eine ähnliche stillschweigende Anwesenheitsgarantie vorausgesetzt werden dürfe. Doch ließ sich damit ihre Ungreifbarkeit auf Dauer nicht fixieren. Denn der eigentümlichen Unauffälligkeit, mit der sich Gerda Buddenbrook während der Beerdigung der Aufmerksamkeit entzog, stand die demonstrative Präsenz gegenüber, mit der der Secondeleutnant René Maria von Trotha dem Geschehen beiwohnte. Es erwies sich, dass er während der Leichenrede des Pastors Pringsheim als Leiter der zweireihigen, Gewehr bei Fuß aufgestellten Ehrenkompanie in ungewohnter, durchaus militärischer Haltung der Haustür gegenüberstand und »den gezogenen Degen im Arm, mit seinen glühenden Augen zum Erker hinaufblickt«. Zwischen diesem Erker und dem Flügel war, so viel wussten wir noch aus dem Referat des stillen Stolz, der Organist Edmund Pfühl nach fünfundzwanzig Takten mit allen Anzeichen äußersten Ekels hin und her geeilt, nachdem Gerda Buddenbrook ihm zum ersten Mal Klavierauszüge aus »Tristan und Isolde« mit der Bitte aufs Pult gelegt hatte, sie vorzuspielen. Dennoch hatte er wenig später Gerdas Wunsch entsprochen, ihr den »Liebestod« für Violine und Pianoforte zu setzen. Im Übrigen erinnerte der Blick des Leutnants zum Erker an jenen Blick, den Thomas Buddenbrook kurz nach Fertigstellung des Hauses an der roten Fassade hinauf und über die Karyatiden hatte gleiten lassen, die den Erker tragen. Dieser Blick glitt auch über das große Musikzimmer mit guter Akustik, das der Hausherr eigens für seine Frau in Auftrag gegeben hatte.

Die Hausaufgabe war in der Tat vertrackt. Es war einfach nicht herauszubekommen, wem der glühende Blick des Leutnants galt: dem toten, im Salon aufgebahrten Senator oder seiner Frau, der nervösen Statue.

Die Frühlingssonate

Es waren die Passagen, die der Beerdigung Thomas Budenbrooks folgen, an denen uns Dr. Wegge die Unterscheidung zwischen den Toten und den Untoten der Romane erläuterte. Noch sind es hier gut sechzig Seiten bis zum Ende, aber schon werden zahlreiche Nebenfiguren nach dem Modell jener gedrängten Nachrufe verabschiedet, mit denen man in einem Verein oder einer Firma der Verstorbenen des vergangenen Jahres gedenkt. Zu diesen Toten, die wir in die Gesamtliste einzutragen hatten, gehörten neben der Konsulin Buddenbrook, der Witwe Onkel Gottholds, die gichtgeplagte Madame Kethelsen, ferner Konsul Peter Döhlmann und Justus Kröger. Sie alle hinterließen jemanden, mit dem sich die Rubrik der greifbar Überlebenden anfüllen ließ. Ohne große Mühe konnten wir Friederike, Henriette und Pfiffi, die Töchter der Konsulin Buddenbrook, mit beleidigten Mienen so steinalt werden sehen wie ihre betagte Mutter. Wir sahen die gelehrte Schwester Madame Kethelsens immer buckliger und winziger werden und die Tochter Konsul Döhlmann im Johannisstift ihre geringe

Rente verzehren. In den Bericht über die Liquidierung der Firma Buddenbrook, den Verkauf des Hauses und den Umzug der Senatorin in die kleine Villa an der Kastanienallee war die Nachricht eingeflochten, dass Christian sich auf Veranlassung Aline Puvogels, die er ein Jahr nach dem Tod des Bruders geheiratet hatte, und seines Arztes in eine Anstalt hatte begeben müssen. Und Ida Jungmann kehrte, von Gerda Buddenbrook kühl entlassen, nach vierzig Jahren Kinderdienst in ihre westpreußische Heimat zurück. René Maria von Trotha aber war, nachdem er an der Spitze des Begräbniszuges den Senator an sein Grab begleitet hatte, kommentarlos aus dem Roman verschwunden, ohne danach auch nur in Andeutungen noch erwähnt oder gar in die eben dargestellte Liste der Überlebenden aufgenommen zu werden.

Was aber wurde aus Gerda Budenbrook? Sie zog am Ende zurück nach Amsterdam, »um wie ehemals mit ihrem alten Vater Duos zu spielen«. Auf diesen Umstand legte Wegge erstaunlich viel Gewicht, während er zuvor die lange Schilderung des Schulalltags von Hanno Buddenbrook nur kursorisch und ohne rechtes Interesse durchgenommen hatte. Wichtiger war ihm, dass Hanno Buddenbrook bis zu seinem Tod der einzig verbliebene Duopartner seiner Mutter gewesen war. Das erwies sich als eine nicht unwichtige Funktion. Denn wie die blau verschatteten Augen gehörte das Duospielen zur Natur der Gerda Buddenbrook, es war von ihr nicht abzutrennen. Ihr Leben hätte sich als die Geschichte der wechselnden Besetzungen der Position des Duopartners – von ihrem Vater über Herrn Pfühl zu René Maria von Trotha und ihrem Sohn und von dort zurück zum Vater – erzählen lassen, wäre auf diese Weise nicht Thomas Buddenbrook über Gebühr aus dem Blickfeld geraten. Wann aber hatte der kleine Hanno begonnen, in sein Dasein als Duopartner hereinzuwachsen? Der Zeitpunkt ließ sich durch rasches Nachschlagen genau datieren: Am 15. April 1869, an seinem achten Geburtstag, hatte er zum ersten Mal eine seiner Phantasien am Klavier vor Publikum vorgetragen, begleitet von der Violine seiner Mutter. Vom stillen Stolz wussten wir, dass diese leidenschaftlich vorgetragene Phantasie nichts anderes sein konnte als eine Paraphrase der »Tristan«-Musik Richard Wagners. Wegge aber kam es vor allem auf die Wirkung an, die diese Musik schon während des Vortrags auf den Jungen selbst ausübte. Könnte die Beschreibung der das cis bis zum Fortissimo umrauschenden Dissonanz, deren Auflösung Hanno sich und den Hörern lange vorenthält, nicht von Posdnyzschew stammen, als gesteigertes Gegenstück zur Beschreibung seiner Frau, nachdem sie die Kreutzersonate gespielt hatte? Vom Aufschub, von der Verzögerung, von der Spannung, die unerträglich werden musste, damit die Befriedigung umso köstlicher ausfalle, war im Blick auf den kleinen Hanno die Rede, von der äußersten und krampfhaftesten Anspannung des Willens, die sich die Erfüllung und Erlösung verweigerte, aber dies nicht in allgemein bleibenden Worten, sondern in einer Weise, dass die Wirkung der so beschriebenen Musik sich unmittelbar und zweifelsfrei am Körper des neunjährigen Jungen ablesen ließ: »Hannos Oberkörper reckte sich langsam empor, seine Augen wurden ganz groß, seine geschlossenen Lippen zitterten, mit einem stoßweisen Beben zog er die Luft durch die Nase ein … und dann war die Wonne nicht mehr zurückzuhalten. Sie kam, kam über ihn, und er wehrte ihrer nicht länger. Seine Muskeln spannten sich ab, ermattet und überwältigt sank sein Kopf auf die Schultern nieder, seine Augen schlossen sich, und ein wehmütiges, fast schmerzliches Lächeln unaussprechlicher Beseligung umspielte seinen Mund, während mit Verschiebung und Pedal, umflüstert, umwoben, umrauscht und umwogt von den Läufen der Violine, sein Tremolo, dem er nun Baßläufe beigesellte, nach H-Dur hinüberglitt, sich ganz rasch zum fortissimo steigerte und dann mit einem kurzen, nachhallosen Aufbrausen abbrach.«

Sie müssen bedenken, meine Herren, sagte Wegge in das peinlich berührte Schweigen hinein, dass Thomas Buddenbrook bei dieser Vorführung im Publikum sitzt, um ermessen zu können, wie unheimlich ihm in der Treppenhausszene das Duospiel Gerdas mit Leutnant von Trotha ist. Hier nun meldete sich der stille Stolz, der die ungnädige Aufnahme seines Referates nicht verwunden hatte und danach verstummt war, zum ersten Mal und durchaus energisch wieder zu Wort. Hanno Buddenbrook, behauptete er, spiele zwar Duos mit seiner Mutter. Aber er sei kein Duospieler. Er sei vielmehr ein typischer Solovirtuose. Sein Phantasieren stamme aus der Schule seines Namensvetters Johann Kreisler, nach dem, während er den Zirkel der Tonarten am Klavier abschreitet, der Tod greift. Und dann kam Stolz noch einmal auf seine Analogie von Typhus und Musik zurück, die sich an eben diesem Solovirtuosentum demonstrieren lasse. Hanno sei vom Phantasieren am Klavier beinahe schon völlig aufgezehrt, der Typhus müsse diese Auszehrung nur zu Ende bringen.

Diesmal hatte Dr. Wegge nichts einzuwenden. Nur fragte er den stillen Stolz, was es denn mit dem letzten Duo auf sich habe, das Hanno kurz vor seinem Tod mit seiner Mutter, nun schon im Salon der kleinen Villa an der Kastanienallee, spielt. Stolz räumte ein, das Stück sei in der Tat keine phantasierende Wagner-Paraphrase, zudem durchaus keine todessüchtige Untergangsmusik, trage Beethovens Sonate op. 24 für Klavier und Violine doch zu Recht ihren heiteren Namen »Frühlingssonate«. Sie gelte vielen geradezu als das Gegenstück zur aufwühlenden Kreutzersonate. Es sei überaus charakteristisch, wenn Mutter und Sohn über das Allegro kaum hinauskämen und im zweiten Satz, im Adagio, das Spiel abbrechen. Obwohl die Geige »wie ein Engel« singe, nehme Gerda Buddenbrook das Instrument vom Kinn, betrachtete es missmutig mit den Worten, sie sei nicht in Stimmung, um dann in ihr Zimmer zu gehen und zu ruhen.

Es war ein Kompliment für Stolz, dass Wegge nun ein genaues Studium der Passage mit der »Frühlingssonate« verlangte. Hanno, der vor dem Spiel mit der Mutter, nach dem Frühstück, den Tag mit etwas Strengem, Schwierigen, Fugierten von Bach begonnen hatte, bleibt nach dem Misslingen der Beethoven-Sonate allein im Salon zurück und widmet sich einer Phantasie, die unverkennbar derjenigen ähnelt, die er an seinem neunten Geburtstag gemeinsam mit der Mutter vorgetragen hatte. So kommt er an ein und demselben Tag von Bach über Beethoven zu Wagner und steht, nachdem er ein Motiv, das nur das Tristan-Motiv sein kann, durch alle Klangschattierungen und Oktaven gejagt und noch ein wenig dagesessen hat, blass, mit brennenden Augen und ohne Kraft in den Knien vor dem geschlossenen Flügel. Einige Zeilen später beginnt das Typhus-Kapitel.

Der stille Stolz hatte sich glänzend für seinen angeblichen Fauxpas ins Dionysische rehabilitiert. Dr. Wegge musste freilich das letzte Wort haben. Er hatte, wie nicht anders zu erwarten, auf diesen letzten Seiten doch noch eine Spur des verschwundenen Leutnants Trotha entdeckt. Und zwar in der Leerstelle, die Hanno Buddenbrook nach seinem frühen Tod als Duopartner seiner Mutter hinterlässt. Eines ist klar, mein Herren: wäre der Leutnant zu diesem Zeitpunkt noch in der Stadt, Gerda Buddenbrook würde nicht nach Amsterdam zurückkehren, zu ihrem Vater, dem letzten Duopartner, der ihr noch verbleibt. Was aber aus den schwarzen Augen wird und worauf sie ruhen, müssen wir offen lassen.

Die abschließende Klassenarbeit brachte keine grundsätzlich neuen Erkenntnisse. René Maria von Trotha blieb die Schildwache auf der Schwelle zum Ehebruchroman, die in den »Buddenbrooks« nicht überschritten wird. Aber weil unentscheidbar war, wie verlässlich der Leutnant mit den schwarzen Augen diese Schwelle hütete, haben ihn die Nachforschungen mit Dr. Wegge in unserer Sammlung der Untoten doch unsterblich gemacht.

MANFRED DIERKS

Zu kurze Nerven

»Buddenbrooks« als Neurasthenie-Roman

Als Christian Buddenbrook dreiunddreißig Jahre alt ist, gibt er die kleine Firma auf, die er eine Zeit lang in Hamburg betrieben hat. Er kann es nun nicht mehr. Die Selbständigkeit, die Verantwortlichkeit sind so gar nichts für ihn – seit langem hat er im Geschäft eigentlich nur noch stillgehalten und vom Kapital gelebt. Und es ist nicht nur das. Er ist auch gesundheitlich völlig herunter. Seine *Tics* haben sich ausgewachsen zu erheblichen Störungen. Vorm Einschlafen setzt zehnmal der Herzschlag aus, und eigentlich erwartet er überhaupt irgendeinen massiven Krampf oder auch eine Lähmung für immer. Das Schlimmste aber ist eine Qual, eine beständige, unbestimmte Qual an der linken Seite. Doktor Drögemüller, sein Hamburger Arzt, den er deswegen aufgesucht hat, ist zu folgendem Befund gekommen: Seine Nerven sind zu kurz. An der ganzen linken Seite sind bei ihm alle Nerven zu kurz, und daher die sonderbare, unbestimmte Qual.

Doktor Drögemüller ist – wir schreiben das Jahr 1861 – offenbar ein strikter *Somatiker*, wie damals die Regel, aber er ahnt doch schon etwas: Die so qualvolle wie undeutliche Irritation von Christians linker Seite ist »nervösen« Ursprungs. Wieso, das erklärt sich der Arzt offenbar mit dem zu seiner Zeit gängigen Vergleich der Nerven mit dem Schienenstrang der Eisenbahnen oder dem Telegraphenkabel. Die Nervenstränge sind zu kurz wie ein zu knapp bemessenes Schienennetz und können die ganze linke Seite nicht mehr recht versorgen. So weit Doktor Drögemüllers beschränkte, aber doch ahnungsvolle Einsicht von 1861. Christian zieht daraufhin den längst fälligen Schluss, dass er als freier Unternehmer nicht belastbar und flexibel genug ist, und geht als Angestellter nach London. Dort aber wächst sich das nervöse Übel weiter aus, wird richtig schmerzhaft, und Christian muss nach Hamburg zurückkehren, in die Obhut eines Arztes. Vermutlich ist das ja nun wieder Doktor Drögemüller, und so sieht es ihm ähnlich, dass er Christian jetzt auf Gelenkrheumatismus hin behandelt. Das ist nämlich eine typische Fehldiagnose, hinter der sich die eigentliche Krankheit Christian Buddenbrooks verbirgt, die der Hamburger Doktor nun auch wirklich noch nicht kennen kann: die *Neurasthenie*, die allgemeine Nervenschwäche. Sie wird erst um 1880 »entdeckt«, ein Buch des amerikanischen Arztes George M. Beard bringt sie nach Europa: *Die Nervenschwäche* (Neurasthenia). *Ihre Symptome, Natur, Folgezustände und Behandlung* (Leipzig 1881). Das Buch ist sehr praktisch gehalten als diagnostischer und therapeutischer Ratgeber für die allgemeine Arztpraxis, und es tritt in Europa bald einen regelrechten Siegeszug an, denn es gibt einem Leiden Namen und Kontur, das alle Ärzte kennen, bisher aber nicht zu umgrenzen wussten. Auch Doktor Drögemüller kannte es schon, hatte auch eine Ahnung von seiner »nervösen« Beschaffenheit, wusste es aber noch nicht richtig zu behandeln. Deshalb therapiert er Christian auch irrtümlich auf Gelenkrheumatismus. Hätte er schon bei Beard nachschlagen können, wäre er auf Seite 105 korrigiert worden: »Neurasthenie kann auch ähnlich dem Rheumatismus auftreten und wird häufig verwechselt; die Steifigkeit des Nackens, wenn der obere Theil des Rückens im Irritationszustande sich befindet, oder der Lendengegend, wenn der untere Theil des Rückenmarks irritiert ist, verführen leicht zu irrtümlicher Annahme von Rheumatismus.« So wird Christian in Oeynhausen, wo er kurt, zwar von den Schmerzen befreit, »aber eine gewisse Steifheit der Glieder dauerte noch fort, und die periodische ›Qual‹ in seiner linken Seite (…) sowie die sonstigen Störungen, denen er sich ausgesetzt fühlte: Atmungs- und Schluckbeschwerden, Unregelmäßigkeiten des Herzens und Neigung zu Lähmungserscheinungen oder Furcht davor – waren keineswegs aus der Welt geschafft«. Christian ist eben kein Rheumatiker, sondern ein Neurastheniker – weiterhin leider unerkannt und damit unbehandelt, was eine schlechte Prognose ergibt: Unter solchen Umständen kann später sogar Geisteszerrüttung eintreten.

Als Christian Buddenbrook schließlich in der »Anstalt« landet, hat er eine durchaus ernst gemeinte Neurastheniker-Laufbahn hinter sich. Er ist nicht als eingebildeter Kranker angelegt, wenn er auch seiner Umgebung so vorkommt. In der haltlos-verzweifelten Komik, mit der sein Fall vorgeführt wird, steckt vielmehr allerhand Selbstironie seines Autors, der hier die entwürdigenden und auf perfide Weise halbernsten Aspekte einer »nervösen« Erkrankung denunziert, weil er sie von sich selbst kennt. Natürlich hatte Thomas Mann in seinem Onkel Friedel ein familiengeschichtliches Modell für Christian, von dem er einige Züge übernommen hat. Aber die psychologische Ausstattung seines »Falles« entstammt der – übertreibenden – Introspektion Thomas Manns selbst und dem dadurch geschärften Blick auf andere, zum Beispiel auf Heinrich, den Bruder.

In der psychologischen Ebene sind *Buddenbrooks* ein klassisches Stück »Nervenkunst« des neunzehnten Jahrhunderts – ein Neurastheniker-Roman. Dass dieser Literaturtypus hier ein unvergleichliches Niveau erreicht und seine Psychologie dabei ihre medizinhistorische Gebundenheit längst abgestreift hat, ändert nichts an der ursprünglichen Intention Thomas Manns: Er will die Entwicklung zweier Brüder erzählen, die beide vom Fluch der Neurasthenie betroffen sind. Sie kommen aus einer »belasteten« Familie und haben die Nervosität als Schicksal geerbt. Der eine verliert früh den Halt und wird zum Bajazzo, der andere, erschreckt von diesem Beispiel, findet Halt in sozialem Rollenspiel und stirbt als Held der Schwäche. Dass diese Geschichte von Christian und Thomas Buddenbrook auch – in Anklängen und Überzeichnungen – eine Phantasie über Heinrich und Thomas Mann ist, lässt sich gut behaupten. Denn die Brüder Mann sind in ihren Jugendjahren bekennende Neurastheniker und wissen auch, wem sie das zu verdanken haben: ihrer »verrotteten Familie«, wie Hauptpastor Ranke sich darüber ausdrückte. Sie selber hatten ein anderes Wort dafür, das in vielen Farben schillerte, in traurig-dunklen, aber auch in tröstlich-hellen: *Dekadenz.*

Als die Brüder Mann, im Abstand von fünf Jahren, auf der literarischen Szene erscheinen, schreiben sie erst einmal kleine Erzählwerke der Selbstverständigung. Es sind durchweg psychologische Studien, und sie handeln erkennbar vom Selbst der Autoren. Und das ist in jedem Fall bedrohlich schwach, wie Introspektion und auch die soziale Erprobung seiner Stabilität die beiden belehrt haben. 1890 schreibt Heinrich darüber eine Novelle, die ein Selbstentwurf von erstaunlicher Eindringlichkeit ist – er betitelt sie *Haltlos. Haltlos* erzählt die Geschichte eines jungen Mannes, der sich durch die Analyse der eigenen Seelenregungen und Handlungen allen naiven Halts im Leben beraubt hat. Zur Rettung unternimmt er einen Liebesversuch mit einem einfachen jungen Mädchen, doch ihm fehlt auch hierzu die Kraft des Gefühls. So bleibt ihm nur ein Definitionstrick, auf den er seine fragile Existenz gründet: »er, dem jeder Stolz, jedes Selbstbewußtsein, jeder in dem Glauben an die eigene Person beruhende Halt fehlte, setzte schließlich unbewußt seinen Stolz in ebendiesen Mangel an Selbstbewußtsein, in ebendiese Haltlosigkeit, die ihm ein Selbstkennen dünkte. Vielleicht war das die letzte Tiefe seines Charakters.« Damit definiert er sich zum »tiefen« Selbsterkenner, eine Besonderheit, die ihm Überlegenheit sichern soll. Allerdings stürzt Heinrich Manns autobiografischer Held aus dieser fragwürdigen Höhe am Ende ab – »in das flache Sandfeld der Gewöhnlichkeit«. Interessant bleibt jedoch die Operation, mit der er sein schwaches Selbst stützt: Gerade aus der Schwäche wird Besonderheit und Überlegenheit abgeleitet. Nicht zu übersehen allerdings auch die Skepsis gegenüber diesem seelischen Trick.

Thomas übernimmt ihn von seinem Bruder und baut ihn im Frühwerk zu einer umfangreichen Rechtfertigungsideologie aus, zu jenem »Heroismus der Schwäche«, der so viele Verlierer kennt, mit dem kleinen Herrn Friedemann angefangen, und doch auch so erfolgreiche Überwinder wie Tonio Kröger oder Gustav von Aschenbach. Deren Werk stand da als ein großes *Trotzdem* und brachte ihnen Macht und Ehre. (Dass diese von Thomas Mann auch intellektuell sehr reizvoll ausgearbeitete Kunstideologie des schwachen Selbst gar nicht funktionieren würde, könnte sie sich nicht auch auf besondere Stärken wie sein Bombentalent stützen, versteht sich.) Eine dieser Selbst-Erzählungen liest sich wie eine Antwort auf des Bruders *Haltlos*, nämlich *Tobias Mindernickel* von 1898. Die Initialen »TM« zeigen autobiografische Bezüge an, und in der Tat handelt es sich auch hier um die Geschichte eines »Haltlosen«. Tobias Mindernickel ist ein Außenseiter, ihm scheint »die natürliche, sinnlich wahrnehmbare Überlegenheit zu fehlen, mit der das Einzelwesen auf die Welt der Erscheinungen blickt, er scheint sich einer jeden Erscheinung unterlegen zu fühlen, und seine haltlosen Augen müssen vor Mensch und Ding zu Boden kriechen«. Eines Tages aber kommt Esau, das Hündchen, in sein Leben, er ersteht es um wenig Geld, und hinter verschlossener Zimmertür spielt er mit ihm das alte Spiel von Herr und Hund: Er zeigt befehlend vor sich auf den Boden, Esau kommt und leckt den Stiefel seines Herrn – unersättlich wiederholt Tobias diese Choreografie von oben und unten, von Herr und Knecht. Denn dies Spiel um die Macht lässt den Haltlosen ausnahmsweise die dringend benötigte Überlegenheit spüren. In solchem Fall heißt es von Tobias: »Er schritt fest und aufrecht«, und seine Augen »fassten mit Sicherheit Menschen und Dinge«. Die Grundstruktur des kleinen Psychogramms ist ebendieselbe wie in Heinrichs Novelle: Der »Haltlose« findet einen Partner, über den er Macht ausübt, und dabei gewinnt er – vorübergehend – Halt. Wenn wir genau hinsehen, erkennen wir in Esau übrigens Titino, Thomas Manns Stubengefährten aus der Via Torre Argentina in Rom, wo er an *Buddenbrooks* schrieb.

Das Wort »haltlos« ist zu jener Zeit übrigens nicht nur normaler Sprachgebrauch, sondern auch ein psychiatrischer Terminus, der Willens- und Affektschwäche bezeichnet. Dass Heinrich und Thomas ihn in genau diesem Sinne gebrauchen, weist auf entsprechende Lektüre hin. Natürlich haben die Brüder, als sie feststellen mussten, dass sie »nervös« waren, über ihre Seelenzustände nachgelesen. Es gab dazu um 1890/95 in der Folge von Beards *Nervenschwäche* schon eine populäre Ratgeberliteratur, darunter durchaus qualitätvolle Schriften wie *Die Nervosität* von Dr. Paul Möbius, erschienen in der Reihe »Illustrierte Gesundheitsbücher«. Auch psychiatrische Fachliteratur war greifbar. Heinrich schlägt schon früh in Krafft-Ebings *Psychopathia sexualis* nach, denn er macht sich Sorgen über seinen enormen erotischen Appetit. War das nun etwas, worauf er stolz sein konnte, oder war das im Gegenteil nur neurasthenisch? Auch mit der damaligen Psycho-Szene gibt es Kontakt. Thomas Manns engster Freund Grautoff will sich wegen seiner *conträren Sexualempfindungen* beim Dr. Albert Moll, einem anerkannten Spezialisten, hypnotisieren lassen, und das wird 1897 brieflich zwischen Berlin und Rom ausführlich erörtert. Doch, so sehr beide die Geschlechtlichkeit auch plagt, das Problemzentrum der Brüder Mann liegt in ihrer »Nervosität«, ihrer Nervenschwäche – darüber vor allem schreiben sie. In diesem thematischen Zentrum sammelt sich besonders für Thomas eine Vielzahl an Ideen und Einflüssen, die er zusammendenkt zu einer Art Nervenpoetik: Nietzsches »asketischer Priester«, der seine Schwäche in Macht ummünzt, Schopenhauers Erklärungen dafür, warum das Ich so schwach ist, Wagners »Neurose-Kunst« … Max Nordaus Einfluss auf die Brüder – vor allem auf Heinrich – ist noch zu nennen. Nordau, Arzt und Kulturkritiker, ist Adept Cesare Lombrosos und behauptet, dass Genie eine physiologisch begründete, vererbte Nervenkrankheit – eine Neurose – ist, die sich in erhöhter Reizempfindlichkeit, aber eben auch Schwächung des seelischen Apparates ausprägt. Hier haben wir wieder die Lieblingsidee der Brüder Mann: dass Schwäche Größe verbürgen könne, dass aus biologischem Niedergang die Kunst aufsteige. Nordau schließt den Gedanken biologischer Degeneration bald kurz mit dem von der europäischen Kultur-Dekadenz und spricht in einem seiner einflussreichsten Werke (*Entartung*, 1892/93) von der Gegenwartskunst als neurotischer Entgleisung. Ihr schlimmstes Symptom ist die »Ich-Sucht«, die psychopathische Befassung mit einem aus der biologischen Bahn geratenen Selbst.

Für viele überschrieb sich dies ganze Seelenszenario um die Jahrhundertwende am deutlichsten mit dem Titel eines popularwissenschaftlichen Bestsellers, Paolo Mantegazzas *Das nervöse Jahrhundert* (dt. 1888). Auch Mantegazza steht in der Nachfolge von Beards *Nervenschwäche*, schneidet seine Thesen jedoch auf europäische Verhältnisse zu. Mit einleuchtenden Beispielen wird die Diagnose der Jahrhundertkrankheit begründet: die moderne »Hast«, durch Eisenbahn und Telegraf angetrieben, die soziale Gereiztheit vor allem im Proletariat, der Verfall der Moral, die synthetischen Reize der »abgelebten« modernen Literatur. Das alles sind Peitschenhiebe für das Nervensystem. Es gibt genug, die da nicht mehr mithalten können. Bei diesen Aussichten ist Willensschwäche, Fatalismus, Hypochondrie die Antwort der Zeitgenossen, wenn sie diese Haltungen nicht sowieso schon geerbt haben. Eine Symbolfigur dafür wäre Hamlet, der Skeptiker und Tatunfähige. Man hört die Stimme Nietzsches, im *Tonio Kröger* tönt es dann wieder: »Erkenntnisekel ... der Fall Hamlets, des Dänen«. Noch 1911 feiert Thomas Mann einen Dichter, indem er ihn in einer eindringlichen Diagnose als Neurastheniker vorstellt – ihn und seine Leser: »Er war der Dichter all derer, die am Rande der Erschöpfung arbeiten, der Überbürdeten, schon Aufgeriebenen, sich noch Aufrechterhaltenden, all dieser Moralisten der Leistung ... Ihrer sind viele, sie sind die Helden des Zeitalters.« Wir haben heute zu ergänzen, was man damals gleich mit verstand: des *nervösen* Zeitalters. Die Rede war von Gustav Aschenbach im *Tod in Venedig.*

Die Selbstwahrnehmung der Brüder Mann als Neurastheniker ist durch manche psychologische und literarische Brechungen und Umfärbungen gegangen. Da war immerhin eine ganze literarische Mode – die französische und die Wiener *Dekadenz* –, in der sich die Nervösen selbst zu adeln versuchten. Hier war für die eigene Kunst viel zu lernen, ließ sich auch das Selbstwertgefühl aufbessern. Am Zustand der mannschen Nerven änderte das nichts. Darüber stehen die Brüder auch in einem ständigen Patientendialog: »Wie ist es eigentlich zur Zeit mit Deiner Gesundheit? Bei mir hat sich die ganze Neurasthenie mehr und mehr auf den Magen concentrirt.« Und wenn das Trennende zwischen ihnen sich auch mehrt, Thomas findet mit Heinrich doch immer noch eine tröstliche Gemeinsamkeit: »wir beide ... als Neurastheniker«. Nachdem *Buddenbrooks* angefangen haben, Geld zu tragen, kann Thomas Heinrich auch in die Sanatorien folgen, in denen Europas Intellektuelle ihre Nerven pflegen. Besonders gern gehen die beiden zu Doktor von Hartungen nach Riva am Gardasee, wo er ein »Erholungsheim für Nervenkranke und Diabetiker« unterhält. Dort – so hat man sich vorzustellen – sitzen sie in luftigen Borkenhütten an kleinen Schreibtischen. Thomas hat eine Novelle unter der Feder, in der er, hier am lieblichen Gardasee, ein zugiges dänisches Seebad feiert. Heinrich schreibt sehr zügig an umfangreichen Romanen über das starke, glühende Leben der Herzogin von Assy. Manchmal unterbrechen sich die beiden Schriftsteller, um zu einer Anwendung zu eilen – eine Runde Wassertreten, oder sie werden ein wenig elektrisiert. Dann schreiben sie weiter.

Zu dieser Zeit ist für Thomas Mann schon alles gewonnen. Der Roman, in dem er sein Nervenleid geklagt und verteidigt, verhöhnt und erhoben hat, bringt ihn mit unablässigen Neuauflagen sozial unter und bestätigt ihm endgültig sein Künstlertum. Inwiefern handelt es sich denn nun dabei um einen »Neurastheniker-Roman«?

Die Familiengeschichte der Buddenbrooks durchläuft im Roman vier Generationen, mit Hanno erlischt sie. Man kann darüber spekulieren, warum es denn nun gerade vier sind. Hat sich Thomas Mann wie bei Hannos Typhus an eine exakte medizinische Beschreibung gehalten? Möglich ist es. Der französische Irrenarzt Benedict Auguste Morel hatte um die Mitte des Jahrhunderts ein höchst folgenreiches Konzept in die Debatte über die Entstehung von Geisteskrankheiten eingebracht: Irrsinn sei ein Produkt von progressiver Entartung (dégénération), die dominant durch Vererbung vor sich gehe. Diese Vererbung bevorzuge dabei einen Takt von vier Familiengenerationen. Bei Morel hat der *Entartungs*gedanke seine Wurzel, wie er Thomas Mann so vielfach begegnete, und auch die eherne Fatalität der Erblichkeit stammt von ihm. Hat der Spross einer »verrotteten Familie«, der ja Aufklärung über sich brauchte, bei Morel Orientierung gefunden? Dessen Konzept war verbreitet und bekannt genug. Beweisbar ist eine solche Quelle freilich nicht, ein etwaiger Nachweis im Übrigen auch wenig bedeutsam. Die Fragestellung allerdings zeigt, wie nah *Buddenbrooks* immer wieder am psychiatrischen Diskurs der Zeit liegen.

»Entartung« und Erblichkeit bestimmt ja die Generationenfolge der Buddenbrooks – allerdings mit einer Pointe, die die Degenerationstheorien à la Morel nicht kannten: Die zunehmende »Hyperästhesie« – überzogene Reizsamkeit – kann zur Kunst befähigen. Solche tröstlichen Argumente fand man nicht in der Psychiatrie, wohl aber in der Literatur der französischen *Dekadenz,* etwa bei Paul Bourget und natürlich, mit negativem Vorzeichen, aber ausbeutbar, bei den *Genie-und-Irrsinn*-Theoretikern vom Schlage Nordaus. So ist die genetische Laufbahn der Buddenbrooks auf ein doppeltes Ziel hin angelegt: die Neurasthenie auszubilden und zur Kunst zu disponieren. Der alte Johann und seine Antoinette sind da noch völlig unverdächtig. Mit Jean aber beginnt es: Schon früh muss er wegen seiner Nervosität kuren, er hat Herz-»Zustände« und einen fragwürdigen Rheumatismus, über den wir mehr wissen als Dr. Grabow damals. Seine religiöse Schwärmerei ist reichlich outriert, andererseits aber auch ein Weg, seiner »Hyperästhesie« schadlos zu willfahren.

Auf die Generation von Thomas und Christian hin ist dann alles angelegt, hier wird die Kerngeschichte des »Neurastheniker-Romans« erzählt. Sie handelt von zwei Brüdern, die eine gemeinsame Erbschaft in Richtung zweier Extreme austragen, zweier Idealtypen: Held und Bajazzo. Man kann diese Geschichte als literarische Probehandlung lesen, in der Thomas Mann einmal durchspielt, was denn wäre, wenn in ihm und Heinrich die negativen Anlagen die Oberhand gewännen. Es ist kaum verkennbar, dass sich der Autor dabei neben Thomas Buddenbrook stellt und Heinrich unter der Hand die Christian-Rolle zugeschoben hat. Im lebenslangen Bruderspiel der beiden hat er Heinrich ja gern als den Leichtfertigeren, den Histrionen hingestellt, während er sich schließlich eine Verfassung gegeben hatte. Man verstehe diese »Verfassung« dabei im Doppelsinn: im aristokratisch-konstitutionellen, aber auch im Sinne von »Einfassung«, Selbstbegrenzung, Halt. Dass es sich aber um ein gemeinsames brüderliches Nervenschicksal, denselben Grundcharakter bei beiden, handelt, darüber lässt auch der Roman keinen Zweifel. Im großen Abrechnungsgespräch der Brüder sagt Thomas: »Ich bin geworden, wie ich bin … weil ich nicht werden wollte wie du. Wenn ich dich innerlich gemieden habe, so geschah es, weil ich mich vor dir hüten muss, weil dein Sein und Wesen eine Gefahr für mich ist … ich spreche die Wahrheit.« Die Wahrheit ist in der Tat, dass Thomas Mann in seinen privaten Äußerungen schier alle neurasthenischen Molesten, mit denen er Christian Buddenbrook plagt, auch für sich selber bekundet – den unwirklichen Mann am Fenster, der ihm zunickt, eingeschlossen. Der war ihm während des Sommers 1897 in Palestrina erschienen.

So porträtiert der Roman zwei Neurastheniker-Karrieren, deren kunstreiche und lustvolle Überzeichnung nicht über die Basis an Selbsterfahrung täuschen sollte – und auch nicht über die medizinische Zuverlässigkeit. Man kann sie an Beards oder Möbius' Nervositäts-Kompendien überprüfen. Was haben, beispielsweise, denn Thomas Buddenbrooks schadhafte Zähne mit seiner Neurasthenie zu tun? Immerhin stirbt er ja schließlich, wenn auch indirekt, »an einem Zahn«. Nun, Kummer mit seinen Zähnen hatte Thomas Mann selber seit Kindertagen, und er wird sein ganzes Leben, manchmal auf ziemlich kuriose Weise, mit Zahn und Zahnersatz befasst sein. Es muss ihm aber auch sehr bestätigend vorgekommen sein, bei Möbius das Folgende zu lesen (bei Beard steht es ähnlich): Einige körperliche Merkmale »finden sich besonders häufig bei erblich Nervösen. Die Zähne stehen oft nicht regelmässig, es finden sich überzählige Zähne, das erste und das zweite Zahnen findet unregelmässig statt, ganz besonders aber sind die Zähne der Nervösen hinfällig. […] Selten wird ein solcher Mensch mit 20 Jahren noch den Mund voll gesunder Zähne haben, und mit 30 Jahren bietet der Mund ein Bild der Verwüstung dar.« »Und womit werde ich beißen, wenn ich dreißig, vierzig Jahre alt bin?«, fragt der kleine Hanno, Dauerpatient bei Herrn Brecht von frühauf.

Man sieht, die nervösen Krankheitsverläufe in *Buddenbrooks* würden eine Überprüfung an der Fachliteratur wohl gut bestehen – man kann sie als damalige medizinische Kasuistik lesen, sozusagen antiquarisch. Damit hätte man allerdings nur das Begründungs- und Symptomenskelett der beiden Charaktere, die Thomas Mann entwickelt – diese Charakterentwicklungen aber sind die eigentliche Erzählleistung. Sie sind jedem Leser von *Buddenbrooks* vertraut: Christian erweist sich schon früh als unfähig zu regelmäßiger Arbeit und zu sozialer Anpassung, auch seine Neigung zur Kunst kann ihn nicht retten, denn hier bleibt er Dilettant. Schließlich wird der *Haltlose* in einer Anstalt eingefriedet. Thomas dagegen hält die Neurasthenie lange Zeit in Schach und macht eine glänzende soziale Karriere, nur der stille Verfall der Firma im Hintergrund und seine menschliche Erstarrung zeigen seine Trennung von allen natürlichen Lebensquellen an. Er agiert, bis es nicht mehr geht, eine von Reflexion und Durchhaltewillen gestützte Ich-Fassade. Die große psychologische Leistung Thomas Manns ist in beiden Fällen, dass er »Nervosität« mit all ihrer buntscheckigen Symptomatik überführt in das subtile Bild einer Krankheit des *Selbst*. Hierzu existierte noch keine psychologische »Fachliteratur«, weil es noch keine ausgearbeiteten Persönlichkeitsmodelle gab. Auch die Psychoanalyse wurde ja gerade erst begründet, Freuds grundlegende *Traumdeutung* und *Buddenbrooks* erscheinen fast im selben Jahr.

Erst auf diesem Hintergrund wird *Buddenbrooks* als »Neurastheniker-Roman« richtig interessant – nämlich in seiner Konzentration auf das psychologische *Selbst* der Hauptpersonen. Ihr Schicksal ist die durch »Nervosität« gestörte Persönlichkeit, es liegt nicht im Unbewussten. Das Unbewusste ist im Roman der Bereich »naiven« und »instinktiven« Lebens, aber keine in sich zusammenhängende und eigentlich dominante Seelensphäre, wie gleich darauf in der Psychoanalyse Freuds. Und so wird es bei Thomas Mann auch bleiben. Bekanntlich hat er sich in den zwanziger Jahren demonstrativ zur Tiefenpsychologie Sigmund Freuds bekannt, obwohl er eigentlich viel näher bei C. G. Jung stand. Er brauchte sie als Bundesgenossen im Kampf gegen den Faschismus. Persönlich hatte er sie nicht nötig, Thomas Mann war nicht neurotisch im Sinne der klassischen Psychoanalyse, bei seiner Freud-Lektüre hat er nicht viel Aufschluss für seinen eigenen Fall gefunden. Natürlich hat Freuds neues Seelenverständnis auch in Thomas Manns Werk Eingang gefunden – vor allem im Josephsroman, im *Zauberberg* und mutmaßlich im *Tod in Venedig*. Aber, es handelt sich meist um bewusste Zitate und Konstruktionen à la Freud. Die Darstellung unbewusster Prozesse ist, gehalten gegen die von Thomas Mann bekundete Hochschätzung der Psychoanalyse, relativ selten.

Mit der Geschichte der Tiefenpsychologie hängt der »Neurastheniker« Thomas Mann anders und viel spannender zusammen: Er lässt nämlich in der Literatur die tiefenpsychologische Richtung der »Ich-Psychologie« fortleben, während sie innerhalb der eigenen Disziplin ab 1900 vom Siegeszug des Unbewussten völlig zurückgedrängt wurde. Diese vom bewussten Subjekt ausgehende Tiefenpsychologie, wie sie der französische Psychiater Pierre Janet (1859–1947) proklamierte, erklärte Neurosen von der mangelnden Integrationskraft der Ich-Instanz her, sie sind sozusagen Zerfallsprodukte. Das entspricht dem Selbstverständnis der Brüder Mann als *haltlos* (Arthur Schnitzler nennt damals denselben Seelenzustand *kernlos*). Während Pierre Janets ichpsychologische Konzeption von der Psychoanalyse aus dem Felde geschlagen wurde, hat Thomas Mann sie in seinem Werk durchgehalten: Seine Helden werden kaum vom Unbewussten her bedroht, sie leiden vielmehr unter ihrem gestörten Selbst.

In den siebziger Jahren passiert dann das Merkwürdige. Noch beugt sich die Thomas Mann-Forschung indigniert und ratlos über die nun erscheinenden Tagebücher, da wird aus den USA die psychoanalytische Narzissmus-Theorie Heinz Kohuts importiert. Sie hat den liegen gebliebenen Strang der Ich-Psychologie wieder aufgenommen und der Psychoanalyse integriert: Bei Kohut dreht sich alles um das gestörte Selbst – es hat seine Libido auf sich selbst gerichtet und sich so seines Halts in der äußeren, der Objekt-Welt beraubt. Einige Literaturwissenschaftler ließen sich dann von der Narzissmus-Hypothese in ihrer Auffassung Thomas Manns anleiten und kamen zu verblüffend stimmigen Ergebnissen. Insbesondere die so extrem selbstfixierten Tagebücher Thomas Manns erklären sich einleuchtend als »narzisstisch«. Diese psychologische Deutung hat sich in der Beurteilung von Person und Werk durchgesetzt, wenngleich sie es in der traditionell antipsychologischen Germanistik damit nicht leicht hatte. Der Begriff »Narzissmus« wurde nicht verstanden und für abwertend gehalten. Mittlerweile hat sich das Konzept in »Selbst-Psychologie« umgetauft und klingt damit akzeptabler. Thomas Mann hat es in vielem vorweggenommen, vor allem durch Introspektion. Selbsterfahrung war das Mittel, mit dem er in *Buddenbrooks* die krude Nervenpsychologie der Neurasthenie in die subtilen Seelenbilder der »geschwächten Persönlichkeit« übersetzt hat.

WERNER FRIZEN

Nimm und lies

Verwegenes im Schicklichen

I.

Spätsommer im Jahr des Herrn 386, Greisenalter der römischen Welt. Das Christentum trifft Vorkehrungen, sich endgültig als Staatsreligion zu etablieren. In Mailand hat der nordafrikanische Professor Aurelius Augustinus seit zwei Jahren einen Lehrstuhl für Rhetorik inne. Nach dem Zusammenbruch seines manichäischen Glaubens gibt er sich als eleganter Skeptiker und aufgeklärter Akademiker, dem nur eines sicher ist, dass es keine sichere Wahrheit gibt. Aber auch Augustinus kann der Auseinandersetzung mit der seit Konstantin siegreichen Religion nicht ausweichen. Was ihn treibt, ist neben seiner überaus rechtgläubigen Mutter Monnica ein tiefes religiöses Bedürfnis, das er später im Prolog seiner *Bekenntnisse* in die berühmten Worte fasst: *fecisti nos ad te et inquietum est cor nostrum, donec requiescat in te*: *Du, Herr, hast uns auf dich hin erschaffen, und unruhig ist unser Herz, bis es in dir ruht* (*Conf.* I, 1).

Um der Unruhe seiner suchenden Seele endlich den Frieden zu geben, kennt der Professor nur eins: Er liest. Er liest die Neuplatoniker und entdeckt Paulus für sich. Beeindruckt von den Viten der Eremiten, hin- und hergerissen von der eigenen Unentschlossenheit und zerknirscht über seine Sündhaftigkeit, studiert er in diesem August des Jahres 386 mit seinem Schüler und Freund Alypius die Briefe des Völkerapostels. Plötzlich läuft er, so beschreibt er diese Szene mehr als zehn Jahre später, wie von einem unbekannten Daimonion getrieben davon, wirft sich unter Tränenströmen am Stamme eines Feigenbaumes nieder und betet in der Zerknirschung seines Herzens, den Psalmisten zitierend, zum unbekannten Gott: *Et tu, domine, et usquequo? Usquequo, domine, irasceris in finem? – Und du, Herr, wie so lange? Wie lange, Herr, wirst du zürnen?* (*Conf.* VIII, 12)

Endlich ist es da, das Damaskuserlebnis, auf das er so lange gewartet hat. Es kündigt sich an in erhabenem Stil: *Et ecce audio vocem … Und siehe, da hörte ich eine Stimme …* In sein Inneres lauschend, vernimmt der Aufgewühlte ein Kind aus dem Nachbarhaus, das den Refrain singt: *tolle, lege; tolle, lege – nimm und lies.* Augustinus eilt zurück zum Garten des Alypius und schlägt erneut die Episteln des Völkerapostels auf. In einem Lese-Orakel überlässt er es seinem Daimonion, die Stelle zu bezeichnen, wohin sein Blick fallen soll – er fällt auf das 13. Kapitel des Römerbriefes: *Ziehet an den Herrn Jesum Christum*, heißt es da, *und pflegt das Fleisch nicht so, dass es geil wird (ne feceritis in concupiscentiis).* (Röm 13, 13) Die Dunkelheit der Skepsis weicht, Augustinus liest nicht weiter, das Licht seelischer Sicherheit *(quasi luce securitatis infusa)* erhellt von nun an seine ganze Existenz.

Eine Berufungsgeschichte, religionsphänomenologisch gesprochen, eine Ad-hoc-Offenbarung, von denen die heiligen Schriften voll sind.[1] Eine bedeutende Figur der Heilsgeschichte, oft eine Retterfigur, wird durch ein sakrosanktes Formular beglaubigt, das umso glaubwürdiger zu sein scheint, je weiter der Bekehrte vorher vom Heil entfernt, je mehr er der Apostasie verhaftet war: Bekehrung, Wiedergeburt, Metanoia – so die einschlägigen Vokabeln – sind mit einer geschichtsträchtigen Beauftragung verbunden, denen die Berufung als Ausweis beigegeben ist. Hier bekennt ein Bischof, der im theologischen und politischen Meinungsstreit seiner Zeit eine Schlüsselstellung einnimmt, mit dem Zweck, religiöse Affekte zu erregen und zur Nachahmung zu motivieren. Die Barbaren stehen ante portas, geistlich und moralisch Desorientierte suchen nach Autorität. Augustinus präsentiert ihnen, was Not tut: das autoritative Wort.

Begriff und Idee der Originalpoesie sind dem Rhetoriker Augustinus fremd. Er schreibt keine Erlebnisdichtung. Er schreibt als ein Kenner der Literatur, der die Tropen und Figuren der Redekunst am Schnürchen hat und die *exempla* der Heilsgeschichte kennt. Seine Berufung, die »Gartenszene«, gestaltet er zu einem versierten Cento, zu einem Ensemble aus Zitaten. Dass das Persönlichste, die spirituelle Wiedergeburt, sich äußert im Unpersönlichen, ist das Paradox, das zum Wesen dieses Erweckungsformulars gehört. Das christliche Ich spricht seine Unmittelbarkeit aus in einem vermittelten Diskurs, der das Individuum zum Verschwinden bringt: das Überwältigtsein des zu Berufenden, seine Passivität, die der freien Gnadenwahl des anrufenden Gottes Raum gibt; die existentielle Krise, die auch psychosomatisch auf den Höhepunkt zusteuert; der symbolische Ort des Gartens, der auf den Urzustand im Paradies zurückverweist; der Feigenbaum als Allegorie des Glaubens; die vielleicht dem liturgischen Raum entstammende Formel des »tolle, lege«; der Beschluss zur Askese – all das ist aus Zitaten, Anspielungen, Versatzstücken der Berufungstradition zu einer geschlossenen Szene, einer Berufungsminiatur, komponiert, die im Einzelnen wie im Ganzen kein authentisches biographisches Erlebnis vermitteln, sondern für den wahren Glauben in einem neuen Äon missionieren will. Aus welchen Gründen auch immer markiert Augustinus an einer Stelle selbst sein intertextuelles Verfahren, wenn er bekennt, dass er sich im Moment des Singsangs an Antonius erinnerte, den Eremiten in der ägyptischen Wüste, mit dessen Vita er sich kürzlich beschäftigt hatte. Von diesem stammt die Methode des Orakels her. Antonius hatte das Wort Jesu zum reichen Jüngling auf sich bezogen, alles verkauft, was er hatte, und den Armen geschenkt. Augustinus imitiert dieses Exempel. Seine Nachfolge Christi wächst auf der Basis der Nachahmung, so wie sein Glaube aus dem Lesen entstanden ist. Der Lesergemeinde des Bischofs von Hippo soll klar werden, dass mit dieser inneren Entscheidungsschlacht um die rechte Lektüre auch die Schlacht um die Stadt Gottes geschlagen ist.

II.

Herbst 1865: Der in Leipzig frisch immatrikulierte Student der Altphilologie Friedrich Nietzsche findet in einem Antiquariat das Hauptwerk des Philosophen Arthur Schopenhauer. Ein Jahr zuvor hat er die Theologie an den Nagel gehängt und auch mit dem Christentum ein für allemal Schluss gemacht. Die Lektüre von David Friedrich Strauß' *Leben Jesu* hatte der ohnehin nur noch oberflächlichen Gläubigkeit des ehemaligen »kleinen Pastors« den letzten Rest gegeben.

Nietzsche – der noch 1864 zu seinem Abitur an seinen Gott die Verse gerichtet hatte: *Ich will dich kennen, Unbekannter* (…) *Ich will dich kennen, selbst dir dienen* – ist nun weltanschaulich heimatlos. *Ich hing damals gerade mit einigen schmerzlichen Erfahrungen und Enttäuschungen ohne Beihilfe einsam in der Luft, ohne Grundsätze, ohne Hoffnungen und ohne eine freundliche Erinnerung.* In dieses existentielle Vakuum stößt Schopenhauer vor und macht den Orientierung Suchenden zu seinem Jünger. *Nun vergegenwärtige man sich*, appelliert der Dreiundzwanzigjährige in seinem *Rückblick auf meine zwei Leipziger Jahre* an einen fiktiven Leser, *wie in solchem Zustande die Lektüre von Schopenhauers Hauptwerk wirken mußte.* Er habe dieses im Antiquariat des alten Rohn aufgestöbert und, obwohl es ihm *völlig fremd* gewesen sei, darin geblättert: *Ich weiß nicht, welcher Dämon mir zuflüsterte: »Nimm dir dieses Buch mit nach Hause.«*

Dieser Dämon kann nur der Bischof von Hippo gewesen sein. *Wir haben Anlaß*, so beurteilt Werner Ross[2] diese Erbauungsgeschichte ganz zu Recht, diesen *Angaben zu mißtrauen*. Die Melancholie, die Krisensituation, das Daimonion, das *tolle, lege*, der schicksalsträchtige Griff in die Bücherkiste, die angebliche vorherige Unkenntnis des Philosophen, die folgende Innenschau – der Altphilologe wusste, was er tat, als er seine Konversion so erzählte. Er hat alles perfekt arrangiert nach dem Formular des Erweckungsberichts. Er hätte *auf dem Mond, nicht in Leipzig, wohnen müssen,* meint Ross, *um bis dahin von »Welt als Wille und Vorstellung« nichts gehört zu haben.* In Wahrheit werde hier komprimiert, pointiert und dramatisiert, was sich in der Wirklichkeit viel gemächlicher und kontinuierlicher abgespielt habe.[3]

Zu Hause, fährt der junge Bekehrte fort, *warf ich mich mit dem erworbenen Schatze in die Sofaecke und begann jenen energischen düsteren Genius auf mich wirken zu lassen. Hier war jede Zeile, die Entsagung, Verneinung, Resignation schrie, hier sah ich einen Spiegel, in dem ich Welt, Leben und eigen Gemüt in entsetzlicher Großartigkeit erblickte. Hier sah mich das volle interesselose Sonnenauge der Kunst an. Hier sah ich Krankheit und Heilung, Verbannung und Zuflucht, Hölle und Himmel. Das Bedürfnis nach Selbsterkenntnis, ja Selbstzernagung packte mich gewaltsam* (…). Wer so unbekümmert-frömmelnd von Selbsterkenntnis, ja von Selbstzernagung daherredet, der ist der Sprachwelt des Pietismus noch nicht lange entronnen. Es ist ja auch der Pietismus, der das Erwecktwerden wie die Vivisektion des Selbst zum System erhob, damit auch das Erzählmuster der Ad-hoc-Offenbarung aufgriff und an die Literatur vermittelte. Nietzsche, der neu berufene Jünger der Philosophie, ändert denn auch – wie Augustinus, wie die nach dem halleschen Bekehrungssystem Erweckten – tatsächlich sein Leben, er entschließt sich – wie diese – zur Askese und kasteit sich im Namen Schopenhauers.

Was der Römerbrief für Augustin, kann *Die Welt als Wille und Vorstellung* für Nietzsche nicht zu leisten, mag er sie sich auch dringlich herbeikasteien wollen: *die Umgestaltung des ganzen Menschenkerns.* Die Bekehrung scheitert kläglich. Nach vierzehn Tagen haben die *Lockungen des Lebens* den Asketen wieder eingefangen, und er gibt auf.[4]

Immerhin – der prominenteste Schopenhauer-Jünger neben Richard Wagner hat es für nötig befunden, seine Berufung zur Erbauungsliteratur zu stilisieren. Die Schopenhauer-Lektüre hat ihm zweifellos den entscheidenden philosophischen Weg gewiesen, mag aus der Larve des Schopenhauer-Jüngers auch bald ein leidenschaftlicher Schopenhauer-Apostat schlüpfen. Die Begegnung mit der philosophischen Frohbotschaft artikuliert sich wie bei vielen Schopenhauer-Lesern in parareligiösen Formen, sie wird nun dem Philosophen zum Anlass, sich ebenfalls in das Palimpsest der

Erweckungsgeschichten einzutragen, und so nimmt er teil an der vertrackten Dialektik aller großen Sünder, in aller Demut der eigenen Berufung als einer Bevorzugung gewahr zu werden.

III.

Spätherbst 1899 (?), Fin de siècle: Wieder ist da eine »Studentenbude«, wieder eine Sofaecke, wieder ein ***seelisches** Erlebnis ersten Ranges* (GW XI, 111): Thomas Mann, so erzählt er selbst, »schlürft« den *Zaubertrank* von Schopenhauers Metaphysik. *Das kleine, hochgelegene Vorstadtzimmer schwebt mir noch vor Augen, worin ich, es sind sechzehn Jahre, tagelang hingestreckt auf ein sonderbar geformtes Langfauteuil oder Kanapee, »Die Welt als Wille und Vorstellung« las. ... So liest man nur einmal.* Das Manuskript von *Buddenbrooks* soll nur zwei Schritte neben dem Schopenhauer schmökernden Autor gelegen haben und soll auf den Punkt bis dahin gediehen gewesen sein, dass es galt, Thomas Buddenbrook *zu Tode zu bringen* (GW XII, 72). Der faszinierte Schopenhauer-Adept will in seiner Eigenschaft als werdender Roman-Autor das hohe Abenteuer gleich seiner Spiegelbild-Figur geschenkt haben, der *mystisch-dreifach verwandten Gestalt, dem Vater, Sprößling und Doppelgänger...*

Das ist zu schön, zu stilisiert, zu mythisch, um ganz wahr zu sein.[5] Nietzsche hatte schon Mitte der sechziger Jahre seelische Schwierigkeiten, Schopenhauer als Offenbarung zu erleben, um die Jahrhundertwende wäre ein solches Erweckungserlebnis anachronistisch. Die Zeit der Sektenbildung war für Schopenhauers Philosophie vorbei. Thomas Manns Lektüre-Legende hat nun überdies, verglichen mit den anderen Schopenhauer-Lektüren innerhalb des Dreigestirns, eine ganz eigene Pointe: Die Bekehrung bleibt aus. Wagner glaubt ein Leben lang, Nietzsche glaubt und verkehrt seine Leidenschaft später umso heftiger in Unglauben, der ironische Hanseat ist von vornherein ein ungläubiger Thomas. Schopenhauers Philosophie ist ihm in erster Linie als ästhetisches Phänomen gerechtfertigt.

In den *Betrachtungen eines Unpolitischen* mag durchaus ein eminentes Leseerlebnis noch nachzittern, das mit verspäteter Pubertätserotik zu tun gehabt hat – Thomas Mann aber hat nicht nur die Bekehrung eliminiert, sondern den ganzen religiösen Überbau. Die Formelemente des Erweckungserlebnisses sind zerfallen. Kein Siehe da!, kein göttlicher Wink, keine Konversion, keine Wiedergeburt. Und vor allem: keine Vision oder Audition, keine vorintellektuelle »Schau«, sondern ein fasziniertes und gleichzeitig reflektiertes Lesen. Schnell wendet sich der Autobiograph vom eigenen Ich hin zu seinem Roman. Das *seelische Erlebnis* ist ihm besonders wichtig, nicht weil es einen Nutzen und Vorteil für sein »Leben« hat oder gehabt hat, sondern weil es sich wieder in Literatur verwandeln ließ – zum Höhepunkt in Leben und Sterben des Thomas Buddenbrook. Die schöne Geschichte von der Schopenhauer-Lektüre, wie sie der Vierzigjährige aus der sicheren Distanz entwirft, klingt nur nach Berufungslegende und wurde als solche auch gerne geglaubt; aber sie spielt mit Vexationen, die zeigen, dass der Bericht Unmittelbarkeit sowohl simuliert als auch in Abrede stellt: *Einsam-unregelmäßige, welt- und todsüchtige Jugend – wie sie den Zaubertrank dieser Metaphysik schlürfte, deren tiefstes Wesen Erotik ist und in der ich die geistige Quelle der Tristan-Musik erkannte!* Ein Zaubertrank, der als Zaubertrank »erkannt« wird, kann wohl schwerlich verzaubern. Er ist als Zaubertrick »durchschaut«. Der Zaubertrank, den Tristan trinkt, entfesselt die Minne zur todsüchtigen Ekstase im Baumgarten, Thomas Mann dagegen betreibt Gehirnerotik auf dem Fauteuil. Es berichtet nicht einer, der dem Tode schon anheimgegeben war, sondern einer, der weiß, dass seine Lektüre dazu hätte verführen können, sich dem Tode anheim zu geben. Es erzählt einer von einer Lektüre, der weiß, wie andere denselben Text gelesen haben. Er liest kein Original, sondern ein durch eine Lese-Geschichte schon überformtes Palimpsest. Er weiß, zu welchem Zaubertrank dies *heilige Original* den alten Zauberer Richard Wagner inspiriert hat, er weiß auch, was Nietzsche daraus gemacht, und wie Nietzsche das, was Wagner daraus gemacht hat, entlarvt hat: als Rauschgift der décadence[6]. Kurzum: an die Stelle eines Erlebnisberichtes ist eine Historisierung des Erlebnisses getreten.

Welten liegen zwischen dieser Schopenhauer-Lektüre Thomas Manns und der Schopenhauer-Lektüre Thomas Buddenbrooks. Wo die Bekenntnisschrift der *Betrachtungen eines Unpolitischen* den religiösen Rahmen, die traditionellen Formelemente der Offenbarungsgeschichte zurücknimmt, fast nicht zu kennen scheint, hat der Roman 15 Jahre zuvor ein Feuerwerk metaphysischer und religiöser Metaphern abgebrannt. Doch welch buchenswerte Mutation haben sie erlebt!

IV.

Also noch einmal ein Nachsommer, diesmal der des Jahres 1874: Thomas Mann lässt Thomas Buddenbrook Schopenhauer lesen. Der Firmenchef, obwohl noch keine fünfzig, sehnt sich seit langem nach Erlösung vom

Lebenskampf. Er ist ein einsamer Mann. Das Unternehmen stagniert, die Frau betrügt ihn mit Musik, der schwächliche Sohn wird seine Arbeit nicht fortsetzen, er selbst sieht *verfallen* aus (GW I, 643). Er, der sich sein Leben lang über die Firma definiert hat, er, der seine Bedürfnisse um der Firma willen stets kompensiert hat, er, der dem Erwartungsdruck der bürgerlichen Gesellschaft brav sich angepasst hat, steht vor der Erkenntnis, sein wahres Wesen verfehlt zu haben. Buddenbrook ist zum Skeptiker geworden. Melancholie lähmt den ehemaligen Tatmenschen; der große Stumpfsinn greift um sich – Desorientierung und Krise auch hier als Voraussetzung für den Weg nach innen: Incipit philosophia. Geht Augustinus den Weg von der Philosophie zur Offenbarungsreligion, so verfolgt Buddenbrook den umgekehrten. Das Christentum kann ihm im Angesicht des Todesernstes nicht Genüge tun – schon gar nicht das pietistische Bibelchristentum seiner Eltern. So sucht der Lebensmüde nach anderen Tröstungen: *Zu geistreich*, um religiös bedürftig zu sein, hegt er ein metaphysisches Bedürfnis (GW I, 652).

Auf dem Höhepunkt der Krise zieht der Senator sich aus der Welt des bösen Willens in seinen Garten zurück. Da sieht es zunächst aus, als suche er den neuen, unbekannten Gott in der Natur. Während der Vater innerlich noch zu einer empfindsamen Generation zählte, die ihre Schaffenskraft am Busen der Natur regeneriert und sich *im hohen Grase* wie Werther fühlen konnte, *als gehörte* sie *der Natur* (GW I, 32), sitzt der Sohn in seinem Jugendstil-Gärtchen von zierlicher Symmetrie, von dem keine schöpferischen Kräfte ausgehen, das vielmehr mit seinen betäubenden Düften, dem Flieder, dem Sirupgeruch aus der nahen Zuckerbrennerei und dem plätschernden Springbrunnen den Lebensschwachen in einen lähmenden Zauberbann schlägt. Dieses klebrige Aroma wird hinfort alle Vorstellungen des sonst so auf Reinlichkeit bedachten Senators begleiten, wenn er Schopenhauer liest. Mit dem pantheistischen Naturevangelium ist es also auch nichts.

Seinen »Gott« findet der literarisch gebildete Senator nicht in der Natur, sondern im Buch, ganz wie der Rhetorikprofessor Augustinus. Auch hier ein Lese-Orakel. Und nicht nur das. Die Existenzkrise, die acedia, die Sehnsucht nach einem Damaskus, die Innenschau, das tolle lege!, die Epiphanie, die Frohe Botschaft, der Entschluss zur Umkehr – alle Kompositionselemente der Erweckungsgeschichte sind wieder versammelt.

So wie Augustinus in aller Demut davon überzeugt ist, dass ihm die Berufung als »Ruf«, als vox caelestis, widerfährt und dass er prädestiniert ist, sie zu hören, so »fällt« Thomas Buddenbrook *Die Welt als Wille und Vorstellung* »zu«: *halb gesucht, halb zufällig* gerät sie ihm in die Hände, obwohl sie so schamhaft versteckt wurde – denn offenbar ist alles darauf abgestellt, dass ein höherer Wille im Spiel ist. Es ist Schopenhauers höhere Absichtlichkeit im Schicksal des Einzelnen, die dem Prädestinationsglauben des Kirchenvaters entspricht. Die Metaphysik der Weltverneinung hat sich freilich schamhaft *hinter stattlichen Bänden versteckt*, da, wo sonst die anrüchigen Druckwerke zu vermuten sind (GW I, 654). Buddenbrook greift, wenn er Schopenhauer liest, nach Früchten, die dem Bürger verboten sind, und ist im Begriff, die geltende kulturelle Norm zu überspringen.

Höchste psychosomatische Erregung bei Augustinus; und auch der Kaufmann liest, wie er noch nie gelesen. Was der Kaufmann an der Philosophie ekstatisch bejaht, ist die Sprengung des alltäglich-bürgerlichen Vorstellungskerkers, die Umwertung der bürgerlichen Werte, die Entgrenzung des lübischen Horizonts. Deshalb wird diese Frohe Botschaft als Rausch erlebt, deshalb gemahnt sie auch *an erste hoffende Liebessehnsucht* (GW I, 655). Deshalb ist das Paradiesgärtlein des heiligen Augustinus, das Wiedergeburt in Unschuld versprach, pervertiert zum dekadenten Lustgärtlein und eingelullt in die kalmierenden Duftschwaden des Verfalls.

In dieses Arrangement hinein aus raffiniert zugerichtetem Wagner, pathologisch erregendem Schopenhauer und überreifer bürgerlicher Kultur spricht die Stimme ihr »Tolle, lege«. *Und siehe da*, heißt es auch hier – es ist wieder das Siehe-da der Offenbarungserzählung, das Ecce des Augustinus, auf das der Senator wie ein mystischer Ekstatiker *mit gefalteten Händen* reagiert: *Und siehe da: plötzlich war es, als wenn die Finsternis vor seinen Augen zerrisse, wie wenn eine samtne Wand der Nacht sich klaffend teilte und eine unermeßlich tiefe, eine ewige Fernsicht von Licht enthüllte.*

Betende Hände – auch das ist »klassisch« im Formular der Privatoffenbarung. Augustinus' Bekenntnisse sind als Ganze auf den Knien des Herzens geschrieben und zum betenden Gespräch der Seele mit ihrem Gott stilisiert. Doch: an welchem Ort fühlt sich Buddenbrook *versucht, zu beten*? Nicht im Garten, nicht an heiliger Stätte, nicht im stillen Kämmerlein, sondern im Bett jenes Schlafzimmers, aus dem seine Frau kurz zuvor ausgezogen ist: *In tiefer Stille und sacht lastender Schwüle lag er auf dem Rücken und blickte in das Dunkel empor* (GW I, 656).

Erhellend zu sehen, wie in dekadenter Atmosphäre die platonisch-platonistische Lichtsymbolik an das Ende ihrer Bedeutung geführt wird: Das Licht der Erkenntnis blitzt nur noch kurz auf. Platons Höhlenbewohner, wenn er ans eigentliche Licht der Sonne tritt, findet den Anblick der ungetrübten Wahrheit unerträglich, aber er unterwirft sich einem Gewöhnungsprozess, der ihn sukzessive zum reinen Denken hinanführt. Der in die

Metaphysik verirrte Bürger hingegen schreckt *gänzlich geblendet* vor der metaphysischen Offenbarung zurück. Was sie enthüllt, ist nicht das Wahre und führt nicht *zum Frieden* (GW I, 660), sondern erlischt trotz guter Vorsätze bald wieder und ist schnell vergessen. *Quasi luce securitatis infusa*, so beschließt Augustinus dagegen sein Bekehrungserlebnis mit der Metaphorik der Erleuchtung, *cordi meo omnes dubitationis tenebrae diffugerunt – Das Licht der Sicherheit ergoß sich gewissermaßen in mein Herz, und es flohen alle Schatten des Zweifels* (*Conf.* VIII, 12).

Trösterin Philosophie füllt für Buddenbrook die Leerstelle, die der Tod Gottes gelassen hat, nur kümmerlich. Der Senator liest nicht, um zu leben oder seinem Leben eine Wende zu geben, sondern um zu sterben. Das Berufungserlebnis versprüht wie ein Feuerwerk. So bleibt nach dieser Gartenszene alles beim Alten – keine Metanoia, keine Metamorphose, keine Bekehrten, keine Gemeinde, kein neuer Äon, kein neuer Gott. Augustinus lässt sich taufen, bricht nach Thagaste auf, verkauft alles, was er besitzt, und gibt es den Armen. Thomas Buddenbrook findet am anderen Morgen zurück ins *öffentliche, geschäftliche, bürgerliche Leben in den giebeligen und winkligen Straßen dieser mittelgroßen Handelsstadt*, taucht wieder ein in den bürgerlichen Lebenskampf, die Konkurrenz des Mittelmaßes. Für den Augenblick der Vision durfte sich Buddenbrook trügerischerweise frei fühlen von den Ansprüchen der Pflichtethik. Danach triumphieren wieder die *bürgerlichen Instinkte* (GW I, 659).

Die Wahrheitsgewissheit, die Buddenbrook träumend zu gewinnen glaubt, umhüllen hinterhältige Erzählerwinke mit der Nacht des Zweifels. Die Lektüre selbst ist nicht die Offenbarung, sondern sie folgt auf die Offenbarung. In das autoritative Wort des Buches mischt sich das *Bürgerhirn* (GW I, 655) ein und versteht nur halb. Augustinus greift zur Bibel, zum inspirierten Wort, zum Buch der Bücher. Die *Welt als Wille und Vorstellung* aber, so heißt es achselzuckend, war eine »Okkasion«, nicht mehr; zu einem *Gelegenheitspreise achtlos erstanden*, und dann auch nur der *zweite* Teil, nicht der erste, den allein Schopenhauer für sein »Hauptwerk« erklärte. Schlecht geheftet ist sie obendrein – ein Unding und Fremdkörper zwischen den Halbfranzbänden des bürgerlichen Bücherschranks (GW I, 654). Der Anspruch Schopenhauers, der fünfte Evangelist, der Philosoph des eigentlichen, eines anderen, von den Pflichten der Vorstellungswelt befreiten Christentums zu sein, hält als Alternative zum protestantischen Christentum nicht stand.

Eine tolle Inszenierung! Augustinus entwirft mit seiner Berufungsgeschichte schon ein rhetorisches Konstrukt, das wie *die illuminierte Seite einer Heiligenvita* arrangiert ist.[7] Thomas Mann benutzt das Inszenierte, um es noch einmal, aber anders zu inszenieren. So wie dieser Fünfundzwanzigjährige kann nur einer schreiben, der nicht mehr unter dem unmittelbaren Eindruck einer bewegenden Erstlektüre steht – wie auch immer sie geartet gewesen sein mag. Diese gesamte Kontrafaktur zur religiösen Offenbarung wie zur Offenbarungsreligion kann nur einer gestalten, der Herr seiner Erlebnisse ist. Er hat seine Schopenhauer-Lektüre Thomas Buddenbrook nicht schlicht »geschenkt«, er hat sie zu einem Danaergeschenk verwandelt, sie umstilisiert, uminterpretiert, umfunktioniert. Mit kluger Umsicht, mit ästhetischer Raffinesse hat er sich die Modephilosophie einerseits, die Ersatzreligionen andererseits – seien sie nun philosophischer, seien sie musikalischer Art – bei aller Faszination zuletzt vom Leibe gehalten. Er versperrt deshalb auch seinem Alter Ego den Fluchtweg in die Entlastung durch die Metaphysik – ein Fluchtweg, den so viele seiner Zeitgenossen genommen haben. Buddenbrooks Vision und ihr Kontext ziehen die Autorität der Erlösungsphilosophie im ausgehenden bürgerlichen Jahrhundert als Ganze ins Zwielicht.

Noch toller ist das, was Thomas Mann mit dem bürgerlichen Ich des Senators macht. Aurelius Augustinus findet in der Umkehr zu seinem eigentlichen Selbst. In aller rhetorischen Demut des Bekennens demonstriert das orthodoxe Ich sich selbst als exemplarische Figur des kommenden Gottesstaates. Das Ich des degenerierten Bürgers dagegen bestand schon vor der Vision nur noch im Gleichnis, in der Inszenierung der bürgerlichen Idealexistenz. Die Vision versetzt Buddenbrook in den heiligen Wahn, dank der Rückkehr zum Urgrund des Seins sein schwaches Ich auflösen und mit neuen, starken Ichs verschmelzen zu können. Zwei Irrtümer zeigen, dass er dabei mehr denn je vom Schleier der Maja, der Mutter allen Irrtums, umfangen ist: Der erste ist der bekannte, dass er im Ausblick auf das grausame und muntere Leben des blonden Zukunftsmenschen den heillosen Willenskampf, den Existenzgrund der Buddenbrooks, bejaht, zum Ding an sich erhebt und in eine ewige *Fernsicht* verlängert, dem er sich eigentlich entziehen will. Ein zusätzlicher Kurzschluss kommt dadurch zustande, dass er seine Identifikation mit den Grausamen in religiösen Formeln ausphantasiert, die an die Liturgie der Hingabe und des Opfers erinnern: *Irgendwo in der Welt wächst ein Knabe auf, gut ausgerüstet und wohl gelungen (…) grausam und munter. Das ist mein Sohn.* ***Das bin ich****, bald (…) wird meine Liebe zu euch frei werden und bei und in euch sein … bei und in euch allen!* (GW I, 658) ***Das bin ich***, sagt er von diesem nachgeborenen Siegfried, diesem kraftmeiernden Kind-Messias. *Tat tvam asi*, »das bist du« –, so heißt das Wort der Identifikation schlechthin, das »große Wort« der Chandôgya-Upanishad, in dem Schopenhauer die metaphysische Identität aller leidenden Wesen ausgesprochen fand.[8] Hier wird es kurzerhand umgewertet. Mit diesem höchsten Ausdruck der Leidensphilosophie will der Verirrte seine Verschmelzung mit den Mitleidlosen begründen. Die Camouflage, die er mit Schopenhauers Begriffen betreibt, wirft ihren Schatten auch auf die Philosophie des Werdens.

V.

Der Bürger Buddenbrook liest nicht einfach nur seinen Schopenhauer. Seine visionäre Lektüre ist so arrangiert, dass sie auf eine epochale Tradition reagiert. Dahinter steht ein hoher Anspruch des Roman-Novizen. Der zielt weniger auf imitatio als auf aemulatio. *Auf Größe*, so trumpft der Debütant schon auf, kurz nachdem Samuel Fischer die Veröffentlichung zugesagt, aber lange bevor der Roman seinen Siegeszug angetreten hatte, *auf Größe war nämlich während der Arbeit fortwährend mein heimlicher und schmerzlicher Ehrgeiz gerichtet. Mit dem quantitativen ins Kraut Schießen des Buches wuchs beständig mein Respekt davor, so daß ich einen immer höheren Stil von mir verlangte. Es ist gut, daß es so bescheiden anhebt und sich zum Schluß durchaus nicht als irgend ein Roman sondern als etwas ganz Anderes und vielleicht garnicht Häufiges entpuppt* (an Heinrich Mann am 25./27.3.1901). Nein, nicht *irgend ein* Roman, nicht irgendein Kaufmannsroman, irgendeine Familiensaga, von denen die Literaturgeschichte des 19. Jahrhunderts überquillt, sondern etwas *ganz Anderes …*

Was diesen *höheren Stil* auszeichnet, ist nicht nur der eifernde, nachahmend-überbietende, transformierende und transponierende Dialog, den er mit Gipfelwerken der Literatur, Musik und Literatur unterhält, sondern auch die Modernisierung der Ausdrucksmittel. Das szenische Erzählen des Roman-Anfangs, der plaudernde Fontane-Ton, die nett-boshaften Causerien lassen kaum erahnen, dass die epische Entwicklung im Finale zu einem solchen Crescendo in Thomas' gescheiterter Berufung und Hannos einsamem Liebestod ausholt. Die Roman-Coda sprengt den poetischen Realismus deutsch-provinzieller Machart und erprobt Formen literarischer Realitätsdarstellung, in denen die états d'âme der Moderne sich ausdrücken sollen.

Die uralte Einleitungsformel der Berufungsgeschichte, dies *Und siehe da: plötzlich …*, in dem sich der Überfall durch die Transzendenz oder das Offenbarwerden der Wahrheit artikuliert, bekommt in diesem Zusammenhang eine ganz neue Dimension. In diesem einen erschreckenden Wort »plötzlich«, das einst das mysterium tremendum des Heiligen begleitete, artikuliert sich nun die ästhetische Erfahrung der Moderne.[9]

Den Schritt in diese Moderne bereitete Schopenhauer vor. Er beschrieb den Übergang vom bloßen Meinen zum Gewahrwerden der Wahrheit als solchen plötzlichen Moment, den Offenbarung zu nennen er sich nicht scheut.[10] Die geniale Einsicht in die Wahrheit zerschneidet das Gängelband von Ursache und Wirkung, an dem sich der Alltagsverstand entlanghangelt. Ein ***Grausen*** erfasse alle Menschen, *wenn sie, durch irgend einen Zufall, irre werden am principio individuationis, indem der Satz vom Grunde, in irgend einer seiner Gestaltungen, eine Ausnahme zu erleiden scheint:* (...) *Das ungeheure Entsetzen gründet sich darauf, daß sie plötzlich irre werden an den Erkenntnißformen der Erscheinung, welche allein ihr eigenes Individuum von der übrigen Welt gesondert halten.*[11] Der Form nach erlebt Buddenbrook genau dies: das plötzliche Zerbrechen des Alltagskontinuums zugunsten eines anderen Zustandes.

Nietzsche hat diesem Offenbarungsmoment auch noch die Beziehung zur Wahrheit genommen. Das Verschmelzen der Individuen im Abgrund des Seins geschieht allein im Augenblick des lusterfüllten Kunst-Rausches. Die ästhetische Offenbarung löst die Transzendenzerfahrung ab und verabsolutiert den ekstatischen Augenblick. In einem solchen explodiert Buddenbrooks Inneres geradezu in einem Feuerwerk aus Licht, wenn er den Schleier der Individuation zerrissen sieht, wenn er die Entgrenzung und die ewige Wiederkehr phantasiert. Ganz der reinen Gegenwart hingegeben, hat er alle Tabus hinter sich gelassen und erlebt einen Augenblick lang die Provokation, die seine Zeit dem Kreativen reservierte: sich in der ästhetischen Vision unabhängig vom Kausalitätsprinzip zu entwerfen, ohne das gesellschaftliche Decorum wahren zu müssen. Buddenbrooks erlebt das »Plötzliche« als *zentrale Anschauungskategorie des modernen Bewußtseins*[12].

Was aber bei Schopenhauer interesselose Anschauung, ethische Neuorientierung und metaphysische Erkenntnis bedeutet, was bei Nietzsche dionysische Seinserfüllung, verpufft bei Buddenbrook. Der verwegene, grenzüberschreitende Versuch, sich ins Unbekannte zu entwerfen, endet in der Restauration.

Mit der Schopenhauer-Vision steht der Janus Buddenbrook auf der Schwelle zur Moderne, wenn er selbst auch gleich wieder die Türe zuwirft; mit dem einen Gesicht blickt er zurück in die Offenbarungsgeschichte des Vatergottes, mit dem anderen darf er einen Vorschein des Unbekannten erhaschen. Thomas Mann aber folgt seiner Romanfigur nicht nach: Unter der Tarnkappe des Schicklichen erprobt er seine Möglichkeiten, die Kategorien des Bekannten, der Tradition, der »Normalität« zu unterminieren.[13] Über dies Verhältnis von Subversion und Konvention wird er vier Jahrzehnte später ausgerechnet durch die Maske Goethes sprechen, den er moderner erscheinen lässt, als der klassizistisch gebildete Leser ahnen will: *Wie ist die Kunst gebunden und durch matte Rücksichten eingeschränkt in ihrer natürlichen Kühnheit! Das ist ihr aber vielleicht auch wieder gut, und sie bleibt geheimnisvoll-mächtiger, gefürchteter und geliebter, wenn sie nicht nackend geht, sondern schicklich verhüllt und nur hie und da ihre angeborene Verwegenheit erschreckend und entzückend einen Augenblick offenbart.* (GW II, 635 f.) Es sind diese verwegenen Augenblicke des Erschreckens und Entzückens, die den Maya-Schleier der Bürgergeschichte zerreißen und derentwegen auch zum hundertjährigen Geburtstag der *Buddenbrooks* immer noch gesagt werden kann: *Tolle, lege.*

1 Zu vergleichen ist die luzide Studie von Susanne Kulenkampff: Schreiben nach Damaskus. Darstellung und Funktion der Ad-hoc-Offenbarungen in autobiographischer Prosa von Aurelius Augustinus, August Hermann Francke, Jean Paul und Robert Musil, Kraków 1999.

2 Werner Ross, Der ängstliche Adler. Friedrich Nietzsches Leben, Stuttgart 1989, 158.

3 Ross (wie Anm. 2), 156–159.

4 Elisabeth Förster-Nietzsche hat 1912 den vollständigen Text über die Schopenhauer-Lektüre ihres Bruders publiziert: Der junge Nietzsche, Leipzig 1912, 174–176.

5 Ich präzisiere eine Vermutung, die ich zuerst in meiner Dissertation geäußert habe: Zaubertrank der Metaphysik. Quellenkritische Überlegungen im Umkreis der Schopenhauer-Rezeption Thomas Manns, Frankfurt usw. 1980, 41 f.

6 Friedrich Nietzsche, Sämtliche Werke. Kritische Studienausgabe, hg. v. Giorgio Colli u. Mazzino Montinari, München 1980, Bd. VI, 22.

7 Kurt Ruh, Geschichte der abendländischen Mystik, Bd. I, München 1990, 86.

8 Vgl. Arthur Schopenhauer, Sämtliche Werke, hg. v. Arthur Hübscher, Wiesbaden 1972, Bd. II, 259 f.

9 Karl-Heinz Bohrer, Plötzlichkeit. Zum Augenblick des ästhetischen Scheins, Frankfurt am Main 1981; Bruno Hillebrand, Ästhetik des Augenblicks. Der Dichter als Überwinder der Zeit – von Goethe bis heute, Göttingen 1999; vgl. Jochen Vogt, Thomas Mann: »Buddenbrooks«, München, 2. Aufl. 1995, 133.

10 Schopenhauer (wie Anm. 8), Bd. II, 259.

11 Schopenhauer (wie Anm. 8), Bd. II, 417.

12 Bohrer (wie Anm. 9), 49.

13 So Herbert Lehnert in seinem für die Herbsttagung der Thomas-Mann-Gesellschaft in Lübeck geschriebenen Vortrag »Tony Buddenbrook und ihre literarischen Schwestern«, den ich im Manuskript einsehen durfte.

BERND HAMACHER

Buddenbrooks

Roman der Kultur und Apotheose der Lektüre

I.

Ist »Buddenbrooks« ein »Jahrhundertroman«? Die am 6. Juni 2000, dem 125. Geburtstag von Thomas Mann, eröffnete neue Dauerausstellung im Lübecker Buddenbrookhaus erhebt in ihrem Titel genau diesen Anspruch. Der Eröffnungsbeitrag im Begleitband geht sogar noch einen Schritt weiter, denn Eckhard Heftrich titelt mit bestimmtem Artikel: »Buddenbrooks – der Jahrhundertroman«.[1] Diese schlechterdings nicht mehr zu überbietende Kanonisierung wurde jedoch fast gleichzeitig zum Gegenstand einer vehementen Polemik. Der Schriftsteller Hartmut Lange stellte – pikanterweise auf einem Kolloquium der Deutschen Thomas Mann-Gesellschaft im Buddenbrookhaus – die Klassifizierung »Jahrhundertroman« in Frage, und wenn er auch insbesondere einen anderen mannschen Roman, den »Zauberberg«, im Blick hatte, ist seine Kritik doch grundsätzlicher Art. Sie betrifft die Gattung des Romans selbst, der er den Fazitcharakter für das 20. Jahrhundert prinzipiell abspricht: »Ist der Roman wirklich, was uns der Wille zum Klassifizieren einreden will, die wichtigste literarische Gattung der Moderne?«[2] Dieser »Wille zum Klassifizieren« werde verkörpert von der Germanistik, die dadurch Herrschaft ausübe und die Rezeption von Literatur erschwere. Angesichts des Umstands, dass Lange in der Folge eine Karikatur dessen liefert, was er zu kritisieren meint, könnte zwar die Literaturwissenschaft getrost ihren Geschäften weiter nachgehen – so hanebüchen zu »klassifizieren« wie er würde sich nämlich kein Germanist getrauen.[3] Ungeachtet des ärgerlichen Klischees einer leserfeindlichen Germanistik, das er in Umlauf halten will, lohnt es sich indes, einen Moment bei Langes Provokation zu verweilen: Kann sie sich in ihrem Kern nicht auf ein wichtiges Indiz und gar auf einen Kronzeugen stützen? Das Indiz ist der Nobelpreis, der 1929 ausschließlich den »Buddenbrooks« und nicht dem Gesamtwerk, vor allem nicht dem »Zauberberg« galt und daher Thomas Mann nicht als demokratischen Gegenwartsautor kanonisierte, sondern als schon historische Größe, als

Romanschriftsteller des 19. Jahrhunderts, wenn man so will. Der Kronzeuge aber ist Thomas Mann selbst, der im Rückblick auf sein Lebenswerk am 15. April 1951 an Hans Joachim Mette schreibt: »Tatsächlich fühle ich mich als Traditionalist und als ein Spätgekommener, dem es zufällt und dem es gefällt, hundertmal erzählte Geschichten zum letzten Mal, abschließend, sozusagen, und endgültig zu erzählen [...]. Oft habe ich das Gefühl, daß unsere gegenwärtige höhere Literatur nichts anderes ist, als das Resümee einer langen abendländischen Vergangenheit, rasch noch, bevor die Nacht einfällt, die Barbarei, vielleicht ein langes, tiefes Vergessen.«[4] Dagegen dekretiert Hartmut Lange: »Die Moderne hat alle Brücken zur Bildungskontinuität abgebrochen.«[5]

Verbreiten also auch »Buddenbrooks« heute nur noch, was Lange dem ambitionierten Großroman insgesamt nachsagt: ehrwürdige Langeweile? Wie kann das Buch, im 20. Jahrhundert zum Jahrhundertroman des 19. Jahrhunderts geworden, vor diesem Hintergrund für Leserinnen und Leser des 21. Jahrhunderts mehr als bloß historische Relevanz gewinnen? Womöglich gilt das, was Tony im Roman vom krögerschen Anwesen vor dem Burgtor sagt, als es zum Verkauf und damit zur Teilung ansteht, für den Roman selbst: »Es ist wohl niemand mehr vornehm genug, um das Ganze zu bewohnen.« (S. 250)[6] Ist es also an der Zeit, Lineal und Feder zur Hand zu nehmen und unter die Geschichte des Romans »einen schönen, sauberen Doppelstrich quer über das ganze Blatt hinüber« zu ziehen? Unversehens glaubt man, will man Hartmut Lange zur Rede stellen, eine andere Stimme zu vernehmen: »Ich glaubte ... ich glaubte ... es käme nichts mehr ...« (S. 523) Das Ende der literaturgeschichtlichen Relevanz der Gattung Roman wird nicht zum ersten Mal diskutiert,[7] doch im vorliegenden Fall, wo innerhalb des Romans das Ende in verschiedenster Form selber thematisch wird, steht die Kultur als Ganze auf dem Spiel, und mit dem Bild vom Schlussstrich gerät unversehens die Semantik aktueller kulturpolitischer Debatten in den Blick. Meine These lautet daher, dass sich die kulturdiagnostische Leistung der Literatur gerade bei »Buddenbrooks« auch heute noch bewähren kann.

Damit ist mehr gemeint, als einfach die »Möglichkeit zur Assoziation« wiederzugewinnen, die Lange zur Voraussetzung der Wirkung von Kunst erklärt,[8] mehr auch als die Rückkehr der »Leser-Unschuld«, die ein anderer prominenter Leser des Romans, Siegfried Lenz, bei einer Neulektüre erfreut konstatiert.[9] Lenz' nicht näher analysiertes Gefühl, »an überzeitlichen Ereignissen teilzuhaben«,[10] wäre in seiner Entstehung erst zu erklären. Für passionierte Thomas-Mann-Leserinnen und -Leser scheint die

Antwort auf der Hand zu liegen: Finden sich hier nicht Themen und Motive in Fülle, die der Autor in seinen späteren Texten immer wieder aufgegriffen und variiert hat, sodass sich die viel beschriebene Leitmotivtechnik, die er in seinem ersten Roman entwickelte, durch das Gesamtwerk hindurch verfolgen lässt? Wenn man den nächsten großen Roman, den »Zauberberg«, zum Vergleich heranzieht, so fällt gar eine signifikante Parallele in der Struktur der beiden Werke auf: Sowohl Thomas Buddenbrook als auch Hans Castorp wird eine Ganzheitserfahrung zuteil, die als kulturelle Entgrenzung zugleich ein Bildungserlebnis ist – im einen Fall durch die Lektüre Schopenhauers (dessen Name freilich im Text nicht fällt), im andern Fall durch einen Traum am Rande des Todes. Hier wie dort folgt darauf eine Antiklimax, und der kulturelle Rahmen, der für einen Moment den Blick auf das Ganze im metaphysischen Sinne freigegeben hatte, schließt sich wieder, auch wenn die Bruchstelle sichtbar bleibt.

Was zunächst bloß ein strukturelles Selbstzitat des Autors zu sein scheint, führt ins Zentrum der Problematik, die den »Buddenbrooks« noch für längere Zeit den Rang eines der wichtigsten deutschen Kulturromane erhalten wird. In der metaphysischen Entgrenzung, als die Thomas Buddenbrooks Lektüre sich darstellt, wird die Öffnung und Schließung von Kultur, das Wechselspiel der Verflüssigung und Verfestigung menschlicher Orientierungen thematisch. Die Orientierung des Menschen in seiner Welt ist nichts anderes als das, was mit dem Begriff der Kultur gemeint ist,[11] die sich nicht im begrifflich strengen Sinne definieren, sondern nur durch Übersetzungen – also Metaphern – umschreiben und dadurch konkretisieren lässt. Zu diesen Konkretisierungen als Dimensionen der Kultur gehört im Roman an vorderster Stelle die Religion, denn mit dem Versuch einer Verständigung über religiöse Grundorientierungen beginnt und schließt der Text bekanntlich: Am Anfang steht der Katechismus auf dem Prüfstand, am Ende die überkommene Jenseitsvorstellung. Gerade die religiöse Dimension der Kultur gerät bei Thomas Buddenbrook in die Krise, und so ist denn seine Schopenhauer-Lektüre nicht zufällig nach dem Muster eines Bekehrungserlebnisses oder Erweckungsberichtes gestaltet.

Der Begriff der Orientierung selbst, der sich einstellt, wenn über Dimensionen der Kultur geredet wird, ist eine Metapher, wie man bei Kant nachlesen kann: »Sich orientieren heißt, in der eigentlichen Bedeutung des Worts: aus einer gegebenen Weltgegend (in deren vier wir den Horizont einteilen) die übrigen, namentlich den Aufgang zu finden.«[12] Es geht darum, den »Orient« zu ermitteln, den Ort des Aufgangs der Sonne als des Ermöglichungsgrundes menschlicher Erkenntnis. In diesem Bilde ist zweierlei impliziert: Zum einen kann die Orientierung sich nicht allein durch sinnliche Wahrnehmung vollziehen, da der Anblick der Sonne dem menschlichen Auge entweder entzogen oder aber nicht erträglich ist. Die notwendige Vermittlung des Weltbezugs erfolgt durch Medien, deren elementarste der Körper und die Sprache sind. Zum anderen wird deutlich, dass die orientierende Bezugsgröße der Kultur außerhalb ihrer selbst liegt, eben im »Orient« als der Konstruktion dessen, was der eigenen Kultur als das Fremde gegenübergestellt wird. Es geht darum, den kulturellen Kompass im ständigen Aushandeln von Lebensformen und Werten immer wieder neu zu justieren, was freilich im alltäglichen Handeln, wo man auf wenn auch noch so fragile Verbindlichkeiten bauen muss, nicht immer durchführbar ist. Hier droht, wie das Beispiel Thomas Buddenbrooks zeigt, die Krise in Form des Zusammenbruchs überkommener Gewissheiten und Lebensformen. Die kulturelle Selbstverständigung, die im Alltag aus pragmatischen Gründen häufig ausgesetzt wird, ebenso zu ermöglichen wie Neu- und Umorientierungen, ist in der Moderne eine wichtige funktionale Rolle der Kunst. Buddenbrooks erweist sich als Darstellungs- und Reflexionsraum dieser Orientierung über kulturelle Orientierung und verdient daher den Titel eines Romans nicht nur einer, sondern der Kultur unter den Bedingungen der Moderne, der als solcher gerade nicht zeitlos, sondern unvermindert aktuell ist.

II.

Bereits zu Beginn des Romans zeigt sich die Religion als wesentliche Dimension der Kultur im Zustand der Verfestigung, wenn nicht schon Erstarrung. Nicht zufällig ist es eine Eisbahn, auf die die kleine Antonie beim Aufsagen des Katechismus gerät: »Wenn man im Gange war, dachte sie, war es ein Gefühl, wie wenn man im Winter auf dem kleinen Handschlitten mit den Brüdern den Jerusalemsberg hinunterfuhr« (S. 9). Die Religion, deren funktionale Rolle in der Gesellschaft darin bestehen sollte, als Platzhalterin der Transzendenz die Grenzen des alltäglichen Horizontes bewusst zu halten, erscheint – mit »Acker und Vieh« (S. 10) – vollständig in diesen Horizont eingeschlossen. Das Absolute im emphatischen Sinne kann nicht mehr zur Geltung gebracht werden. An den Vertretern der Kirche wird dieser Funktionsverlust der Religion im Verlauf des Romans bekanntlich parodistisch aufs Korn genommen. Hier ist es der alte Johann Buddenbrook, der sich über den Katechismus lustig macht. Doch seine aus der Aufklärung stammende Religionskritik hat ihre emanzipatorische Kraft verloren und ist salonfähig geworden: »Alle hatten in sein Lachen eingestimmt« (S. 10). Im Zeitalter aufklärerischer Säkularisierung wurde noch um die Diskurshoheit über Transzendenz gestritten. Diese ist nun völlig aus dem Blick geraten, und die Religion selbst wie ihre Kritik sind innerhalb eines stabilen Horizontes ritualisiert, über den nichts hinausweist, wie am Ende von Tonys »Schlittenfahrt« deutlich wird: »unfähig, der glatten Fahrt plötzlich Einhalt zu tun, schoß sie noch ein Stück über das Ziel hinaus ...« (S. 13). Was folgt, ist keineswegs bloß in der kindlichen Assoziation oder durch den Wunsch, aufgrund des Gelernten doch noch ein Lob des Großvaters zu erhalten, mit dem Katechismus verknüpft: »›Wenn es ein warmer Schlag ist‹, sprach Tony und nickte bei jedem Wort mit dem Kopfe, ›so schlägt der Blitz ein. Wenn es aber ein kalter Schlag ist, so schlägt der Donner ein!‹« (Ebd.) Zur erzählten Zeit des Romanbeginns lag die Erfindung und vor allem die allgemeine Verbreitung des Blitzableiters erst vergleichsweise kurze Zeit zurück. Nur wenige Jahrzehnte zuvor galt der Blitz ganz selbstverständlich als Offenbarungszeichen – eine Verbindung von Himmel und Erde, sei es segnender, sei es strafender Natur. Im Roman hingegen kommen nur noch zwei Deutungsperspektiven in den Blick: die aufgeklärt-wissenschaftliche des Großvaters, der sich über die »verdunkelnde«Vorstellung, der Donner könne einschlagen, empört, und ebenjene »wunderliche«, von Ida Jungmann stammende volkstümlich-abergläubische, die bezeichnenderweise ausgerechnet im frömmelnd-pietistischen Konsul Buddenbrook ihren Verteidiger findet. Gerade der Pietismus, der im 18. Jahrhundert Ferment der »Verflüssigung« der Religion und in der Wendung gegen die Orthodoxie ein Pendant der Aufklärung war, ist nun zur Äußerungsform religiös-kultureller Erstarrung geworden. Die entsprechende Semantik führt der Konsul denn auch im Munde, als er über das Schicksal Ratenkamps, des vorherigen Besitzers des Mengstraßenhauses, sinniert: Er müsse »unter dem Druck einer unerbittlichen Notwendigkeit gehandelt haben«, »damit das Schicksal erfüllt würde«, und er sei »erstarrt« gewesen (S. 25). Bei seinen Aufzeichnungen zum Lob Gottes in den Familienpapieren geht es dem Konsul ebenso wie seiner Tochter bei der Schlittenfahrt durch den Katechismus: »Die Feder eilte weiter, glatt, behende« (S. 53), und er ist zuerst nicht fähig, dann nicht willens, dem Gleiten Einhalt zu tun.

Die zweite wesentliche Dimension und Institution der Kultur, die neben der Religion im Zustand der Erstarrung gezeigt wird, ist die Familie, und die Familienpapiere sind der diskursive Ort ihrer Verbindung. Hier gerät

Tony Buddenbrook abermals auf eine Eisbahn, auf der es für sie kein Halten gibt, denn dieser Weg – so hält ihre Mutter es ihr vor – ist der »vorgeschriebene« (S. 107). Und der Konsul sekundiert brieflich nach Travemünde: »Dein Weg, wie mich dünkt, liegt seit längeren Wochen klar und scharf abgegrenzt vor Dir, und Du müßtest nicht meine Tochter sein, nicht die Enkelin Deines in Gott ruhenden Großvaters und überhaupt nicht ein würdig Glied unserer Familie, wenn Du ernstlich im Sinne hättest, Du allein, mit Trotz und Flattersinn Deine eignen, unordentlichen Pfade zu gehen.« (S. 149) Für Individualität ist in dieser Vorstellung kein Platz, und das Bild der Fesselung und Erstarrung, der »Glieder in einer Kette« (S. 148), das der Konsul hier gebraucht, ruft sich Tony bei der Lektüre der Familienpapiere ins Gedächtnis (vgl. S. 160). Auch dieses Bild hatte, wie das des Blitzes, ursprünglich etwas anderes bedeutet, nämlich nicht nur die Familienbande, sondern den Zusammenhang aller Menschen, ja darüber hinaus in kosmologischem Entwurf die Verbindung aller Glieder der Schöpfung und dieser mit dem Jenseits. Dass hier wie dort die erweiternden Bezüge, die über den Rahmen der Kultur hinausgreifen, nicht mehr integriert werden, ist Indiz für ihre Verengung und Erstarrung, die sich beim Tod des Konsuls – während eines Gewitters, auch wenn sich offenbar kein Blitz zeigt – in einem kleinen »Bruch« löst (S. 248).

Das gegen Ende des 18. Jahrhunderts entwickelte Instrument gegen kulturelle Erstarrung lässt sich bekanntlich mit dem verkürzenden Schlagwort der Individualisierung benennen. Der moderne Mensch will sich in seinem Wesen nicht mehr über die Zugehörigkeit zu einer sozialen Gruppe definieren, sondern gerade über das, was ihn von seinem Stand oder seiner Familie unterscheidet und worin er sich bewusst von ihnen absetzt. Erst infolge dieses epochalen Ablösungsprozesses wurden neue kulturelle Orientierungen in Form neuer Konzepte wie etwa dem der so genannten romantischen Liebe möglich, der in der Welt des Romans nur ein kurzes Intermezzo in Form der ersten Ehe des alten Johann Buddenbrook vergönnt ist. Der Tod der Frau und das lebenslang zerrüttete Verhältnis zu Gotthold, dem Sohn aus jener ersten Ehe, können geradezu als Sanktionen gelesen werden, mit denen der Versuch der Neuorientierung belegt wird. Nun ist es die dritte Generation, die unter der kulturellen Erstarrung zu leiden hat und Ablösungsprozesse einzuleiten versucht. Dass die Mentalität des Konsuls keine Idiosynkrasie war, sondern gewissermaßen generationentypisch, zeigt sich am Verhalten seiner Gattin nach seinem Tod, die plötzlich »Redewendungen« gebraucht, die man »bisher nur aus des verstorbenen Konsuls Munde« vernommen hatte (S. 252). Die Individualität wird völlig hinter das zu erfüllende Muster zurückgestellt, dessen Verkörperung nach dem Tod seines Trägers nun seiner Witwe zufällt. Tonys Ablösungsversuch wird im Unterschied zu denjenigen ihrer Brüder bereits im Ansatz erstickt, und es gelingt ihr bis zum Schluss nicht, sich aus den Ketten der Familie zu befreien. Im gesellschaftsgeschichtlichen Kontext des Romans sind die Individualisierungschancen geschlechtsspezifisch unterschiedlich verteilt, und auch Tonys Versuch einer kulturellen Neuorientierung nach München scheitert.

Christian ist ohne Zweifel derjenige der beiden Brüder, der den radikaleren Versuch unternimmt, die Ketten zu sprengen, und Individualität nun in der Tat als Idiosynkrasie ausbildet, indem er, wie Thomas urteilt, »sein Intimstes nach außen kehrt« und »sich zu viel mit sich selbst beschäftigt« (S. 265). Doch gerade diese Individualisierung als Kultivierung des Intimen gelingt ihm ironischerweise nicht, denn in der zweiten Hälfte des 19. Jahrhunderts ist das Intimste nichts Individuelles mehr, sondern biologisch determiniert, sodass die Bindung an die Familie unauflöslich zu werden droht. Denn es erweist sich, dass Christian sein Intimstes mit Thomas teilt, der lediglich anders damit umgeht: »Ich selbst habe manchmal über diese ängstliche, eitle und neugierige Beschäftigung mit sich selbst nachgedacht, denn ich habe früher ebenfalls dazu geneigt.« (Ebd.) Und später, bei der großen Abrechnung der Brüder, bekennt Thomas: »Ich bin geworden, wie ich bin, [...] weil ich nicht werden wollte wie du. Wenn ich dich innerlich gemieden habe, so geschah es, weil ich mich vor dir hüten muß, weil dein Sein und Wesen eine Gefahr für mich ist ...« (S. 580). Nach der Deutung Thomas Buddenbrooks gibt es nur wenige Menschen, für die die Individualisierung ein gangbarer Weg aus der kulturellen Erstarrung ist, weil ihr Individuum nicht einfach »verzweifelt unbeträchtlich« sei, und das sind »Dichter, die ihr bevorzugtes Innenleben mit Sicherheit und Schönheit auszusprechen vermögen und damit die Gefühlswelt der anderen Leute bereichern.« (S. 265 f.) Welche kulturelle Neuorientierung bleibt nun den nicht in diesem Sinne Privilegierten? Wie das Beispiel Thomas Buddenbrooks selber zeigt, bleibt nichts anderes als die »Orientierung« im beschriebenen wörtlichen, also wiederzugewinnenden metaphorischen Sinne als Ausrichtung am »Orient«, an dem, was jenseits des überkommenen Horizontes liegt und zunächst durch Gerda Arnoldsen verkörpert wird, die »von einer eleganten, fremdartigen, fesselnden und rätselhaften Schönheit« ist (S. 292) und nicht dem metonymisch für die eigene Kultur stehenden »Kreise Möllendorpf-Langhals-Kistenmaker-Hagenström« entstammt (S. 290), sondern für die der Makler Gosch einen geradezu universalen Mythensynkretismus bemühen muss: »Here und Aphrodite, Brünnhilde und Melusine in einer Person ...« (S. 295). Thomas Buddenbrooks Versuch der kulturellen Flexibilisierung scheitert jedoch ebenso wie der seines Bruders schon im Ansatz: Der »Orient«, dem er sich zuwendet, ist zwar eine andere Kultur, die jedoch ebenso erstarrt ist wie die eigene: »Jetzt ist mein Gehirn so tot«, befindet Gerda bereits nach ihrem ersten Diner als Gastgeberin im Haus in der Breiten Straße, »daß hier der Blitz einschlagen könnte, ohne daß ich bleich oder rot würde.« (S. 306)

Gerda und dann im weiteren Verlauf auch Hanno haben der erstarrten Kultur keine neue Orientierung entgegenzusetzen, sondern können sich aus ihrem Leiden an der Kultur nur mehr in ihr ganz anderes flüchten, in die Asozialität der Musik, in einen »Tempel«, von dessen Schwelle Thomas von Gerda »mit unnachsichtiger Gebärde« verwiesen wird (S. 510). Der Tempeldienst vermag zwar das Jenseits des verengten kulturellen Horizontes wieder ins Blickfeld zu rücken, doch schließt er die Vermittlung mit dem Diesseits aus. Das unreduzierte Ganze, das Absolute im emphatischen Sinne, das die Religion im Roman preisgegeben hat, wird durch die Musik nicht innerhalb der Kultur zur Geltung gebracht, sondern radikal von der Kultur getrennt. Die Folgen zeigen sich an Hanno: daran, dass er nicht zu eigener schöpferischer Leistung fähig ist, daran, dass die Musik für ihn lebensgefährlich wird, und schließlich auch daran, dass er der sich in der Schule manifestierenden weiteren kulturellen Verhärtung keinen Widerstand entgegensetzen kann und die massenpsychologischen Vorgänge im Unterricht bei Doktor Mantelsack zwar durchschaut, ihnen aber selber unterliegt.

Als potenzieller Dichter findet Kai im Unterschied zu Hanno zwar einen schöpferischen Ausweg aus der Erstarrung. Aber dieser Ausweg kann, wie schon Hannos Vater erkennt, nicht zur kulturellen Flexibilisierung verallgemeinert werden. Ein Weg steht gleichwohl offen: Nicht jeder Mensch kann dichten, doch jeder Mensch sollte lesen können. Wer es nicht kann – oder nicht weiß, wozu er seine Kenntnis gebrauchen sollte –, könnte sich vom Beispiel des Lesers Thomas Buddenbrook anregen lassen. Zur Lektüre geführt wird er dadurch, dass die Familie als Institution kultureller Orientierung »dahinsank und zunichte ward, unfähig, auch nur eine Stunde der Beruhigung und Bereitschaft hervorzubringen« (S. 652). Der grundlegende Vorgang bei der Lektüre selbst ist der Wechsel von Stabilisierung und Auflösung, Verfestigung und Verflüssigung, »von Licht und Finsternis, von dumpfer Verständnislosigkeit, vagem Ahnen und plötzlicher Hellsicht« (S. 654), bei dem der Aspekt der Auflösung schließlich die Oberhand gewinnt: »Er fühlte sein ganzes Wesen auf ungeheuerliche Art geweitet und von einer schweren, dunklen Trunkenheit erfüllt; seinen Sinn umnebelt und vollständig berauscht von irgend etwas unsäglich Neuem, Lockendem und Verheißungsvollem, das an erste, hoffende Liebessehnsucht gemahnte« – »zuviel« für sein »Bürgerhirn« (S. 655), aber ein befreiendes Ganzheitserlebnis, das den engen kulturellen Horizont sprengt und das Potenzial zu einer universalen kulturellen Neuorientierung in sich birgt, denn »alles gab seinen Geist frei und hinderte ihn nicht mehr, die stete Ewigkeit zu begreifen« (S. 658). Entscheidend ist dabei nicht, was, sondern wie gelesen wird. Thomas Buddenbrook liest Schopenhauer nicht philosophisch, sondern literarisch. Der Nachweis, dass dabei Schopenhauer und Nietzsche kontaminiert werden, trägt zwar zur philologischen Klärung bei, verfehlt aber die Pointe der Lektüre, bei der es nicht um begrifflich-philosophische, sondern um metaphorische, also kulturelle Erkenntnis geht. Der geschilderte Lektürevorgang zeigt, dass in ihm die verfestigten Orientierungen aufgebrochen werden. Nach Einstellungswechseln und Gleiten durch verschiedene Perspektiven, die dann durch eine Totalsicht relativiert werden, könnte die

Justierung des kulturellen Kompasses an einem neuen »Orient« erfolgen. Dazu freilich kommt es im Roman nicht mehr, denn der mit dem Buch bereitliegende Zugang zur Gegenwart des Lektüreerlebnisses wird nicht mehr beschritten. Immerhin wird eine Form des persönlichen und gesellschaftlichen Umgangs mit Literatur angedeutet, die ihrer im Roman bei Hannos scheiterndem Gedichtvortrag sich manifestierenden funktionalen Rolle diametral entgegengesetzt ist. Für diesen modernen Umgang mit Literatur bringt Thomas als Literaturkenner die nötigen Voraussetzungen mit, und auch Leserinnen und Leser heutiger Tage könnten so mit Buddenbrooks lesen lernen – lesen nicht im elementaren, sondern im emphatischen Sinne, ohne deswegen am nächsten Morgen »mit einem ganz kleinen Gefühl von Geniertheit über die geistigen Extravaganzen von gestern« erwachen zu müssen (S. 659), denn eine so fundamentale Auflösung, wie sie bei Thomas Buddenbrook der vorherigen Erstarrung in der Institution Familie entspricht, dürften heutigentags nur die wenigsten zu gewärtigen haben.

Wie verfestigt gleichwohl auch heute die Orientierungen noch sind, zeigt sich gelegentlich bei harmonisierenden Deutungen des Romanschlusses. Immer wieder wird man erleben, dass das Schlusswort der falschen Prophetin Sesemi mit auktorialen Weihen versehen wird, die ihm im Text gerade nicht zukommen. Ein Wiedersehen nach dem Tode, von dem sie und die Damen Buddenbrook aus der Breiten Straße überzeugt sind, wäre für Tony in der Tat »kein Trost« und dazu angetan, irre zu werden »an der Gerechtigkeit, an der Güte ... an allem« (S. 758), würde es doch eine Wiederholung ihrer erlittenen Verletzungen und Kränkungen bedeuten. Die Schlussszene des Romans zeigt, was von einer Kultur bleibt, wenn ein Schlussstrich gezogen wurde, die alten Orientierungen also nicht mehr produktiv sind, mangels Alternativen aber inhaltslos repetiert werden: im Lesen der Familienpapiere, in der Hoffnung auf die Auferstehung. Mit Gerda wird die letzte »Fremde« abreisen, und mit ihr gerät der »Orient« endgültig aus dem Blick.

Ob es auf Misogynie des Autors deuten lässt, dass dieses Szenario ausschließlich von – teilweise durchaus boshaft gezeichneten – Frauen verkörpert wird, darüber sollte ebenso diskutiert werden wie über die allzu lange beschwiegenen oder beschönigten Antisemitismen im Text. Klar ist, dass der Roman kulturelle Orientierungen reflektiert, die nicht mehr die unseren sind. Nicht nur anhand der Schopenhauer-Lektüre Thomas Buddenbrooks, sondern im Zuge der Lektüre des ganzen Romans lässt sich jedoch erlebend nachvollziehen, wie Orientierungen entstehen und wie sie verändert werden können, wie Tradition und Neubeginn zu verbinden sind, ohne einen Schlussstrich zu ziehen, der nicht von der Erstarrung befreit, sondern sie fortschreibt. Vergegenwärtigen kann man sich diese selbstreflexive Lektüre, die der Roman nahe legt, anhand der Technik des Leitmotivs. Wenn wir etwa zum wiederholten Male dem Schneidermeister Stuht aus der Glockengießerstraße begegnen (dessen Frau in den ersten Kreisen verkehrte), so sind wir immer schon orientiert, und doch wird diese Orientierung bei jedem neuen Auftauchen des Motivs um Facetten und Nuancen erweitert oder verändert. Diese Erfahrung lässt sich bei jeder Lektüre mit dem Roman als Ganzem machen, der uns immer wieder aufs Neue lehren kann, was Kultur ist. Denn Kultur lässt sich nicht definieren, sie lässt sich nur lesend begreifen.

1 Vgl. Eckhard Heftrich: *Buddenbrooks* – der Jahrhundertroman. In: *Buddenbrooks*. Neue Blicke in ein altes Buch. Hrsg. von Manfred Eickhölter und Hans Wißkirchen. Lübeck: Dräger 2000, S. 10–21.

2 Hartmut Lange: Der ambitionierte Roman. In: Sinn und Form 52 (2000), S. 809–819, hier S. 809.

3 Lange konstruiert seinen Begriff der literarischen Moderne so, dass Kafkas erzählerische Kleinformen als ihr Paradigma gelten können und andere, namentlich Thomas Mann und Robert Musil mit ihren »ambitionierten« Romanen, von Türhüter Lange vor der Schwelle zur Moderne zurückgewiesen und der »Vormoderne« zugerechnet werden. Denn die Moderne sei das »Zeitalter der existentiellen Verzweiflung« (S. 813), und insofern formuliere Kafka, und nicht Thomas Mann, das »Seinsverständnis der Moderne« (S. 816).

4 Thomas Mann: Tagebücher 1951–1952. Hg. von Inge Jens. Frankfurt/M.: S. Fischer 1993, S. 793 f. (Dok. 28).

5 Lange: Der ambitionierte Roman, S. 813.

6 Zitate aus *Buddenbrooks* hier und im Folgenden nach der Ausgabe: Thomas Mann: Gesammelte Werke in dreizehn Bänden. Frankfurt/M.: S. Fischer 1974. Bd. I: Buddenbrooks. Verfall einer Familie.

7 In literaturtheoretisch anspruchsvollerer Form gab dies beispielsweise Beda Allemann zu bedenken: Die Schwierigkeit zu enden. In: Die Kunst zu enden. Hg. von Jürgen Söring. Frankfurt/M. [u. a.]: Lang 1990, S. 125–144.

8 Lange: Der ambitionierte Roman, S. 818.

9 Siegfried Lenz: *Buddenbrooks*. In: Thomas Mann Jahrbuch 4 (1991), S. 21–28, hier S. 21.

10 Ebd., S. 23.

11 Das betont Ernst Wolfgang Orth, von dessen Analysen meine folgenden Überlegungen einige Anregungen beziehen: Was ist und was heißt »Kultur«? Dimensionen der Kultur und Medialität der menschlichen Orientierung. Würzburg: Königshausen & Neumann 2000.

12 Immanuel Kant: Was heißt: sich im Denken orientieren? (1786), A 307.

LEO DOMZALSKI

Hanno aus dem Lexikon

Eine kleine philologische Betrachtung

Was ist das. – Was – ist das…«.

»Je, den Düwel ook…« .

Vor Verblüffung kam mir allen Ernstes die Anfangsfrage aus *Buddenbrooks* in den Sinn, als ich den Satz in einem literaturwissenschaftlichen Aufsatz las, einen Satz, gegen dessen Aussage sogleich alles in mir rebellierte. Das kann doch nicht wahr sein! Der kleine Hanno?

Aber da stand es, schwarz auf weiß, in diesem hochgelehrten, offensichtlich auf gründlichsten Studien beruhenden Text, dessen Titel ich für mich behalten möchte wie übrigens auch den Namen seines Autors, aus Gründen, die gleich verständlich werden sollen.

Der Aufsatz fand sich in einem Jahrbuch, das nicht Thomas Mann gewidmet war, und es ging darin auch nicht um *Buddenbrooks*, sondern um einen anderen seiner Romane, dessen »psycho-existentielle Struktur« analysiert werden sollte. Dazu gehörten Überlegungen zur Rolle des Zitates bei Thomas Mann, »oder gar Plagiats, wenn man will«, fügte der Autor hinzu (ich wollte nicht). Dieser »Stilzug« sei kein Novum in der Erzählkunst Thomas Manns – und dann folgte jener Satz, den ich nun nicht länger verheimlichen will: »Man erinnere sich nur des verblüffenden Geständnisses von Seiten des Autors, demzufolge eine so rührend zarte Gestalt wie die des kleinen Hanno Buddenbrook seine Existenz (soll heißen: ihre Existenz, nämlich die der Gestalt) einem Konversationslexikon verdankt.«

Wie bitte? – Nun, ich wusste das eine oder andere über Thomas Manns Montagetechnik, seine Nutzung vorgeformter Texte, besonders in den späten Romanen. Aber Hanno? Von ihm, dem »kleinen Verfallsprinzen«, hatte sein Autor ein halbes Jahrhundert nach seiner Erschaffung bekannt: »Hannos schmerzliche Gestalt und seine Leiden sind mir lieb und teuer geblieben.« (1949) Und diese Gestalt verdankte er einem Lexikonartikel? Wie war das möglich?

Selbst der Verfasser des Textes, in dessen Lektüre ich gerade so schmerzhaft gestolpert war, sah ja Hanno als eine »rührend zarte Gestalt« und fand Thomas Manns Aussage so »verblüffend«, dass er sie als »Geständnis«

interpretierte. Geständnis! Man gesteht ein Verbrechen. Oder doch eine Schuld. Wann hatte er das denn gestanden? Und wo? Und wem?

Natürlich gab eine Fußnote die Antwort. Und nun war kein Zweifel mehr möglich. Da wurde zitiert aus einem Brief Thomas Manns an Adorno vom 30. Dezember 1945: »Aber ich weiß nur zu wohl, daß ich mich schon früher in einer Art von höherem Abschreiben geübt habe: z.B. beim Typus des kleinen Hanno Buddenbrook, zu dessen Darstellung ich den betreffenden Artikel eines Konversationslexikons ungeniert ausschrieb, ihn sozusagen ›in Verse brachte‹. Es ist ein berühmtes Kapitel geworden. Aber sein Verdienst besteht nur in einer gewissen Vergeistigung des mechanisch Angeeigneten [...]«

Ich wurde sehr traurig, als ich das las. Ich war tief enttäuscht. Eine meiner geliebtesten, wundersamsten, bewegendsten Gestalten aller Erzählkunst – aus dem Lexikon abgeschrieben... Alles, aber auch alles befremdete mich an dieser Briefstelle Thomas Manns. Der Hinweis, es sei ein berühmtes Kapitel geworden, da doch Hannos Leben viele Kapitel, die ganze zweite Hälfte des Romans füllt – welches spezielle Kapitel denn? Vielleicht das Schulkapitel, das längste des ganzen Buches? Ratlosigkeit stellte sich ein. Das Schlimmste aber war, dass diese differenzierte, individuell bis ins Letzte ausgeprägte, komplexe Gestalt, der ich stets einen großen autobiographischen Anteil ihres Autors zugeschrieben hatte, von diesem selbst als ein »Typus« bezeichnet wurde. Typus!

Typus? Etwas machte »klick« im Kopf. Sollte etwa...? Damit wäre alles erklärt. Aber das konnte doch nicht...

Selten bin ich so schnell ans Regal gestürzt. Da war er, der Band Briefe 1937–1947, da die Seite 469 mit dem Brief an Adorno, da die Stelle. Ich las, und was ich las, löste einen Lachanfall aus, der aber unhörbar blieb, weil er sogleich von Bestürzung unterdrückt wurde. Da stand nämlich geschrieben: »... in einer Art von höherem Abschreiben geübt habe: z.B. beim Typhus des kleinen Hanno Buddenbrook...«

Nicht ohne ein Gefühl von Andacht nahm ich den Roman zur Hand und las sein kurzes, vorletztes Kapitel, das beginnt:. »Mit dem Typhus ist es folgendermaßen bestellt.« Dem Satz folgt die vollkommen sachliche, tatsächlich einem Lexikonartikel ähnliche Beschreibung der Symptome und des Verlaufs einer Typhuserkrankung – ein in der Tat berühmtes Kapitel, in dem nirgends gesagt wird, nicht gesagt zu werden braucht, dass von Hanno die Rede ist, bis zum tödlichen Ausgang. Der grausam kühle Text folgt unmittelbar auf den Schluss des Schulkapitels, auf Hannos letztes, todestrunkene Versinken in der Musik.

Der Typhus also. Nie kann ich bei diesem Kapitel den Gedanken an einen seiner allerersten Leser unterdrücken, seit mir vor Jahren eine seltsame Schicksals-Parallelität bewusst geworden ist. Samuel Fischer, der *Buddenbrooks* zunächst nur stark gekürzt hatte verlegen wollen, folgte schließlich doch den mit selbstbewusster Sicherheit vorgetragenen Argumenten Thomas Manns und entschloss sich zur ungekürzten Veröffentlichung – nachdem er das handgeschriebene Manuskript, nach seinem Lektor Moritz Heimann, noch einmal, und diesmal ganz gelesen hatte. Wir schreiben den Anfang des Jahres 1901 und also las der Verleger (und Gründer dieser Zeitschrift), Vater eines damals sechsjährigen Sohnes, vom Sterben Hanno Buddenbrooks, des sechzehnjährigen einzigen Sohnes und Erben der Firma Johann Buddenbrook. – Zwölf Jahre später verlor dieser Vater seinen einzigen Sohn, den designierten Erben des S. Fischer Verlags. Gerhart Fischer war neunzehn. Er starb an Typhus.

Der Lachreiz verflogen. Ich war erleichtert und froh, dass Hanno mir gerettet war. Zugleich bedachte ich die bestürzende Erkenntnis, zu was für Schlüssen die Philologie imstande ist, wenn die Prämissen sich um einen Buchstaben verschieben und kein Lektor oder Redakteur den bedauernswerten Autor vor einem solchen Missgeschick bewahrt. Wie hatte nur ihm selbst die Absurdität seines Befundes verborgen bleiben können?

Schlag nach bei Freud! Der zitiert im Kapitel »Verlesen und Verschreiben« der *Psychopathologie des Alltagslebens* Lichtenbergs bekannte Bemerkung, die »fast die ganze Theorie des Verlesens« enthalte: »Er las immer Agamemnon statt ›angenommen‹, so sehr hatte er den Homer gelesen.« Freud fährt fort mit der Feststellung: »In einer übergroßen Anzahl von Fällen ist es nämlich die Bereitschaft des Lesers, die den Text verändert und etwas, worauf er eingestellt oder womit er beschäftigt ist, in ihn hineinliest. Der Text selbst braucht dem Verlesen nur dadurch entgegenzukommen, daß er irgendeine Ähnlichkeit im Wortbild bietet, die der Leser in seinem Sinne verändern kann.«

Bei unserem Pechvogel, das liegt auf der flachen Hand, war es die Beschäftigung mit der Rolle des Zitates »oder gar Plagiates« bei Thomas Mann, war es die Suche nach Belegstellen für seine Theorie, die ihn beim Lesen – und dann leider auch beim Schreiben – den Typhus in seinem Sinne in Typus verändern ließ.

Lesefehler sind keine Schande. Freud bringt im erwähnten Kapitel manches Beispiel eigenen Verlesens samt analytischer Deutung. Schließlich ist ja auch Thomas Mann einmal ein Lesefehler von besonderer Kuriosität unterlaufen, der allerdings nur der nicht ganz leicht lesbaren Handschrift Adornos zu verdanken und – wie ich meine – keiner psychoanalytischen Deutung bedürftig ist. Thomas Mann hatte, wie bekannt, bei der Arbeit an Doktor Faustus seinen musikalischen Ratgeber um Hinweise gebeten für jene bezaubernde, allen kritischen Einwänden von Musikwissenschaftlern zum Trotz einzigartige Darstellung von Beethovens später Klaviersonate op. 111. Adorno hatte in seinem langen Antwortbrief vom »Eigengewicht der Akkorde« gesprochen. Thomas Mann hatte die Wendung etwas anders gelesen – und verwendet. Und so schreit, im Roman, Wendell Kretzschmar während seines Vortrags am Klavier für allezeit: »Bitte zu hören, wie hier – die Melodie vom Fugengewicht – der Akkorde überwogen wird!« Niemand weiß bis heute, was ein »Fugengewicht« ist.

Doch kein Herausgeber einer Doktor Faustus-Ausgabe dürfte in Kenntnis der Quellenlage den Irrtum einfach korrigieren. Thomas Mann hat ja das »Fugengewicht« nun einmal so niedergeschrieben, wie er es im Brief zu lesen glaubte. Woher dürfte jemand die Gewissheit nehmen, der Autor habe sich nichts dabei gedacht? Wendell Kretzschmar jedenfalls hat sich bestimmt seine Gedanken gemacht.

Dem anderen Typus des Lesefehlers, von dem wir ausgegangen waren, gebührt noch ein Nachsatz. Das Erscheinen jenes Jahrbuchs und mein betrüblich-komischer Fund liegen mittlerweile viele Jahre zurück. Später erschien eine erweiterte Fassung des Aufsatzes als Buch. Darin lautet die bewusste Stelle: »Man erinnere sich nur des verblüffenden Geständnisses von Seiten des Autors, demzufolge die bewegende Darstellung von der Typhus-Erkrankung des kleinen Hanno Buddenbrook sich dem Artikel eines Konversationslexikons verdankt.« In der Fußnote ist der Brief Thomas Manns korrekt mit »Typhus« zitiert. Er hat's also gemerkt, der Verfasser, oder ist auf seinen Irrtum hingewiesen worden und hat ihn mit kleinstem Aufwand korrigiert. Doch hätte er besser ein wenig mehr an seinem Text geändert. Denn wenn es sich um den Typhus und dessen Darstellung handelt, dann ist Thomas Manns Mitteilung an Adorno weder verblüffend noch gar ein Geständnis, sondern allenfalls die Bestätigung eines auf der Hand liegenden Sachverhalts.

DOROTHEA DIECKMANN

Eine schrecklich nette Familie

Vorschlag für eine TV-Vorabendserie

Das Manuskript »Mengstraße« von Dr. Fürchtegott Heiter, Studienrat a. D. aus Braunschweig (Exposé für eine historische Spielfilmserie mit ausgearbeiteten Drehbuchpassagen, 759 S.), haben wir weitergeleitet und können Ihnen heute das Ergebnis vorlegen. Das unten wiedergegebene Eilgutachten setzt selbstverständlich die Kenntnis des Manuskripts voraus.

Nach dem Votum des Erstlektorats müsste Dr. Heiters Serienkonzept abgelehnt werden. Davon abweichend erkennen unsere Experten in »Mengstraße« eine ergiebige Drehbuchvorlage. Der klamottenhafte Eindruck, den der Vorschlag bei dem Beauftragten Ihres Senders erweckt hat, ist danach vor allem auf die antiquierte Darstellung zurückzuführen. Hinter den aufwendigen, auf einen Kostüm- und Ausstattungsfilm zielenden Regieanweisungen sind Qualitäten erkennbar, die sich durchaus für eine moderne TV-Produktion im Unterhaltungsprogramm nutzen lassen. Die folgende Beurteilung hebt diese Potentiale hervor, bevor sie Ausblicke auf eine aktualisierte Version gibt.

I. Zur Filmtauglichkeit der Vorlage

»Mengstraße« erzählt die Geschichte einer Familie. Familiengeschichten sind der Standard-Stoff für das Segment Vorabendserie. Familie ist das Thema, Familien sind das Publikum. »Mengstraße« konzentriert sich dabei auf großbürgerliche Verhältnisse. Macht, Glamour und Intrige auf der einen, intime Beziehungsproblematik und persönliche Schwächen auf der anderen Seite werden im sozialen Biotop einer Stadt, einer Gesellschaftsschicht, einer Familie integriert. Dies bedeutet keine Einschränkung der Zielgruppe. Im Gegenteil: Die Kombination von Prominenz und Alltagsnähe garantiert eine quotenfördernde Wirkung – den bekannten Regenbogen-Effekt. Er provoziert den Sozialneid des Massenpublikums und hebt ihn durch die Darstellung der Schattenseiten wieder auf. Der Zuschauer nimmt am Leben der Schönen, Reichen und Mächtigen teil, wird aber durch Einblicke in ihre menschlichen Abgründe entschädigt. Dieses Muster hat sich in den amerikanischen Erfolgsserien der Siebziger und Achtziger, wie »Dallas« und »Denver Clan«, bewährt. Ein modernes Projekt »Mengstraße« könnte diesem Oberschichtsmodell und seinen nostalgischen Effekten treu bleiben und zugleich der realistischen europäischen Serientradition (»Coronation Street«, »Lindenstraße«) folgen.

In dieser Hinsicht liefert das Manuskript ideale Voraussetzungen: Das Personal ist mit Nebenfiguren aus den unteren Schichten durchmischt, *human touch* bestimmt die Handlung: Klatsch und Tratsch, »kleine Leute« und städtische Originale, Alltagsszenerien vom Zahnarztbesuch bis zur Schulstunde. Hier liegt die besondere Stärke des Autors, der das Publikum mit professionellen filmerzählerischen Mitteln an das Geschehen bindet, das neben dem komödienhaften Grundzug manchen Blick auf die Krisen und Schattenseiten des Lebens gewährt. Eine signalhafte Motivgestaltung mit scharf typisierenden Charakterisierungen, Situationskomik, Dialogwitz und jeder Menge heiterer Stereotype in den Details lassen schon in der Originalversion ahnen, dass sich der Durchschnittszuschauer in der »Mengstraße« zu Hause fühlen kann.

Das Kernpersonal umfasst vier Generationen, muss jedoch kaum reduziert werden. Im Zentrum stehen wenige Hauptfiguren, die solide Identifikationsangebote liefern. Der Senior und die Dame des Hauses, das gegensätzlich konzipierte Brüderpaar, die freizügige Tochter und das Nesthäkchen (Letztere allerdings eine stark korrekturbedürftige Figur) sind zeitlose Charaktere mit den *reality*-Qualitäten lebendiger Mitmenschen. Eine intelligente Neukonzeption könnte diese Rezeption für den »Schimanski-Effekt« fruchtbar machen und ein Duz-Verhältnis zu den Figuren herstellen. In der Gestaltung der Charaktere, ihrer äußeren Erscheinung und Psychologie erfüllt die Vorlage in erstaunlichem Maße Serien-Erfordernisse. Beginnend mit der treffsicheren Namensgebung (auf der Dienstboten-Ebene etwa »Trina« für weibliche Treue und Biedersinn, »Babette« für die dralle, südländisch-erotische Variante), entwickelt der Autor mit wenigen, dankenswerterweise stets wiederkehrenden Anweisungen karikierende Personenmerkmale, die uns vor allem die Nebenfiguren als Komödientypen kennen und lieben lehren. Sie sind aus einem Guss: der geckenhafte Erbschleicher Greulich; der kollerige, ungehobelte Bayer Immermayr; die stets übermäßig essende, dennoch magere, stille, reizlose, glatt gescheitelte, in ein »Kattunkleid« gehüllte arme Verwandte Klothilde;

die drei missgünstigen, altjüngferlichen Schwestern Henriette, Friederike und Pfiffi (die ersten »sehr lang und hager« wie ihr Name, die Letztere »allzu klein und beleibt« dito); der dicke Weinhändler; der dünne, spitznasige Poet; der Hausarzt, ein gutmütiges Faktotum mit immer gleichen ärztlichen Ratschlägen; der devote, geschwätzige Friseur; der Musiker mit der Haarmähne und dem träumerischen Ausdruck; das Blumenmädchen mit den Mandelaugen und allen voran natürlich der »außerordentlich fette«, reiche Konkurrent Hagen Hackstör, ein »imposanter Börsentypus« ... Realismus und Parodie gehen hier eine Verbindung ein, deren verlässliche Signalwirkung dem Zuschauerbedürfnis nach klaren Identifikationsangeboten entgegenkommt. [Anm.: Es könnte daher auch in Erwägung gezogen werden, diesen Fundus an köstlichen, zeitlos exemplarischen Witzfiguren für eine Trickserie fruchtbar zu machen.]

Ebenso unzweideutig – d. h. differenzierter, aber keineswegs überkomplex – sind die Hauptfiguren gekennzeichnet. Physiognomie, Sprachgebrauch, Kleidung, Gewohnheiten, Ticks, kurz alle äußeren Merkmale lassen den Zuschauer stets eins zu eins auf Charakter und aktuelle innere Befindlichkeiten schließen. Ein unbeirrbares Wiederholungsprinzip (nach dem Muster »der evangelische Pastor wirft einen indignierten Seitenblick auf die katholische Pflegerin«) erleichtert die Wahrnehmung durch regelmäßige Aha-Effekte – gleich, ob es sich um komische oder tragische Elemente handelt. Zusammen mit der Sicherheit, dass jedes markante Ereignis als Vorausdeutung wirkt und eine Folge von Zitaten, *running gags* und Rückblicken erzeugt, werden so die beiden Grundbedingungen der Serie erfüllt. Erstens: Die »doppelte Optik« auf äußere Details als leicht verständliche Symbole und Motive knüpft feste Zusammenhänge, ohne die Selbständigkeit der Teile zu gefährden. Zweitens: Die permanente Bestätigung einmal geweckter Rezeptionserwartungen innerhalb der fortschreitenden Entwicklung garantiert einen soliden Unterhaltungswert.

Zu den formalen Qualitäten gehört ebenso eine klare raumzeitliche Struktur. Der Schauplatz, eine mittelgroße Handelsstadt in landschaftlich reizvoller Lage, bietet ein plastisches Milieu. Das Haus in der Mengstraße befindet sich gegenüber der Kirche in der Altstadt und bildet mit dem Rathaus, dem Firmensitz sowie den firmeneigenen Lagern/Speichern und folkloristischen Lokalitäten eine kleine Welt, ein Umfeld à la »Lindenstraße«. Hinzu kommt der Ferienort am Meer, der als touristische Idylle einen hervorragenden Kontrapunkt bietet. Abgesehen von wenigen Ortswechseln ist das Geschehen auf diesen Radius beschränkt – mit allen praktischen Konsequenzen für die Produktion (so kann z. B. eine begrenzte Anzahl vorproduzierter *establishing shots* die Orientierung garantieren). Innerhalb dieses Rahmens etabliert sich eine verlässliche Zeiteinteilung mit wöchentlichen Verwandtschaftstreffen, Weihnachtsfesten, Familienbesprechungen, Gesellschaften, Besuchen und Dauergästen, Urlaubs- und Wochenendausfahrten sowie den Arbeitstagen im Firmenbüro – Variablen, die als feste Markierungen für dauerhafte Vertrautheit sorgen.

II. Serienadaption und Figuren

Aus den harten und weichen Schicksalsthemen der Vorlage lässt sich eine Fülle familienfreundlich gemäßigter *action*-Sequenzen entwickeln (Geld, Geschäfte, Politik, Erotik, Romantik, Lifestyle). Wir schlagen die bewährte *weekly soap* vor. Für die Transformation in zeitgenössische Verhältnisse genügt es,

- die etwas morbide und deprimierende Gesamttendenz (allzu häufige, z.T. geschmacklos geschilderte Todesfälle etc.) zu korrigieren, die sich v.a. in dem überflüssigen Untertitel (»Verfall«) äußert,
- Anpassungen im Erscheinungsbild der Figuren und Schauplätze vorzunehmen und
- einige Erweiterungen privater und gesellschaftlicher Art einzubauen (Stichworte: Neue Mitte, Event-Kultur, Globalisierung, Emanzipation, Freizügigkeit etc.).

Der vorgeschlagene Projekt-Titel: »Die Brockmanns«, Genre: Familienserie, Präsentation: Wochenfolgen à 45 Minuten in Zehnerstaffeln, optionell *open end*, Zeit: heute, Orte: eine präsentable mittelgroße Stadt in Meernähe (etwa Flensburg, Kiel, Husum, Stralsund, Rostock oder Lübeck), diverse Auslandsschauplätze sowie natürlich Berlin – erzählt die Geschichte einer reichen Stadtfamilie, die in Wirtschaft und Politik eine führende Rolle spielt. Umrisse der abweichenden Stoffentwicklung ergeben sich aus der folgenden Liste der Hauptfiguren mit Ausblicken auf einige Handlungsvarianten.

Der alte Johannes Brockmann/Angélique Brockmann
Der Patriarch der Familie ist mit seiner zweiten Frau, einer aparten Halbfranzösin, noch ganz dem unkonventionellen Selfmade-Stil der Wirtschaftswundergeneration verpflichtet; er hat die Firma (Werft bzw. Holz- oder Fischverarbeitung) nach dem Krieg wieder aufgebaut und mit Optimismus, Organisationstalent und Risikofreudigkeit wieder auf die wirt-

schaftliche Höhe des Vorkriegsunternehmens gebracht. Charismatisch und weltoffen, gerät er aufgrund seiner liberalen Ansichten immer wieder mit seinem Sohn in Streit. John als strebsamer Nachfolger und (wenn auch werteorientierter) Wirtschaftsliberaler missbilligt die freigeistige Haltung des frankophilen Alten.

Bis zu ihrem Tod innerhalb der ersten Serienstaffel lebt das Großelternpaar im Kreis der Familie.

John Brockmann d. J.

Der Chef der Firma und Oberstadtdirektor ist ein zielstrebiger, konservativer Pragmatiker. Als Politiker ist er den Christdemokraten zuzuordnen; vehement vertritt er seinen »Neoliberalismus mit Herz«. Gegenüber seinen Angestellten und im Stadtrat zeigt er ein umgängliches, volksnahes Verhalten (Dialekt!), bewegt sich als geachteter Mann an Stammtischen und bei Ratsversammlungen und hat ein Herz für das benachteiligte Drittel der Gesellschaft. Seine Sozialethik wird jedoch auf eine schwere Probe gestellt. Als John ein unrentables Werk vor der Stadt schließen und in eine Küstenregion im benachbarten Bundesland auslagern will, entsteht dort eine Umweltschutz-Bürgerinitiative und weitet sich zu einer politischen Kampagne aus. Arbeiter treten in den Ausstand, um ihre Arbeitsplätze zu retten, fremde Aktivisten nutzen den Skandal für Manifestationen gegen die Welthandelsorganisation, Demonstrationen suchen die Stadt heim. John Brockmann bleibt hart, muss aber einen hohen politischen Preis zahlen. Obwohl es seiner Zivilcourage zu danken ist, dass die Bewegung befriedet wird, gewinnt die Opposition in Koalition mit der ehemals sozialistischen Kleinpartei, die die Angelegenheit zum Kommunalwahlthema hochstilisiert, vorübergehend die Mehrheit im Stadtrat. Die Aktien der Konkurrenzfirma Hackstör steigen …

Privat ist John ein rührender Familienvater mit einer sentimentalen Ader; er ist nachgiebig gegenüber seiner anspruchsvollen Frau und hängt mit einer Affenliebe an Tochter Geli. Je nach Verlauf der Serie kann man ihn in einer der frühen Staffeln sterben lassen.

Elsbeth (»Betty«) Brockmann, geb. Krüger

stammt aus einer der ersten Familien der Stadt, lebt auf großem Fuß und hat ihren Mann ein wenig unter dem Pantoffel. Seit ihr Vater bei den Unruhen in der Stadt vor Aufregung einem Schlaganfall erlegen ist, spielt sie, um ihre Ansprüche durchzusetzen, auf Johns schlechtem Gewissen Klavier … Sie gibt gern Geld für ihren repräsentativen Haushalt aus, frequentiert ausgiebig Beauty-Salons und Solarien und bleibt auch als ältere Dame eine attraktive Erscheinung. Also kein Inge-Meysel-Typ, eher die alternde Senta Berger! Der Tod ihres Mannes ist ein tragischer Schlag für sie. Doch die rüstige Witwe tröstet sich mit Aktivitäten in den Seniorinnenkreisen der Stadt, engagiert sich für UNICEF und Tierschutz; mit einigen Freundinnen folgt sie zudem ihrem Faible für Esoterik, macht Ayurveda-Kuren und schwört auf Akupunktur, was den Hausarzt, den guten Doktor Görke, in Schwierigkeiten bringt. Die schwärmerisch-esoterische Ader hat Mutter Betty ihrem Sohn Tobias vererbt ...

Tobias Brockmann
ist der »good boy«, ehrgeizig, fleißig und früh bereit, in die Fußstapfen des Vaters zu treten. Er macht seine Lehre in der Firma, avanciert zum Juniorchef, führt das Unternehmen an die Börse, sitzt im Stadtrat und mischt in der Parteipolitik mit. Er legt Wert auf Eleganz, teure Markenkleidung und flottes, selbstbewusstes Auftreten. Natürlich ist Tobias ein begehrter Heiratskandidat. Affären ist er nicht abgeneigt, doch er bleibt anspruchsvoll: Über kurz oder lang bekommt jede seiner Freundinnen zu hören, dass sie nicht »die Richtige« sei. Doch Tobias ist kein einfacher Mensch. Hinter dem gewinnenden Äußeren verbirgt sich – neben einer gewissen physischen Labilität (Zahnprobleme) – ein schillerndes Wesen mit Hang zur Extravaganz. Kein Wunder, dass er die Künstlerin Sabrina van Arnheim zur Frau fürs Leben wählt – doch der erfolgsgewohnte Mann hat nicht mit Sabrinas Eigenwilligkeit gerechnet ... Tobias' Probleme beschränken sich allerdings nicht aufs Private. Seit die Firma in eine Aktiengesellschaft umgewandelt ist, werden die Geschäfte immer riskanter. Krisen, ja Skandale bleiben nicht aus, zumal Tobias in einigen politischen Ausschüssen sitzt. Als etwa die Firma bei der Vergabe öffentlicher Aufträge bevorzugt wird, regt sich die Presse: Korruptionsverdacht ...

In solchen Zeiten ist der örtliche Literaturkreis Tobias' Trost – vor allem, als eine neu zugezogene Gymnasialreferendarin dazustößt. Die junge Thomas-Mann-Kennerin und leidenschaftliche Vernunftkritikerin zieht den reifen Mann in ihren Bann. Die geheimnisvolle Erotik ausschweifender Lektüre und hitziger Diskussionen über den irrationalen Urgrund menschlicher Pläne und Ideale wird für ihn zur romantischen Gefährdung. Die Kluft zwischen dem bürgerlichen Pragmatiker und dem empfänglichen Zweifler in Tobias wächst sich zu einer heftigen *midlife-crisis* aus – mit allen einschlägigen Symptomen: Ausbruchswünsche, Todessehnsucht und schließlich die Faszination an seiner Sirene, die sich als Lehrerin am Ort niederlässt. Vertreter der Geschäftswelt deuten das seltsame Verhalten des Unternehmers als Managerkrankheit; man unkt und schließt Wetten ab, wann er sich einem amerikanischen Guru verschreibt. Doch so leicht lässt sich Tobias nicht aus der Bahn werfen …

Sabrina van Arnheim-Brockmann
stammt aus den Niederlanden und hat Vorfahren im ehemaligen Batavia. Sie ist eine exzentrische rothaarige Schönheit, lasziv, ein bisschen blasiert und eigentlich gar nicht für die Ehe geschaffen. Unter ihren vielen Verehrern erhört sie Tobias, weil sie seine Vielseitigkeit schätzt und der versprochene Lebensstil sie besticht. Den Alteingesessenen ist sie suspekt; die Frauen haben Grund zur Eifersucht, die Männer erliegen Sabrinas erotischer Ausstrahlung, fürchten jedoch ihre Arroganz. Auch das Verhältnis zu Geli ist nicht immer ungetrübt, denn Geli liebt ihren älteren Bruder abgöttisch; sie bewundert Sabrina, missbilligt jedoch ihre Extratouren. Sabrina ist bildende Künstlerin und eröffnet in der Stadt eine Galerie. Mit der Zeit verkehrt sie zusehends mehr in Künstler- als in den Familienkreisen. Die Beziehung zu einem geachteten, attraktiven älteren Bildhauer führt denn auch in eine ernste Ehekrise. Was Sabrina bei ihrem Mann nicht ausleben kann – ein abgründiger Zug zu Wildheit und Irrationalität –, fällt bei dem unter den provinziellen Verhältnissen leidenden Künstler auf fruchtbaren Boden. Sein Stil ändert sich, und so entsteht unter Sabrinas Einfluss allmählich eine über den Künstlerzirkel hinausgehende avantgardistische Bewegung mit öffentlichen Kunsträumen und Performances, die für erhebliche Beunruhigungen bei den kulturkonservativen Städtern sorgt. Einzig Hackstör erkennt in der kulturellen Innovation eine willkommene Aufwertung des Wirtschaftsstandortes und unterstützt so eigennützig wie großzügig die neue Entwicklung, die Tobias eher beargwöhnt. Auch in der Erziehung des einzigen Kindes sind die Eltern unterschiedlicher Ansicht; Sabrina unterstützt Dennis' kreative Ader, Tobias will durchsetzen, dass sein Sohn wenn schon nicht Jura, so zumindest Betriebswirtschaft studiert.

Hagen Hackstör
ist schon im jugendlichen Alter der skrupellose, joviale Genussmensch, als der er den Brockmanns später im privaten und geschäftlichen Leben zu schaffen macht: ein dauernder Störfaktor. Die kokette Geli muss sich schon als Schülerin gegen den Sohn des reichsten Unternehmers der Stadt wehren, der sich mit den verführerischen Milchschnitten von »Kinderschokolade« süße Küsse der Klassenkameradin erkaufen will (eine Ablehnung, die sie

später ein wenig reuen wird). Dieselbe berechnende Gier setzt Hackstör als Firmenchef ein. Einziger Globalisierungsgewinner der Stadt, erweitert er die lokale Geschäftsbasis mit dem Kauf in- und ausländischer Unternehmen. Obwohl er die Produktion nach Korea, Russland und Indien verlagert, schafft er durch den Ausbau der Verwaltung auf spektakuläre Weise Arbeitsplätze vor Ort und erringt zudem als Sponsor und Mäzen, Fußballclub-Besitzer und Kunstsammler den ersten Platz unter den Honoratioren der Stadt. Tobias, dessen vornehm-zurückhaltendes Image weniger werbewirksam ist als das protzige PR-Gehabe des Konkurrenten, ist besonders empfindlich berührt, als dieser seine Frau Sabrina exklusiv zur künstlerischen Ausgestaltung des neuen Verwaltungssitzes verpflichtet. Auf der Einweihungsfeier, bei der Enthüllung ihrer großen Plastik, kommt es zwischen Tobias und Hackstör zum Eklat …

Christoph Brockmann
Christoph ist zwei Jahre jünger als sein Bruder Tobias, dem er schon als Jugendlicher regelmäßig die Show stiehlt. Er ist intelligent, aber faul und zudem ein versierter Simulant. Der Klassenclown absolviert mit Ach und Krach das Abitur und beginnt ein Studium in Berlin, wo er das Geld seiner Eltern in den Szeneclubs und Kneipen verjubelt, wenn er nicht mit seinem Wäschesack zu Hause auftaucht. Er gibt das Studium schließlich auf, geht nach London, später nach Nord- und Südamerika und kehrt immer wieder nach Hause zurück, sobald er in Geldnöten ist oder sich einen Tripper geholt hat – bis er das Reisen gänzlich aufgibt. Von diesem Moment an hält Christoph die Familie ständig auf Trab. Tobias versucht, ihn in der Firma zu beschäftigen – ein Fehler, denn Christoph verstrickt das Unternehmen in dubiose Transaktionen. Nach einer Alkohol-Entziehungskur bleibt Christoph »Privatier«. Er ist das schwarze Schaf der Familie, aber auch ein charmanter, durch seine Originalität gewinnender Mensch und überdies ein *womanizer*, der sich in Sabrinas Bohemekreisen wie in einschlägigen Rotlichtbars aufhält – hier und da muss er ein uneheliches Kind unterhalten.

Geli (Angelika) Brockmann
– im Alter zwischen den Brüdern Tobias und Christoph – ist ein quirliges blondes Persönchen, offenherzig und leichtlebig. Ein Leben ohne den Reichtum ihrer Familie kann sich Geli einfach nicht vorstellen. Als »Papas Liebling« ist sie verwöhnt, doch zugleich führt ihr ausgeprägter Widerspruchsgeist zu zahlreichen Konflikten. Schon als Schülerin ist sie eine begehrte Partyhopperin, was zur Entscheidung der Eltern führt, Geli in ein

Internat zu schicken. Da verliebt sich Geli während der Sommerferien in einen linksalternativen Studenten ... Vater John ist überglücklich, als Geli schließlich belehrt einen aufstrebenden Hamburger Geschäftsfreund heiratet, den er sich als Schwiegersohn gewünscht hatte; umso schlechter ist sein Gewissen, als die Ehe scheitert und Geli mit einer Tochter niedergeschlagen nach Hause zurückkehrt. Doch die hübsche junge Frau ist nicht kleinzukriegen. Sie mausert sich zur erfolgreichen Modedesignerin, eröffnet eine Boutique, bereist Messen im In- und Ausland und heiratet den Besitzer eines Münchner In-Lokals, der es jedoch mit der Treue nicht so genau nimmt. Gelis Weißwurst-Experiment dauert nicht lange – dann wird sie von ihrem alten Freundeskreis wieder aufgenommen und herzlich begrüßt, wo voraussichtlich dritte und vierte Ehen warten ...

Celia Brockmann
ist die Nachzüglerin unter den Geschwistern, zehn Jahre jünger als der nächstältere Christoph. Im Gegensatz zu ihrer Schwester Geli ist sie ein dunkler Typ mit gruftigem Outfit und Piercing, selbstbewusst und ein bisschen vamphaft. Celia ist frühreif, intelligent – ihr Berufsziel ist Journalistin – und (trotz einer Tendenz zu esoterischen Schwärmereien, die die Jüngste mit der Mutter teilt) ein bisschen rebellisch. Am besten versteht sie sich mit Christoph, der ihr seine alten Black-Sabbath-Platten ausleiht und sie zum Ärger der Familie immer unterstützt, wenn es darum geht, abends länger auszugehen oder, später, zu einem Heavy-Metal-Konzert nach Berlin aufzubrechen oder an einer Castor-Blockade in der Umgebung teilzunehmen. So kritisch Celia gegenüber ihrer Unternehmer-Familie ist – sie ist kein Enfant terrible, sondern bleibt eine Tochter aus gutem Haus, die es gewohnt ist, großzügig protegiert und finanziert zu werden. Als Tobias ihr nach dem Abitur ein Volontariat bei der Lokalzeitung verschafft, ist sie nicht abgeneigt. Dort verliebt sie sich allerdings in einen Redakteur, der sie dazu bringt, Firmeninterna auszuspionieren ...

Dennis Brockmann
ist das, was man ein Problemkind nennt. Schon die Geburt verläuft dramatisch (»einmal ist genug«, beschließt denn auch Sabrina zu Tobias' Leidwesen). Zart, verträumt und feminin, lässt ein Augenaufschlag unter seinen langen Wimpern die Herzen der Frauen höher schlagen, und bald äußert Geli liebevoll den Verdacht, Dennis werde vielleicht einmal »andersherum« sein ... Tatsächlich interessiert sich der Junge nicht besonders für Mädchen, sondern hauptsächlich für seinen Freund Kai und dessen Keyboard. Unter

dem Vorwand seiner schwächlichen Konstitution und mit Sabrinas Duldung schwänzt er immer häufiger die Schule und gründet mit Kai eine Band. Ein homosexueller Studiomusiker aus Sabrinas Kreisen produziert die erste CD, ein melodisches Hiphop-Reggae-Soul-Crossover. Je mehr Erfolg Dennis hat, desto deutlicher treten die Konflikte mit seinem Vater zutage, der die Abwege seines Jungen zu Recht durch die künstlerischen Extratouren der Mutter inspiriert findet. Auch zwischen Geli und Sabrina nehmen die Spannungen zu, während Dennis in seiner jungen Tante Celia eine temperamentvolle Fürsprecherin findet. Eine schwere Infektion schweißt die Familie an Dennis' Krankenbett jedoch wieder zusammen. Da vertraut Doktor Görke Geli allerdings einen schlimmen Verdacht an …

Diese Ausblicke sollen lediglich als Anregungen für die weitere Plotentwicklung gelesen werden. Liebesgeschichten (hier muss neben Christoph Tobias zum Zuge kommen) und erotische Eskapaden (etwa ein lesbisches Abenteuer zwischen Geli und Sabrina), Jugendprobleme (Celia sowie Dennis), Wirtschaftskriminalität und politische Lokalereignisse können unbegrenzt in den gegebenen Rahmen integriert werden.

III. Fazit

Wir raten, den Pilotfilm umgehend in Angriff zu nehmen. Im Fall einer Serienproduktion geht der Sender keine Verpflichtungen ein, da der Autor den Nachweis zu erbringen hätte, dass es sich um eine Adaption seines Werks handelt. Dr. Heiter sollte daher eine abschlägige Antwort erteilt bekommen. Nach Erfahrung der Justitiare hat es sich stets bewährt, Plagiatsvorwürfe mit ebensolchen Vorwürfen zu beantworten. In den meisten Fällen lassen sich problemlos Verdachtsmomente konstruieren.

BERND ULRICH

In spaßiger Hoffnungslosigkeit

Thomas Mann und das bundesrepublikanische Bürgertum

Bürgertum:
»›Was ist das …‹
›Ja, den Düwel ook,
c'ést la question…!‹«[1]

I.

Als sich 1965 der Todestag Thomas Manns zum zehnten Male jährte, wartete ein Kritiker mit einer bemerkenswerten Analogie auf. Er verglich die Familie des Schriftstellers in ihrer Gesamtheit mit den »Hesselbachs«, einer damals berühmten Fernsehfamilie. Deren hessisch-mundartlich geprägte häusliche Idylle – gruppiert um den »Babba« – kam ihm wie die zeitgemäße, nämlich kleinbürgerliche Umsetzung des großbürgerlich agierenden Familienverbandes der Manns vor. Erika Mann zeigte sich »hocherfreut« über diesen Vergleich.[2] Der Grund ihrer Zustimmung bleibt im Dunkeln. War es vielleicht die überaus massive Popularität der Hesselbachs – Einschaltquoten von über 90 %[3] –, also der naheliegende Umkehrschluss, das Wirken der Manns im Allgemeinen wie das Werk des Vaters im Besonderen erfreuten sich ebenso großer Anerkennung und weiter Verbreitung? Und das nach allem, was Thomas Mann, dem nie heimgekehrten Emigranten, widerfahren war, dessen »Dilemma« in den Zeiten des Kalten Krieges doch darin zu bestehen schien, »kein Kommunist, aber auch kein Antikommunist zu sein«.[4] Oder goutierte die Tochter – angesichts der eigenen Familie und deren vielfältigen Verbindungen zur Zeitgeschichte – die offensichtliche Attraktivität des Privaten in der Öffentlichkeit, wie sie von den Hesselbachs so quotenträchtig manifestiert wurde? Freilich wäre Erika Manns Bereitschaft, den kühnen Vergleich zu akzeptieren, dann wohl der Unkenntnis dessen geschuldet, was noch kommen sollte: der Publikation der väterlichen Tagebücher samt der dort ausgebreiteten Intimitäten wie des Kults geschmackloser Container-Entblößungen, die dem Voyeurismus einer halben Fernsehnation gefielen.

Sei es, wie es sei, die kleine Anekdote aus den sechziger Jahren dokumentiert immerhin die definitive Ankunft hanseatisch-patrizischer Großbürgerlichkeit in der »nivellierten Mittelstandsgesellschaft« der Bundesrepublik. In ihr – so schien es – hatte sich im Leitbild des Kleinbürgers verflüssigt, was einst im Bürgertum als Klasse so fest gefügt wirkte und in den »Buddenbrooks« eine geradezu paradigmatische, literarische Gestalt gefunden hatte. Der Aufstieg der Arbeiter und Angestellten in der westdeutschen Nachkriegsgesellschaft hatte sich, forciert durch flankierende sozial- und steuerpolitische Maßnahmen, mit dem ebenfalls durch den Krieg verursachten Niedergang traditioneller bürgerlicher Gruppen gleichsam überkreuzt. Daraus sei eine »nivellierte«, will sagen: weder proletarische noch bürgerliche, aber »kleinbürgerlich-mittelständische Gesellschaft« entstanden. Das Bürgertum trat in solchen Beschreibungen zwar noch als Kategorie auf, war indes kaum oder allenfalls nur auf indirekte Weise noch von bestimmender, gesellschaftlicher Wirkung.[5] Tatsächlich hat sich die von dem Münsteraner Soziologen Helmut Schelsky kreierte »nivellierte Mittelstandsgesellschaft« als Deutungsmuster bundesrepublikanischer Wirklichkeit für lange Zeit durchgesetzt – wohl gemerkt allerdings weniger in der »kühl-distanzierten Variante Schelskys als vielmehr in der populären Version der »schrecklichen Dunsthülle der Zufriedenheit« (W. Dirks).[6] Zudem bestätigten die bereits in den fünfziger Jahren aufkommenden und bald beliebten sozialwissenschaftlich inspirierten Umfragen, was M. Rainer Lepsius dann 1962 in der Kölner Zeitschrift für Soziologie unter dem für die zeitgenössischen Beschreibungsvokabeln typischen Titel »Zum Wandel der Gesellschaftsbilder« feststellte: Die »statische und auskömmliche Lebensführung des Handwerkers, des staatsbürgerlich gleichberechtigten Kleinbürgers« bilde den eigentlichen Bezugspunkt von Bürgerlichkeit – soweit damit gemeinhin dem Bürgertum zugerechnete Werte und Lebensführungskonzepte gemeint waren. »Das Image des Bürgerlichen«, so Lepsius prononciert, »ist in kleinbürgerliche Durchschnittlichkeit aufgelöst.«[7]

Indessen sollte die Integration der Arbeiterschaft oder genereller gesprochen: die skizzierte Aufweichung dessen, was als bürgerlich galt, über einen Tatbestand nicht hinwegtäuschen. Hinter den feststellbaren Auf- und Abwärtsprozessen existierte in der bundesrepublikanischen »Zusammenbruchsgesellschaft« (Dieter Langewiesche) nach wie vor ein, wie es der Sozialhistoriker Josef Mooser unlängst formulierte, »massiver Block sozialer Kontinuität, d. h. der intergenerationellen Vererbung der Berufsgruppenzugehörigkeit«. Abgesehen vom kleinen Kreis der Vorarbeiter und

Meister wurden mehr als zwei Drittel der Arbeitersöhne wieder Arbeiter, während es zeitgleich auch innerhalb der akademischen, bürgerlichen Berufe – etwa in Pfarrers-, Studienrats-, Arzt-, Anwalts- oder Professorenfamilien – eine auffällige, vom Vater zumeist an den Sohn weitergereichte berufliche Kontinuität gab, die übrigens bis auf den heutigen Tag wirksam geblieben ist.[8] So ist schlicht festzuhalten, dass das Bürgertum weniger mit Blick auf seine soziale Stellung als vielmehr auf das gesellschaftliche Selbstverständnis ganz und gar nicht abgedankt hatte, jedoch in gewisse Abgrenzungsschwierigkeiten geriet. Für die Periode der »langen fünfziger Jahre« (W. Abelshauser), also im historischen Rahmen eines sich nach 1945 relativ rasch einstellenden Wirtschaftsaufschwunges und des sich allmählich entwickelnden Wohlfahrtsstaates, blieb das Verlangen nach einer quasi flächendeckenden »Bürgerlichkeit« quer durch alle Berufsgruppen und sozialen Klassen virulent.

Erst die Losungen und Ziele der Studentenrevolte in den späten sechziger Jahren schattierten diese zwar entgrenzte, insgesamt aber eher positive Wahrnehmung von »Bürgertum«. Die darüber verblasste Sprache des Klassenkonflikts wurde nun wieder – in akademisierter Form – aufgegriffen und zur hegemonialen Rhetorik des politischen Protestes. Sie stellte die Kritik an einer nach wie vor durch Hierarchien und die so genannte personalisierte Herrschaft charakterisierte Gesellschaft in den Mittelpunkt, überführte das tradiert positive Leitbild einer »bürgerlichen Gesellschaft« und ihrer Trägerschichten – sei es im Zuge der NS-Vergangenheitsbewältigung an den Universitäten, sei es durch die »Entlarvung« einer »bürgerlichen Wissenschaft« schlechthin – ins scheinbar endgültig Pejorative. Doch selbst an dieser, die verhängnisvolle Rolle des Bürgertums herausstellenden Tribunalisierung[9] fällt auf, wie deutungsmächtig bestimmte Bürgertumsvisionen noch in ihrer vergleichsweise radikalen Ablehnung überlebten. Solche Resistenz der Interpretationsmuster zeigte sich etwa daran, dass der im theoretischen Schrifttum der Revolte nach und durch Marx höchst diskreditierte Begriff des »Bourgeois« – verstanden als völlig unpolitischer, saturierter, kulturell verderbter und nur am Profit orientierter Bürger – im Zeichen der sozialliberalen Koalition als kontrastierendes Schreckensbild den aufgeklärten Staatsbürger bundesrepublikanischer Observanz nur umso heller erstrahlen ließ: »Wir wollen«, so Willy Brandt in seiner Regierungserklärung vom 18. Januar 1974, »den Bürger, nicht den Bourgeois.«[10] Einen weiteren Beleg kontrastierender Semantik liefert die ebenfalls Ende der sechziger Jahre beginnende westdeutsche Rezeption des »Untertan«. Das Buch wurde nun – als »Roman des Bürgertums im Zeitalter Wilhelms des

Zweiten«, wie ihn Heinrich Mann selbst charakterisiert hatte[11] – etwa gegen die »Buddenbrooks« und das in ihnen vermittelte »Scheinbürgertum« ausgespielt; schien die Entwicklung Diederich Heßlings doch die auch im westdeutschen »Obrigkeitsstaat« agierende Ausformung des »autoritären Charakters« und den verhängnisvollen Anteil des Bürgertums daran zu veranschaulichen.[12] Im Grunde wurde in solchen Konfrontationen der alte Bruderstreit wiederbelebt, der seit dem »Zola«-Essay Heinrichs (1915) und den »Gedanken zum Kriege« (1915) bzw. den »Betrachtungen eines Unpolitischen« (1918) von Thomas Mann das persönliche wie politische Verhältnis der Brüder lange Zeit zerrüttet hatte. Kaum wahrgenommen wurden die Korrekturen, die Thomas Mann an seiner Identifikation mit dem kriegführenden »Obrigkeitsstaat« im Laufe der zwanziger und dreißiger Jahre vorgenommen hatte. Die »Verteidigung romantischer Bürgerlichkeit« mit ihrem Affekt gegen die Politik war, so zeigte sich, durchaus anschlussfähig für den Kampf gegen einen konservativ-revolutionären »Obskurantismus im Geistigen und Wissenschaftlichen», wie er die Weimarer Republik bedrohte.[13]

II.

Hinter einer derartigen Wahrnehmung des Autors der »Buddenbrooks« und der einsetzenden westdeutschen Rezeption seines einstmals als »Zivilisationsliteraten» gegeißelten Bruders operierten Einstellungen, die das Entwicklungspotential des Bürgertums, das sich nach wie vor in der mittelständisch geprägten Hegemonialkultur der Bundesrepublik verbarg, unterschätzten. Ein viel zu statisches Bild seiner Möglichkeiten herrschte vor. Verkannt wurde die vergleichsweise große, Dauer wie Bestand sichernde Flexibilität »des« Bürgertums. Man übersah, wie sehr es auf die in Generationen zu messende Anpassungsleistung an gesellschaftliche Bewegungen baut, die es gleichermaßen mitvollzieht und quasi durch sein Eigengewicht, durch die Schubkraft bürgerlicher Ziele, auch zu gestalten vermag. Faktisch trat das Bürgertum auch weiterhin als Träger wie als Produkt gesellschaftlicher Prozesse auf, mithin blieb es »ein prozessualer Zustand«.[14] Diese Entwicklung konnte tatsächlich »im Ergebnis zur Auflösung der Sonderformation des Bürgertums« oder zumindest seiner nachhaltigen Fragmentierung führen.[15] Aber das hieß natürlich nicht, dass die bürgerlichen Lebensführungs-Konzepte, Normen und Institutionen, kurz: das ganze materielle wie immaterielle bürgerliche »Kapital« in Form von Herkommen, Habitus, Bildung und Selbstorganisationen – etwa in Clubs und Vereinen – aufgehört hatte zu existieren oder unfähig zum Wandel gewesen wäre.

Kaum jemandem dürften diese Sachverhalte so bewusst gewesen sein wie Thomas Mann. Die Suche nach den Gründen könnte mit dem Hinweis auf sein väterliches Erbe beginnen, das dem jungen Schriftsteller noch vor dem kommerziellen Erfolg der »Buddenbrooks« ein selbständig-unabhängiges Leben ermöglichte, und sie müsste nicht enden bei den ständigen, häufig ja ironisch gebrochenen Versuchen Manns, die Selbstbeschreibungen und Stilisierungen in Übereinstimmung mit dem zu bringen, was er »Lebensbürgerlichkeit« nannte. Aus dem hanseatisch-städtischen Bürgertum kommend, avancierte er bekanntlich seit den »Buddenbrooks« vom Chronisten der eigenen Familie – es war »einfach unsere Geschichte, das Leben unserer Eltern, Voreltern, bis rückwärts zu Geschlechtern, von denen uns überliefert worden war«[16] – zum Interpreten »des« Bürgertums schlechthin; auch wenn er sich anfänglich kaum vorzustellen vermochte, dass der Roman »je einen Massenerfolg« haben könnte.[17] Die »Welt der Väter« mutierte fortan, nach dem literarischen Tod Hanno Buddenbrooks und forciert durch den Ersten Weltkrieg, zu der des 19. Jahrhunderts – des »großen Jahrhunderts, der Spätzeit des bürgerlichen, des liberalen Zeitalters« – und »an die Stelle des lübischen Familienhauses tritt das Deutsche«.[18] Eine solche Erweiterung ins Nationale und »allgemein Menschliche« mochte für »eine lange Erkundung der konservativ-nationalen Sphäre in polemischer Form« ausreichen – wie er später die »Betrachtungen« etwas verharmlosend charakterisierte. Für eine angestrebte demokratische Zukunft erbrachte diese Perspektivierung eher schlecht als recht synchronisierte Selbstbilder des Bürgertums hervor.[19]

Wir wissen nicht, was Thomas Mann von der These der »nivellierten Mittelstandsgesellschaft« gehalten hätte oder von ihrem Vertreter Helmut Schelsky, der – als der Schriftsteller in Kalifornien im Februar 1945 am »Doktor Faustus« arbeitete – noch als Universitätsprofessor für Soziologie und »Festungs-Ic-Oberleutnant« in Königsberg kämpfte.[20] Doch im Ergebnis, das diese Beschreibung der Gesellschaft nahe legte, hätte sie – zunächst und auf den ersten Blick jedenfalls – wohl Zustimmung hervorgerufen. Denn die in ihrem Kontext entstehende Analyse einer Verflüssigung und Verallgemeinerung von Bürgerlichkeit konnte auch als eine Annäherung an das Ideal eines sich emanzipierenden Bürgertums verstanden werden, das in dem Maße zu sich selbst findet, wie es sich entbürgerlicht. Diese Emanzipation im Modus der Entbürgerlichung nahm freilich eine viel konkretere, gesellschaftlich wirksamere Form an, als Thomas Mann sie lange Zeit reflektierte, der, zumal im Entbürgerlichungsprozess des städtischen Patriziats, vor allem das legitime »Verfallsprodukt« des Bürgers als Künstler favorisiert und legitimiert hatte.

Im Zeichen des Wirtschaftswunders verkam der Bürger zum Konsumenten, jedenfalls aus Sicht jener wieder virulenten »Kulturkritik«, die in der Transformation der westdeutschen zur Massen-Gesellschaft amerikanischer Provenienz den Untergang des Bürgertums gekommen sah. Solche Pointierung erinnerte, vor allem in ihrer Zuspitzung zum polar weit voneinander entfernten Gegensatz zwischen »westlicher Zivilisation« und »deutscher Kultur«, nicht allein an die »Ideen von 1914«, sondern auch an die auf dieser Folie entstandenen »Betrachtungen eines Unpolitischen«. Doch waren sie – noch lange als »Kriegsprodukt« verteidigt – mittlerweile bei Thomas Mann dem »Bekenntnis zum Sozialismus« (1933) und schließlich einem »über die bürgerliche Demokratie weit hinausgehende(n) soziale(n) Humanismus« (1945) gewichen.[21] Wenn diese Revision auch verhinderte, dass er am bürgerlichen Untergangsdiskurs der Jahre nach dem Zweiten Weltkrieg teilnahm, der gleichermaßen vom antidemokratischen Elitedenken wie von der Angst vor den »Massen« geprägt wurde, änderte das an seinem Misstrauen gegenüber »dem« Bürgertum nichts. Das »Herzasthma des Exils«, der Kampf gegen den Nationalsozialismus und die vor allem im »Faustus«-Roman offen gelegte, auch die eigene Verantwortlichkeit illuminierende Verbindung zwischen »deutscher Kultur und deutschen Verbrechen« waren in den Selbstkommentierungen und öffentlichen Äußerungen zu einer Art Transformationsschleuse geworden, aus der »das« deutsche Bürgertum nur noch als beschädigte, politisch vollends desavouierte Schicht hervorgehen konnte. So berechtigt Manns Einschätzung aus gelebter Erfahrung heraus sein mochte, mit ihr ging eine Deformation des Blickes einher, die durch die frühen Kampagnen einiger nur »innerlich« emigrierter deutscher Schriftsteller gegen Thomas Mann und die Konsequenzen des »Kalten Krieges« noch verstärkt wurde.

Mit Zustimmung reagierte er im Dezember 1950 auf einen Brief des in England lebenden Journalisten Wilhelm Sternfeld, der über einen Besuch in Westdeutschland u. a. berichtete: »Am charakterlosesten fand ich die mittlere Schicht des deutschen Bürgertums. Sie spielt heute mit dem Gedanken der Demokratie, ohne auch nur zu ahnen, was darunter zu verstehen ist. Innerlich sind diese Menschen ganz dem Nationalismus verschrieben, selbst dem Nationalsozialismus.«[22] Das war eine Charakterisierung, die Thomas Mann in seiner Ablehnung dieser »vor Energie, Tüchtigkeit und

Lebenslust aus der Haut platzenden Bundesrepublik« bestärkte, die sein Monitum, die Konfrontation mit den Verbrechen der Vergangenheit bleibe aus, bekräftigte und seinen Blick auf die DDR verklärte.[23] Die deutsche Teilung akzeptierte er unterdessen nicht, vielmehr ist der Wunsch nach nationaler Wiedervereinigung in seinen letzten Lebensjahren deutlich spürbar, schlug sich nicht zuletzt in seinen umstrittenen Reden zu den Goethe- und Schiller-Gedenkfeiern nieder, die er 1949 und 1955 in Ost- wie Westdeutschland hielt.

Martin Meyer hat in seiner Analyse der Tagebücher die Wiedervereinigungssehnsüchte, die Thomas Mann schließlich auch zum entschiedenen Gegner der Wiederbewaffnung machten, als »nicht ganz selbstlosen Wunsch nach einem Deutschland« interpretiert, »das, da es vereinigt wäre, auch ihn, den Dichter, nicht mehr als »geteilte« Existenz wahrnehmen müsste. Damit hätte er eine Art von familiärer Rückführung und Erlösung gefunden (…).«[24] Der Gedanke scheint plausibel, kein Wunder also, wenn Mann die positive Aufnahme seiner Bücher, die etwa »von der Ostzone eingesogen werden wie die Luft von einem Vacuum«, als Indiz dafür wertet, dass zumindest eine kulturelle, »sogar der Entspannung« dienende Vereinigung möglich ist.[25] So kann es auch kein Zufall sein, dass gerade die »Buddenbrooks« – »ein deutsches Buch« und Ursprung seiner internationalen Reputation – Gegenstand eines Kulturprojektes werden, das in den deutsch-deutschen Systemwettkampf gerät. Denn nachdem ein Angebot der ostdeutschen DEFA für die Verfilmung des Romans im Frühjahr 1954 vorlag, schaltete sich sein Verleger Gottfried Bermann Fischer sofort ein. Er berichtete nicht nur von einem gut dotierten westdeutschen Konkurrenzgebot, da man – wie es im Mann'schen Tagebuch unter dem Datum des 28. Juli 1954 vermerkt ist – die Verfilmung »der ›Zonen‹-Firma durchaus nicht überlassen will«. Auch verwies Bermann-Fischer auf die Anzeige der Buchausgabe der »Buddenbrooks« im »ostdeutschen ›Börsenblatt‹ (…), die sehr deutlich zeigt, wozu man es mißbrauchen will. Die ›Buddenbrooks‹ sind hier der Roman ›vom Verfall bürgerlicher Kulturtradition und vom Aufstieg rücksichtslosen bourgeoisen Großverdienertums‹.« Thomas Mann freilich ließ sich nicht irritieren. Er wolle schon dafür sorgen, »daß keinerlei ›Klappentext‹-Unfug sich bei der Verfilmung« einschleiche. Im Übrigen beharrte der Romancier darauf, »daß kein Buch und kein Film so geeignet ist, den Gegenstand eines kulturellen Zusammenwirkens von Ost und West zu bilden, wie gerade ›Buddenbrooks‹«.[26] Allerdings verliefen die Pläne schließlich doch im Sande.

III.

Thomas Mann selbst, sein Werk und seine »geistige Lebensform« sind in ihrer individuell-originären und oft widersprüchlichen Gestalt ein überzeugender Ausweis für die Beharrungs- und Wandlungsfähigkeit des Bürgertums. Das veranschaulichen schließlich auch die Tagebücher als ein absichtsvoller Subtext zu Werk und bürgerlicher Lebensführung. In ihnen zeigt sich Thomas Mann nicht allein, aber auch als ein um Balance ringender, seinen sexuellen Obsessionen ausgesetzter und sie unterdrückender Konservativer, dem die repräsentative Außendarstellung oft nur mit Mühe, immer aber mit schlechtem Gewissen gelingt. Zugleich bildete sich durch solche Stabilisierungszwänge ein Regime der Selbstbeobachtung, in dem sich ein äußerst feines Sensorium für die Bedrohung der eigenen Existenz ausprägte. Es konnte seiner Wirksamkeit – über die Arbeit am Selbstbild hinaus – auch dort gewiss sein, wo es um die Gefährdung der Herkunftsschicht ging. Aus diesem Bedrohungsgefühl heraus formulierte Thomas Mann die jeweilige bürgerliche Verfasstheit sowie die Bedingungen ihrer möglichen Fortexistenz.[27] Solche Aussagen schwankten zwischen der Artikulation eher atmospärisch bestimmter Lebensgefühle und mehr oder weniger direkten politischen Ratschlägen, die ihrerseits im Laufe seines langen Lebens changierten zwischen der Identifikation der »Deutschheit als Bürgerlichkeit« und dem praktischen Hinweis, der »Platz des deutschen Bürgertums« sei »an der Seite der Sozialdemokratie«.[28] Einschätzungen, die Manns Bekenntnis zum »Weltbürger« freilich storniert. Dieser Kosmopolitismus bezeichnete für Thomas Manns Begriffe im Kern immer noch »die Verbindung deutscher Bürgerlichkeit mit humanistischer Bildung«.[29] Doch war ein wesentliches Bestandstück ebendieser Verbindung, die »deutsche Bürgerlichkeit» nämlich, historisch inzwischen diskreditiert, nachdem das deutsche Bürgertum seine Affinität zum Nationalsozialismus unter Beweis gestellt und damit seinen Untergang besiegelt hatte. Was aber untergegangen oder doch in seiner moralisch-ethischen Selbstverfassung bis auf den Grund blamiert war, konnte jetzt auch nicht mehr bedroht sein, musste folglich auch nicht definierend verteidigt werden.

Gemessen an der Elle eigener Ausbürgerungs- und Emigrationserfahrungen war das eine verständliche Haltung, wenngleich im Nachkriegsdeutschland sicherlich nur die Auffassung einer Minderheit. Auch wenn sie die gewiss nachvollziehbare, zeitgenössische Hoffnungslosigkeit angesichts einer möglichen Zukunft des Bürgertums veranschaulicht, sollte der resignative Ton nicht als letztes Wort über den tatsächlichen und unleugbaren

Formwandel des Bürgertums missverstanden werden, von dem seine bisher kaum erforschte Weiterexistenz nach 1945 faktisch begleitet wurde.

So zum Beispiel in Bremen, Hansestadt auch sie, von der Thomas Mann in den ersten Nachkriegsjahren zumindest zweimal, wenngleich in einem für die Stadt nicht eben schmeichelhaften Kontext Kenntnis nahm. Am 28. Mai 1947 hatte der in Bremen ansässige Schriftsteller Manfred Hausmann im dortigen »Weser-Kurier« einen offenen Brief an Thomas Mann publiziert, in dem er ihm unterstellte, Mann sei entgegen seinen eigentlichen Wünschen in die Emigration gezwungen worden, ja habe in einem Brief an den NS-Innenminister Wilhelm Frick 1933 sogar angeboten, zu schweigen und sich politisch nicht einzumischen, falls er nur zurückkehren dürfe. Thomas Mann konnte die perfide Unterstellung mit der Veröffentlichung des tatsächlichen Inhaltes des Briefes schnell zurückweisen. Der Vorgang wurde als »beträchtliche Unverschämtheit« einer inneren Emigration abgebucht, deren Protagonisten zwar »alle profitiert, alle an den Bestand des Scheußlichen geglaubt« hätten, nun aber als »Helden und Märtyrer« aufträten und die lebensgeschichtlichen Stationen dieses, ihres Leidensweges gegen die Exilierten in »den bequemen Logen des Auslands« ausspielten.[30]

Im Dezember 1949 schließlich – der republikanische Senator McCarthy macht jenseits des Atlantik von sich reden – tauchte Bremen in einer Rezension auf, die Thomas Mann für den »Aufbau« verfasste. In dem Text geht es äußerlich um eine Eloge auf den Schweizer Informationsdienst »Extempore«, der sich nach Manns Überzeugung durch eine gelassene, abwägende Art der Berichterstattung auszeichnet, eigentlich aber um eine Warnung vor der »zügellosen Hysterie, in die ein Wort- und Wut-Fetisch wie ›Kommunismus‹ heute die Menschen versetzt« und »um das Heil eines großen und guten Volkes«, das der USA, »dessen seelische Gesundheit Schaden nehmen muß durch die moralische Brüchigkeit einer Politik, die für ›Ordnung‹ alles nimmt, was nicht kommunistisch ist, auch wenn es außerdem das Letzte an sozialem Tiefstand, Korruption und feudalistischer Verkommenheit darstellt.« Als ein Beispiel für diese von den USA geduldete »Verkommenheit« wird nun das bremische Bürgertum in Gestalt einer »Arbeitsgemeinschaft Bremer Baumwollhändler« bemüht, die – wobei die Quelle der Information ungenannt bleibt – »durch Zurückhaltung von Ware« nach der Währungsreform »einen Privatgewinn von rund 40 Millionen D. M. (sic!) gemacht haben«.

Die Empörung ist Thomas Manns Rezension, die am Ende unveröffentlicht blieb, bis heute anzumerken. Ein »paar biedere Kaufleute«, – so wird noch harmlos bezeichnet, was sich wenige Zeilen später zu einer »barbarische(n) Spekulantenschicht« verdichtet – hätten um des eigenen Profits willen »kalt gegen die Volksnot« gehandelt. Dann zieht Thomas Mann alle Register: »Die Russen, unzivilisiert wie sie sind, würden mit solchen Halunken kurzen Prozeß machen, (...).«[31] Bestimmt unbeabsichtigt, formuliert er Sätze, die alle geläufigen Vorurteile gegen Stalins Kommunismus bestätigen. Kein Gedanke mehr an die Positionen seines Festvortrages zum 700-jährigen Stadtjubiläum Lübecks, den er am 5. Juni 1926 als einst »verstoßener Sohn« unter dem Titel »Lübeck als geistige Lebensform« gehalten hatte. Da war die Hansestadt, die Stadt überhaupt, noch Keimzelle des Bürgers schlechthin und dessen Existenz der Bodensatz, aus dem Mann – wie schon in den »Betrachtungen« – ein Bild des Künstlers zu destillieren suchte, der seiner »Bürgerlichkeit« – seines »Sinn für Lebenspflichten« – als eines urban und kaufmännisch aufgefassten, leistungsethischen Prinzipes vergewissert war.[32] Was der Schriftsteller jetzt »eine barbarische Spekulantenschicht« schimpfte, war doch tatsächlich nichts als ein gewichtiger Teil des Bremer Wirtschaftsbürgertums, dessen bedeutendste Institution – die Handelskammer – über den Zusammenbruch hinweg kontinuierlich tätig gewesen war. Auch das personelle wie institutionelle Arsenal bürgerlicher Lebens- und Vergesellschaftungsformen blieb in der kleinen Großstadt an der Weser nach 1945 gut bestückt. Zahlreiche Vereine, Gesellschaften und Clubs – mit denen der ganze Bereich zwischen bildungsbürgerlichen Ansprüchen und Sportarten, die ihre Akteure exklusivierten, abgedeckt werden konnte –, private Hausfeste und kammermusikalische Aktivitäten, ein engmaschiges Netz halbprivater Kollegien und Kreise komplettierten sich auch nach 1945 zu einem komplexen Kosmos urbaner Geselligkeits- und Verkehrsformen in der zu über 70 % zerstörten Stadt.

Man wird Thomas Manns Empörung das Desinteresse und die Indifferenz gegenüber solchen Realitäten nicht vorwerfen wollen, denn seinen Zorn hatte eine bestimmte Handlungsweise des bremischen Stadtbürgertums provoziert. Doch bleibt bemerkenswert, für wie gering er die Chancen einer Fortexistenz des Bürgertums als soziale Formation erachtete und wie vernichtend sein Urteil über die moralische Verfassung dessen ausfiel, was er einst zur »geistigen Lebensform« verklärt hatte. Manns »Projekt Bürgertum« war fortan vor allem auf das Private zugeschnitten. Seiner öffentlichen Anerkennung konnte es, was den Habitus und die Pflege des Lebensstils anlangt, über den Tod hinaus sicher sein, zumindest bis zur Veröffentlichung der Tagebücher und ausgewählter Teile des mannschen Briefwechsels. Und selbst nachdem die Tagebücher das von ihm selbst gepflegte, durchaus auch schablonenhafte Bild des Leistungsethikers korrigiert hatten, blieben im »Selbstentwurf Thomas Manns« die »Normen deutscher Bürgerlichkeit (...) als Residuen antitotalitärer Gesinnung und praktischer schriftstellerischer Opposition« intakt. Dieser apologetische Dienst für die normative Substanz einer Schicht, deren Niedergang Thomas Mann »mit einer Art spaßiger Hoffnungslosigkeit als Grundstimmung« geschildert hatte, ist eine gewissermaßen dialektische Ironie der Wirkungsgeschichte seines Werks.[33] Freilich vermochte sie den mannschen Blick für die Kontinuität und Persistenz bürgerlicher Lebensformen nach 1945 nicht mehr zu schärfen. Hatte er in den »Betrachtungen eines Unpolitischen« nicht anlässlich des Rückblicks auf die »Buddenbrooks« schon notiert: »das Seelisch-Menschliche ging mich an; das Soziologisch-Politische nahm ich eben nur halb unbewußt mit, es kümmerte mich wenig.«[34] Das erhellende Eingeständnis hatte seine Gültigkeit auch nach dem Ende des Zweiten Weltkrieges nicht eingebüßt.

1 Thomas Mann, Buddenbrooks. Verfall einer Familie, Frankfurt/Main 1975 (18. Aufl. der Taschenbuchausgabe), S. 7.

2 Vgl. Hans Wißkirchen, Die Familie Mann, Reinbek bei Hamburg 2000[3], S. 8.

3 Vgl. Harald Schäfer, Die Hesselbachs. Erinnerungen an eine erfolgreiche Familienserie aus den Anfangstagen des Fernsehens, Frankfurt/Main 1996, S. 48.

4 Kurt Sontheimer, Thomas Mann und die Deutschen, Frankfurt/Main, Hamburg 1965 (1961), S. 132.

5 Vgl. Helmut Schelsky, Wandlungen der deutschen Familie in der Gegenwart, Dortmund 1953, S. 218f. – Vgl. zur Einschätzung der Schelsky-These und ihrer Auswirkungen auf das sozialpolitische Klima der Bundesrepublik Hans Braun, Helmut Schelskys Konzept der »nivellierten Mittelstandsgesellschaft« und die Bundesrepublik der 50er Jahre, in: Archiv für Sozialgeschichte Nr. 29/1989, S. 199–223.

6 Vgl. Josef Mooser, Arbeiter, Angestellte und Frauen in der »nivellierten Mittelstandsgesellschaft«. Thesen, in: Axel Schildt, Arnold Sywottek (Hg.), Modernisierung im Wiederaufbau. Die westdeutsche Gesellschaft der 50er Jahre, Bonn 1998, S. 363–376, S. 374.

7 M. Rainer Lepsius, Zum Wandel der Gesellschaftsbilder in der Gegenwart, in: Kölner Zeitschrift für Soziologie (und Sozialpsychologie) Nr. 14/1962, S. 449–458, S. 451/52.

8 Vgl. Mooser, Arbeiter, Angestellte und Frauen, wie Anm. 6.

9 Werner Hofmann, Zur Soziologie der Studentenrevolte (1969), in: ders., Abschied vom Bürgertum. Essays und Reden, Frankfurt/Main 1972, S. 76–91, S. 85.

10 Abdruck der Regierungserklärung, in: Frankfurter Allgemeine Zeitung v. 19.1.1974.

11 Heinrich Mann, Ein Zeitalter wird besichtigt, Reinbek bei Hamburg 1980[4], S. 156.

12 Vgl. Herbert A. Lehnert, Der Taugenichts, der Geist und die Macht: Thomas Mann in der Krise des Bildungsbürgertums, in: Beatrix Bludau u. a. (Hg.), Thomas Mann 1875–1975, Vorträge in München–Zürich–Lübeck, Frankfurt/Main 1977, S. 75-93, S. 75; Vgl. Renate Werner (Hg.), Heinrich Mann. Texte zu seiner Wirkungsgeschichte in Deutschland, München 1977. Vgl. Bernd Ulrich, Jakob Vogel und Benjamin Ziemann (Hg.), Untertan in Uniform. Militär und Militarismus im Kaiserreich 1871–1914. Quellen und Dokumente, Frankfurt/Main 2001.

13 Thomas Mann, Meine Zeit (1950), zitiert nach: ders., Fragile Republik. Thomas Mann und Nachkriegsdeutschland, hg.

Stephan Stachorski, Frankfurt/Main 1999, S. 136-158, S. 147. Vgl. Hermann Kurzke, Thomas Mann. Das Leben als Kunstwerk, München 1999, S. 256; Thomas Mann, Betrachtungen eines Unpolitischen (1918), in: ders., Aufsätze, Reden, Essays in acht Bänden, Bd. 2, Berlin, Weimar 1983, S. 164–756, S. 164.

14 Vgl. Reinhart Koselleck (Hg.), Bildungsbürgertum im 19. Jahrhundert, T. II: Bildungsgüter und Bildungswissen, Stuttgart 1990. Vgl. auch Manfred Hettling, Politische Bürgerlichkeit. Der Bürger zwischen Individualität und Vergesellschaftung in Deutschland und der Schweiz von 1860 bis 1918, Göttingen 1999, S. 12.

15 M.Rainer Lepsius, Zur Soziologie des Bürgertums und der Bürgerlichkeit, in: Jürgen Kocka (Hg.), Bürger und Bürgerlichkeit im 19. Jahrhundert, Göttingen 1987, S. 79–100, S. 95/96.

16 Heinrich Mann, Ein Zeitalter wird besichtigt, wie Anm. 11, S. 151.

17 Thomas Mann in einem Brief an Paul Raché v. 2.12.1902 über die »Buddenbrooks«, in: Thomas Mann, Selbstkommentare »Buddenbrooks«, hg. von Hans Wysling unter Mitwirkung von Marianne Eich-Fischer, Frankfurt am Main 1990, S. 24–25, S. 24.

18 Helmut Koopmann, Thomas Manns Bürgerlichkeit, in: Beatrix Bludau u. a. (Hg.), Thomas Mann 1875–1975, wie Anm. 12, S. 39–60, S. 47; Thomas Mann, Meine Zeit (1950), zit. n.: Thomas Mann, Fragile Republik, wie Anm. 13, S. 136–158, S. 139.

19 Thomas Mann, Meine Zeit, wie Anm. 13, S. 147; Thomas Mann, Betrachtungen eines Unpolitischen, wie Anm. 13, S. 297.

20 Vgl. Walter Kempowski, Das Echolot. Fuga furiosa. Ein kollektives Tagebuch, Winter 1945, 4 Bde., Bd. III, München 1999, S. 390.

21 Vgl. Eckart Koester, »Kultur« versus »Zivilisation«: Thomas Manns Kriegspublizistik als weltanschaulich-ästhetische Standortsuche, in: Wolfgang J. Mommsen (Hg.), Kultur und Krieg: Die Rolle der Intellektuellen, Künstler und Schriftsteller im Ersten Weltkrieg, München 1996, S. 249–258 u. Brief an Walter von Molo v. 28.9.1945 »Warum ich nicht nach Deutschland zurückgehe, in: Thomas Mann, Fragile Republik, wie Anm. 13, S. 23–33, S. 32.

22 Zit. n. Thomas Mann, Fragile Republik, wie Anm. 13, S. 192.

23 Aus einem Brief an C.-H.Borchardt v. 11.3.1954, zit. n.: ders.,Fragile Republik, wie Anm. 13, S. 194.

24 Martin Meyer, Tagebuch und spätes Leid. Über Thomas Mann, München, Wien 1999, S. 194/195.

25 Brief v. 15.5.1952 an Gottfried Bermann Fischer, in: Peter de Mendelssohn (Hg.), Thomas Mann. Biefwechsel mit seinem Verleger Gottfried Bermann Fischer 1932–1955, Bd. 2, Frankfurt/Main 1975, S. 601; vgl. Eike Middell, Thomas Mann. Versuch einer Einführung in Leben und Werk, Leipzig 1979, S. 253.

26 Brief Gottfried Bermann Fischers an Thomas Mann v. 11.5.1952, in: wie Anm. 25, S. 599; vgl. Thomas Mann, Fragile Republik, wie Anm. 13, S. 216–221.

27 Das ist die These von Helmut Koopmann, Thomas Manns Bürgerlichkeit, in: Beatrix Bludau u. a. (Hg.), Thomas Mann 1875–1975, wie Anm. 12, S. 39–60. Vgl. auch Hans Mayer, Thomas Mann. Werk und Entwicklung, Berlin 1950, S. 30–46.

28 Thomas Mann, Deutsche Ansprache. Ein Appell an die Vernunft (1930), in: ders., Gesammelte Werke in 13 Bänden, Frankfurt/Main 1974, Bd. XI, S. 889.

29 Thomas Mann, Betrachtungen eines Unpolitischen (1918), wie Anm. 13, S. 271.

30 Zit. n. Kurzke, Thomas Mann, wie Anm. 13, S. 534.

31 Thomas Mann, Anläßlich einer Zeitschrift, zit. n.: ders., Fragile Republik, wie Anm. 13, S. 123–134, S. 133, 127, 128.

32 Thomas Mann, Lübeck als geistige Lebensform, zit. n.: ders., Selbstkommentare: »Buddenbrooks«, wie Anm. 17, S. 65–76, S. 73; vgl. Wolfgang G. Krogel, Die Stadt als bürgerliche Heimat. Eine Untersuchung zum Geschichtsbild der mittelalterlichen Stadt in der 700-Jahr-Feier der Reichsfreiheit Lübecks, in: Zeitschrift des Vereins für Lübeckische Geschichte und Altertumskunde, Bd. 74, Lübeck 1994, S. 225–278.

33 Irmela von der Lühe, Die Familie Mann, in: Etienne Francois, Hagen Schulze (Hg.), Deutsche Erinnerungsorte, Bd. 1, München 2001, S. 254–271, S. 270; Thomas Mann in einem Brief an Paul Raché v. 2.12.1902, wie Anm. 17, S.24.

34 Thomas Mann, Betrachtungen eines Unpolitischen, wie Anm.13, S. 297.

Forum

Glenn W. Most
Nach dem Erhabenen

Bruno Preisendörfer
Tapfer sein auf einem Bein

GLENN W. MOST

Nach dem Erhabenen

Stationen in der Laufbahn eines Gefühls

Für Mark Strand

I.

Was bedeutet es eigentlich für ein Gefühl, zur Welt zu kommen und wieder zu verschwinden? Betrachten wir ein oder zwei Beispiele!

Dass sowohl das Erhabene wie das Schöne im Niedergang begriffen sind, ist ein Gemeinplatz der Moderne. Behauptet wird, dass die Schönheit ihre zentrale Rolle in den bildenden Künsten, in der Ästhetik, Literatur und Moralphilosophie eingebüßt hat. Gemäß dieser Ansicht sind die Gefühle, die Schönes wie Erhabenes einst hervorriefen, einfach ausgestorben, bestenfalls noch ein historischer Gegenstand von antiquarischem Interesse.

Doch stimmt diese Behauptung wirklich? Mir scheint im Gegenteil, dass wir ganz und gar nicht in einer Epoche nach dem Untergang des Schönen leben. Denn die Erscheinungsformen des Schönen begegnen uns überall, bestürmen uns schonungslos von Titelblättern, aus der Werbung wie in Kinofilmen – und auch heute erfüllen sie, zumindest bis zu einem gewissen Grad, genau dieselbe Funktion, die immer schon die des Schönen gewesen ist: Sie vermitteln uns eine derart vollständige und bezwingende Empfindung vitaler Freude, vielleicht nicht ganz frei von einer Spur Neid, dass wir uns dazu genötigt sehen, gewissermaßen aus uns herauszutreten, um uns – in welchen Formen auch immer und so weit es eben geht – diesem Schönen anzuverwandeln. Selbstverständlich lautet der nächste Einwand jetzt, das authentische Schöne in der ganzen Würde seiner ontologischen wie ethischen Bestimmung früherer Zeiten sei hier gar nicht mehr am Werk, sondern allenfalls ein Bastard, den wir »Kitsch« nennen könnten. Auch wird man einwenden, dass sich der Handlungsspielraum, den zu durchmessen uns das Schöne auffordert, tendenziell auf das ökonomische Minimum des Warenerwerbs beschränkt (als reiche der Kauf dieses Produkts, um eben jener Schönheit habhaft zu werden, die wir derart begehren). Gegen solche Bedenken lässt sich zunächst ins Feld führen, dass die Struktur des Schönen dieselbe geblieben ist, selbst wenn wir uns gedrängt fühlen, einen Niedergang seiner ästhetischen und moralischen Qualitäten in jenen Versionen auszumachen, die sich unserer Wahrnehmung darbieten. Sonach wäre zu entgegnen, dass selbst die banalsten Gebrauchsformen des Schönen in der Werbung und im Handel noch ausreichen, das ganze Spektrum unserer Erfahrungen des und unseres Verlangens nach dem Schönen zu entfalten. Auch wäre daran zu erinnern, dass sogar der Kitsch eine wichtige soziale Funktion erfüllt, indem er Geschmacksgemeinschaften nicht weniger fest und sicherlich ausgreifender zusammenbindet als es höhere Kunstformen vermögen. Der Kitsch hat also eine ethische Dimension, die wir weder ignorieren noch vorschnell verurteilen sollten. Schließlich darf man mit Grund bezweifeln, ob die Erfahrungen, wie sie eine Mehrzahl der Menschen in früheren Zeiten mit dem Schönen gemacht hat, tatsächlich profunder und erhebender ausgefallen sind als jene, die wir geneigt sind, unseren Zeitgenossen zu attestieren.

Statt einfach den *Tod* einer Emotion zu beklagen, sollte eine historische Phänomenologie der Emotionen also nach den geschichtlichen Ursachen fahnden, die zu der *Veränderung* bestimmter Gefühlshaushalte beigetragen haben. Im Falle des Schönen ist dessen häufig konstatierte Deflation in der zeitgenössischen Kunst wie Literatur zweifelsohne auch eine Reaktion auf die moderne Indienstnahme des Schönen als ikonisches Zeichen für den Markt. So wie die Erfindung der Photographie die nicht-gegenständliche Malerei beflügelt hat, vermeidet seriöse Lyrik nichts entschiedener als die klingende Sentimentalität der Geschenkkarten-Abteilung eines Supermarkts. Seriöse Kunst hat natürlich immer danach gestrebt, sich von der populären Kunst zu distanzieren, aus der sie nichtsdestotrotz ihre Themen, Formen und ihre ureigene Stärke bezogen hat – in relativ demokratischen Gesellschaften wie dem antiken Athen nicht weniger als in den aristokratischen oder monarchischen Gesellschaftsformationen, wie sie die kulturelle Zirkulation bis zum Ende des 18. Jahrhunderts dominiert haben. Allerdings hat diese Verweigerungshaltung in der bürgerlichen Warenwirtschaft eine neue Bedeutung und Prominenz bekommen. Wo Dichter und Maler nicht länger völlig von etablierten, weltlichen oder geistlichen Herren abhängen, sondern sich ihr eigenes zum größten Teil anonymes Publikum erschließen, ja buchstäblich erzeugen müssen, fungiert ein solch offen gezeigter Abscheu gegenüber den Eigenheiten niederer Kunst als ökonomischer Mechanismus, der den Markt in verschiedene Segmente zerlegt und folglich eine höhere Gewinnspanne für eine kleinere Zahl von Waren am oberen Ende der Skala gegenüber einer schmaleren Rendite für eine große

Zahl von Waren am unteren Ende sichert. Die Verachtung der modernen Avantgarde für niedere Formen des Ästhetischen (wie das Schöne), die sich als Zurückweisung des bloß Kommerziellen und Gewöhnlichen inszeniert, ist also aufs Intimste mit dem ökonomischen Prozess verschwistert, dem sie sich derart theatralisch verweigert. Nicht zuletzt um dieses beschämende Paradox zu verbergen, insistierte die hohe Kunst seit dem 19. Jahrhundert entschieden auf ihrer Differenz zu niederen Künsten, die der Markt selbst ja der Hochkultur entgegensetzt.

Das Schöne hat also überlebt, ja gedeiht sogar in unserer Welt – zumindest in seiner Gestalt als Kitsch sowie in Kunstformen, mit denen kein seriöser Künstler in Zusammenhang gebracht werden möchte , deren durchgreifendem Einfluss er sich freilich nie zu entziehen vermag. Wie aber steht es dann um die starke, dunkle und schaurige Schwester des Schönen, um das Erhabene? Man sollte meinen, das Erhabene spiele in der gegenwärtigen Kultur keine wichtige Rolle mehr. Immerhin ist selbst das Wort »erhaben« (anders als der Ausdruck »schön«) aus dem geläufigen Wortschatz ästhetischen Wohlgefallens gestrichen. Das Substantiv »Erhabenheit« mutet düster und archaisch an, und meiner Beobachtung nach verwenden die meisten von uns das Adjektiv »erhaben« überhaupt nicht mehr. Falls es dennoch benutzt wird, dann nicht mit der traditionellen Bezugnahme auf überwältigende künstlerische oder natürliche Größe, sondern eher zur Bezeichnung häuslicher Erfahrungen, wo es eine erhöhte und häufig leicht ironische Variante für »schön« darstellt – zum Beispiel bei der Charakterisierung einer besonders eleganten, daher implizit irgendwie aristokratischen, kulinarischen Kreation. Von den Gipfeln der Kunst und der Natur in die Abgründe einer absolut sublimen Sacher-Torte hat das Erhabene eine offenkundig lange und abschüssige Reise zurückgelegt: Uns einige der Stationen zu vergegenwärtigen, mag Licht auf Dinge werfen, die uns bei dem Versuch beschäftigen, unser (emotionales) Leben besser zu verstehen.

II.

Definieren wir die Erhabenheitserfahrung als komplexe, nämlich Freude, Schrecken und Überschwang vereinigende, emotionale Reaktion auf etwas, das entweder unsere eigenen oder überhaupt alle menschlichen Fähigkeiten derart transzendiert, dass es unsere normalen kleinlichen Selbstbehauptungs- und Selbsterhöhungsinstinkte außer Kraft setzt, um uns völlig zu exaltieren, dann wird deutlich, wie ausgesprochen verwickelt, ja widersprüchlich der mit der Erfahrung des Erhabenen verbundene Gefühlszustand eigentlich ist. Er kombiniert Emotionen, die sich nicht nur voneinander unterscheiden, sondern gewöhnlich schlechterdings unvereinbar miteinander sind. Womöglich sind nur menschliche Wesen fähig, das Erhabene zu empfinden – schließlich haben wir keine Schwierigkeiten dabei, auch höheren Säugetieren andere, einfachere Affekte wie beispielsweise Wut oder Angst zuzuschreiben, während ich mir kaum vorstellen kann, dass mein Hund, schaut er mich staunend an, gerade Erhabenheit wittert. Aber haben alle Menschen zu allen Zeiten das Erhabene empfunden? Ist ein derart komplexes Gefühl eine anthropologische Universalie oder die womöglich späte Frucht geschichtlicher Evolution? Vielleicht neigen wir zu der Annahme, dass solche Gefühle durch die Menschheitsgeschichte hindurch bis in die Moderne hinein weit verbreitet waren, und dass sie zum Ursprung und Erhalt zahlreicher Facetten überlieferter Religiosität beigetragen haben. Zum Beispiel ist ja denkbar, dass der Impuls, welcher die Griechen veranlasste, ihre Tempel jeweils an Orten bemerkenswert herber und wilder Herrlichkeit zu errichten, eng an jenes Gefühl gekoppelt war, welches später als »das Erhabene« bezeichnet und kultiviert wurde. Auf der anderen Seite können wir ohne eine spezifische Terminologie, die uns die Tradition an die Hand gibt, nur vage Vermutungen über dessen Präsenz anstellen, geschweige denn präzise Konturen und Schattierungen des Gefühls in archaischer Zeit nachzeichnen. Der Schritt von einer nur unvollständig bewussten (obwohl vielleicht weit verbreiteten) Empfindung zu einer bewussten und theoretisch artikulierbaren Einstellung, die sowohl von den Beteiligten als auch von Beobachtern untersucht und dingfest gemacht werden kann, fällt offenbar mit der Prägung eines Namens, einer Bezeichnung zusammen, die einen bestimmten Platz in einem mehr oder weniger kohärenten klassifikatorischen System besetzt. Erst dadurch gelangt ein Gefühl in das Blickfeld einer historischen Phänomenologie der Emotionen. Ist die Emotion markiert, wird sie für den Historiker real.

Daher ist es eine der bemerkenswertesten Tatsachen der Geschichte des Erhabenen, dass diese terminologische und konzeptuelle Innovation in der Antike erst sehr spät und eher rudimentär absolviert wurde, obwohl nicht nur der sprachliche Ausdruck *hypsos* – die lateinische Übersetzung lautet *sublimis* –, sondern auch dessen bahnbrechende theoretische Diskussion altgriechischer Herkunft sind. Über den Autor der einzigen erhaltenen, wiewohl unvollständigen Abhandlung über das Erhabene, von der alle späteren Diskussionen ausgehen, ist nichts bekannt – wahrscheinlich nicht einmal sein Name, denn die älteste Zuschreibung des Manuskripts zu »Dionysius oder Longinus« (in späteren Manuskripten zu »Dionysius Longinus« vereinfacht) wird wohl nicht mehr als eine blinde Vermutung sein, die den autorlosen Text mit einer berufenen Quelle versehen sollte. Und lediglich vage Ähnlichkeiten in der Gedankenführung und thematischen Ausrichtung deuten darauf hin, dass der Text während des ersten Jahrhunderts nach Christus geschrieben worden sein könnte. Anscheinend kamen griechische Philosophie, Psychologie und Rhetorik bis zu einem relativ späten Zeitpunkt, als Griechenland politisch und kulturell schon nicht mehr autonom war, ganz gut ohne eine explizite Kategorie für das Erhabene aus – selbst wenn für bestimmte Philosophen das Staunen eine wichtige Rolle als notwendige, jedoch schnell zu überwindende erste Stufe auf dem Weg zur Philosophie spielte, das Vokabular der Ehrfurcht häufig als Antwort auf Bekundungen der Göttlichkeit und später der Königlichkeit diente, und die Theoretiker der Rhetorik neben jenen Arten der Redekunst, welche die Hörer unterrichten und ihnen gefallen sollten, einen begrenzten Platz für eine andere Spezies der Rede einräumten, die darauf abzielte, die Gefühle der Zuhörer stärker zu animieren. Doch alle diese Vorläufer des Erhabenen blieben in den Formen des Diskurses gefangen, der sie jeweils hervorbrachte. Trotz der punktuellen Grenzüberschreitung, die durch eine gelegentliche Metaphorisierung angedeutet wurde, entwickelte die klassische wie hellenistische Kultur der Griechen offenbar keinen stabilen Begriff für eine singuläre Emotion, der alle diese speziellen Kategorien überformt und synthetisiert hätte. Das aber bedeutet, dass diese Kultur keinen Begriff des Erhabenen entwickelt hat.

Die Erfindung des Erhabenen als eines ausdrücklichen Begriffes für eine emotionale Erfahrung scheint das Einzelwerk des anonymen Autors dieses Traktats zu sein (den ich der Einfachheit halber Longinus nenne). Allerdings hat sein Werk gleichwohl die Form eines traditionellen rhetorischen Handbuchs, dazu bestimmt, den Leser nicht nur zu unterrichten, wie zu lesen sei, sondern auch künftige Redner darüber, wie sie zu schreiben haben. Offensichtlich fußt die Abhandlung auf der gut etablierten, rhetorischen Doktrin der drei *genera dicendi*, die den grandiosen Stil, der die Leidenschaften der Zuhörer entzünden soll, von einem sachlichen unterschied, der Argumente präsentiert, und von einem gemäßigten oder geschmückten Stil, der Vergnügen zu bereiten hatte.

Jedoch überschreitet Longinus in einer Reihe wichtiger Punkte, wenn auch nur teilweise, die Grenzen der rhetorischen Tradition. Der erste und wichtigste Punkt besteht darin, dass er die traditionelle rhetorische Kategorie der *inventio* oder Kreativität eines erfolgreichen Redners dadurch verändert, dass er sie im Sinne jener philosophischen Doktrin umdeutet, die seit Plato als die göttliche Inspiration eines enthusiasmierten Dichters geläufig war, der von einer transzendenten Inspiration heimgesucht wird, die ihn über die gewöhnlichen Sterblichen hinaushebt und mit göttlichen Mächten in Kontakt bringt. Es ist Longinus' fast tragischer Sinn dafür, dass der eigentliche Ursprung der Menschheit, ihrer Fähigkeiten und ihres Schicksals unendlich nobler ist als ihre Alltagserfahrung, der seine Bewunderung für die wenigen Autoren nährt, in denen sich diese Dimension am stärksten verkörpert, und der es ihm gestattet, seine Verehrung für ihre literarische Größe mit der Ehrfurcht vor den Wundern der Natur zu verbinden:

> Was hatten nun jene göttergleichen Männer im Auge, die nach den Höhen schriftstellerischer Kunst strebten, jedoch das pedantische Ausmalen aller Einzelheiten verschmähten? Vor allem die Erkenntnis, daß uns die Natur nicht als niedrige, unedle Geschöpfe ansah, sondern wie in eine große Festversammlung in das Leben und die gesamte Welt einführte, damit wir Betrachter all ihrer Mühen und ehrgeizige Mitkämpfer seien, und daß sie uns gleich eine unbezähmbare Liebe zu allem einpflanzte, was immer groß ist und göttlicher als wir. Deshalb genügt dem Schauen und Sinnen der menschlichen Kühnheit nicht einmal die ganze Welt, sondern oft überschreitet unser Denken sogar die Grenzen, die uns einschließen. Und wer beim Blick ins Leben ringsum sieht, welchen Vorrang das Ungemeine, Große und Schöne überall genießt, dem wird die Bestimmung des Menschen bald offenbar werden. (§35)

Als zweiten Punkt leitet Longinus daraus ab, dass die maßgeblichen Fähigkeiten, die ein Schriftsteller braucht, um das Erhabene zu erreichen, nicht in der Disziplin einer Kunst zu finden sind, die studiert und gelehrt werden kann, sondern vielmehr in einem natürlichen Talent, mit dem man geboren werden muss. Von den fünf Quellen für das Erhabene, die Longinus erörtert, werden die zwei bedeutendsten – Größe des Geistes und starke, begeisterte Emotionen – ausdrücklich als »zum sehr großen Teil angeboren« bezeichnet (§8), während nur die drei weniger entscheidenden Faktoren – rhetorische Figuren, Wortwahl und die Kombination von Wörtern – Gegenstand der Technik sind. Einige von Longinus' Formulierungen scheinen zu verraten, dass ihm die paradoxe Natur einer technischen Abhandlung der Rhetorik durchaus nicht entgangen ist, die behauptet, die einzige Leistung, welche die literarische Produktion vollende, sei Resultat einer angeborenen Begabung, die sich nicht lehren lasse.

Und drittens wird, vielleicht als Konsequenz des zweiten Punkts, aus dem, was sich als ein Handbuch zur Ausbildung von Schriftstellern empfiehlt, die gewisse Wirkungen erzielen wollen, ein Manual zur Unterrichtung von Lesern, die nachzuvollziehen trachten, wie die von ihnen geschätzten Autoren solche Effekte hervorrufen. Longinus rechtfertigt die kanonisierte Auswahl von Dichtern und Schriftstellern, wie sie in den Schulen seiner Zeit favorisiert wurden, mit dem Hinweis auf deren transzendente, imaginative Kraft. Sie ist es, die solche Autoren für seine Begriffe nicht nur quantitativ über die weniger autoritativen oder nicht zum Kanon gehörenden, blasseren Rivalen hinaushebt, sondern ihnen eine qualitativ andere Natur verleiht. Deshalb sind die Werke dieser Schriftsteller nicht bloß fehlerfrei, mittelmäßig schön, sondern überwältigend, unvorhersagbar und regellos erhaben:

> Und wolltest du in der Lyrik lieber Bakchylides oder Pindar sein oder in der Tragödie eher Ion von Chios oder doch wohl Sophokles? Denn die einen schreiben fehlerfrei und durchwegs elegant und schön, Pindar jedoch und Sophokles setzen bald durch ihr Dahinstürmen alles in Brand, erlöschen freilich viele Male unerwartet und fallen höchst unglücklich. Oder gäbe einer, der bei Sinnen ist, ein einziges Drama, den Oidipus, für alle gesammelten Werke des Ion her? (§33)

Longinus' unstillbarer literarischer Appetit reicht selbst so weit, dass er – mit einer für griechische Autoren seltenen Großzügigkeit – auch nichtgriechische Schriftsteller wie Cicero und den Verfasser der hebräischen Bibel mitumfasst. Vor allem aber begeistern ihn die anerkannten Meister griechischer Dichtung und Prosa, Homer und Demosthenes. Ein Großteil seines Traktats besteht aus wenig mehr als einer Zitatmontage kurzer Exzerpte ihrer Werke, gefolgt von etwas, das als Interpretation gilt, in Wirklichkeit jedoch die Gestalt bewundernder Ausrufe vorzieht. Offensichtlich ist das Erhabene für Longinus nicht so sehr eine Eigenschaft des literarischen Werks in toto als vielmehr einer kurzen, besonders treffenden und erinnernswerten Passage, die der Leser leicht behalten und sich ins Gedächtnis rufen kann, um sich daran wiederholt zu ergötzen, zu stärken und zu trösten.

Longinus zeigt sich fest davon überzeugt, dass die Welt, in der zu leben er verurteilt ist, im Vergleich zur großartigen Vergangenheit spirituell verarmt ist. Das liefert den Schlüssel zum Verständnis sowohl des Pathos seiner Abhandlung wie des Impulses, der ihn das Gefühl des Erhabenen erfinden ließ. Sein Werk ist eine sorgfältige Übung in entschädigender Erinnerung, dazu bestimmt, einer gelangweilten und unzufriedenen Gegenwart Trost zu spenden kraft der imaginären Flucht zu einer Größe, die in der historischen Wirklichkeit verflossen, dank des Wunders der Schrift und des Überlebens geschriebener Texte aber nach wie vor zugänglich ist. Die

Sehnsucht nach der verlorenen Hegemonie, die viele griechische Intellektuelle deutlich empfanden, nachdem Griechenland nur mehr eine unter vielen Provinzen innerhalb des römischen Reiches geworden war, nimmt in Longinus' Abhandlung die Form einer besonders dringenden Reakkulturierung an. Mag die Gegenwart im Vergleich zur großartigen Vergangenheit auch durch und durch mittelmäßig sein, so gräbt das Erhabene doch einen Kanal, durch den der göttliche Enthusiasmus der Alten uns über die alltäglichen Banalitäten erheben und mit feineren Geistern als jenen, denen wir im Alltag begegnen, in Verbindung bringen kann. Darum schließt die Abhandlung mit einem Kapitel, das nach den Gründen für den als selbstverständlich unterstellten Tatbestand fragt, dass »wahrhaft erhabene und überragende Geister, von spärlichen Ausnahmen abgesehen, nicht mehr geboren werden. Eine solche Unfruchtbarkeit der Literatur lastet auf dem heutigen Leben.« (§44). Denn die Vorzüge von Frieden, Sicherheit und materiellem Wohlstand, wie Rom sie gewährte, und Longinus sie im Übrigen ohne jedes Zögern anerkennt, vermochten seine tiefsten Wünsche nicht zu befriedigen – Sehnsüchte nach Leidenschaft, Erregung und ein bisschen Gefahr. Daraus erklärt sich auch, warum die oben zitierte Passage über das menschliche Verlangen nach Transzendenz mit diesen Worten fortfährt:

> Daher bewundern wir aus einem natürlichen Trieb wahrhaftig nicht die kleinen Bäche, wenn sie auch klar und nützlich sind, sondern den Nil, die Donau und den Rhein und viel mehr noch den Ozean; auch das Flämmchen, das wir auf Erden entfacht haben, bewundern wir deshalb, weil es sein Licht rein bewahrt, nicht mehr als die Himmelslichter, die sich doch oft verdunkeln, noch halten wir es für staunenswerter als die Krater des Ätna, dessen Ausbrüche Steine und ganze Felsmassen aus der Tiefe emporschleudern und manchmal Ströme des erdgeborenen, elementaren Feuers ergießen. Doch wird man bei all diesem sagen, daß für die Menschen das Nützliche und Nötige leicht zu erwerben ist, immer jedoch das Außerordentliche bewundernswert bleibt. (§35)

Offenbar ist die Welt des Longinus eine, in der – wie er mit Bestürzung feststellt – das, was »nützlich und notwendig« ist, einfach »gewöhnlich« geworden war. Anstatt aber die handgreiflichen Bequemlichkeiten, von denen er zweifelsohne abhängig geworden ist, nun ernsthaft in Frage zu stellen, erfindet Longinus in einer kompensatorischen Geste das Erhabene, womit seine wie die potentiell zerstörerischen Leidenschaften der Zeitgenossen mit geringen realen Kosten oder gleich kostenfrei sublimiert werden können.

Seine Erfindung dieses Begriffs mag uns so anziehend selbstverständlich erscheinen, dass es beträchtlicher Anstrengung historischer Einbildungskraft bedarf, um das Faktum zu erinnern, dass Longinus damit absolut erfolglos in der antiken Welt geblieben ist. Kein späterer Autor der Antike oder des Mittelalters zitiert oder verweist jemals auf ihn. Seine Begrifflichkeit blieb ohne erkennbare Wirkung auf die Rhetorik und Literaturkritik seiner Zeit. Sein Werk überlebte bis in die Moderne nur in einem einzigen, unvollständigen Manuskript. Das Erhabene war für die antike Welt offensichtlich in dem Sinne ein möglicher Begriff, als er konzipiert werden konnte (dafür ist Longinus Beweis genug), doch ist es kein notwendiger Begriff gewesen, der, einmal geprägt, unabdingbar für das Verständnis und Selbstverständnis geworden wäre. Es ist auch nicht schwer nachzuvollziehen, warum dies nicht der Fall war. Da Longinus im technischen Diskurs rhetorischer Theoriebildung befangen blieb, konnte das oben erwähnte Paradox einer *Kunst*, die die Nutzlosigkeit der *Kunst* und das Selbstgenügen der *Natur* verkündet, die Verbreitung und den Einfluss seines Traktats nur hemmen. Schließlich war die Rhetorik für das Zeitalter von Longinus und für viele Jahrhunderte danach der Königsweg, auf den Familien, die es sich leisten konnten, ihre Söhne schickten, um sie für Karrieren in den Verwaltungsapparaten des Römischen Imperiums vorzubereiten. Junge Männer in ihrer Ausbildung sowie deren besorgte Eltern werden in Longinus' Mixtur aus Entfremdung und nostalgischer Sehnsucht kaum etwas nach ihrem Geschmack gefunden haben – und erst recht nichts von praktischem Nutzen für ihre Zwecke. Was überraschen sollte, ist nicht, dass niemand seine Abhandlung gelesen hat, sondern, dass sie überhaupt auf uns gekommen ist.

In der Tat verstrich sogar nach ihrer Wiederentdeckung in der Renaissance geraume Zeit, bis sie einen gewissen Einfluss auszuüben begann. 1554 wurde der griechische Text zum ersten Mal gedruckt und dann zwei weitere Male im Laufe von 15 Jahren. Die erste lateinische Übersetzung erschien jedoch nicht vor 1572, eine zweite erst 1612, und die erste englische Übersetzung wurde nicht vor 1652 publiziert, fast ein Jahrhundert nach der *editio princeps*. Die antike rhetorische Tradition war augenscheinlich immer noch vital genug, um zu verhindern, dass Longinus' Erfindung ihr volles kulturelles Potential entfaltete. Was die Verhältnisse schließlich umstürzte und dem Erhabenen erlaubte, ein kulturelles Phänomen von europäischer Dimension zu werden, ist Boileaus Übersetzung (eher eine erklärende Paraphrasierung) aus dem Jahre 1674 gewesen. Auch in quantitativer Hinsicht ist der Wandel beträchtlich: mindestens 14 Ausgaben des griechischen Textes erschienen im 18. Jahrhundert, und bis zu seinem Ende war Boileaus Version in Frankreich mindestens 18mal nachgedruckt und dreimal ins Englische übersetzt worden.

Boileaus Bearbeitung von Longinus konzentriert sich weniger auf die Feinheiten der rhetorischen Analyse, die in der griechischen Abhandlung einen so breiten Raum einnehmen. Er untersucht das Erhabene insoweit es enger mit dem Denken und Fühlen als mit bestimmten sprachlichen Ausdrucksweisen verbunden ist. Indem seine Bearbeitung den Schwerpunkt auf die ersten beiden, nicht-technischen Punkte jener fünf Kapitel legt, in die Longinus seine Schöpfung unterteilt hatte, entrhetorisiert Boileau den Begriff, befreit ihn aus dieser Einfassung, womit er sich in andere Diskurse einfügen kann. Vor allem der in der Betonung großer Gedanken und starker Emotionen enthaltene Subjektivismus ließ Boileau wie seine Nachfolger das Erhabene als eine Reaktion begreifen, die nicht nur durch literarische Werke hervorgerufen werden konnte, sondern gleichermaßen auch durch die Wunder der Natur. Die einzige Bezugnahme des griechischen Originals auf unsere Haltung angesichts der Großartigkeit von Natur wurde nun zu einem konstitutiven Element des Erhabenen verallgemeinert, angesiedelt auf gleicher Ebene mit oder sogar noch jenseits unserer Reaktion auf eindrucksvolle literarische Werke. Diese Entrhetorisierung löste das Erhabene aus dem verzweifelten Klammergriff der rhetorischen Tradition und rettete es genau zu dem Zeitpunkt, wo diese Tradition unterzugehen begann. So konnte das Erhabene seinen Triumphmarsch durch die wabernden Schwaden literarischen und psychologischen Reflektierens im Zeitalter der Aufklärung antreten.

Während des 18. Jahrhunderts bildete es innerhalb des relativ starren Regelsystems neoklassischer Ästhetik ein Ventil, das die schadlose Entladung womöglich zerstörerischen Überdrucks gestattete und dadurch entschieden dazu beitrug, den Mechanismus als Ganzes zu stabilisieren. In einer Epoche, die Bestätigung in Schicklichkeit und Anstand fand, rief das Erhabene die Attraktivität von starken und bedrohlichen Emotionen in Erinnerung. Wo Dichtung im Vergleich zur Philosophie als unklar oder konfus und im Vergleich zur Religion als mythologisch und profan entwertet wurde, betonte das Erhabene die Würde des Gedankens und der religiösen Empfindung, die sich durch die Poesie besser als in anderen Ausdrucksformen übermitteln ließ. Im Gegensatz zum Gebot der Tradition, Natur und Antike mimetisch zu imitieren, betonte das Erhabene diejenigen Aspekte der natürlichen Welt, die alle Nachahmung durch den Menschen zu transzendieren scheinen. Es stellte (in diesem Fall gegen Longinus' ausdrückliche Anweisung) die Verantwortung des individuellen Künstlers für sein ureigenes Bild der Wirklichkeit heraus. Vor allem aber folgte der Diskurs über das Erhabene Longinus darin, die Befolgung von Regeln mit

Mittelmäßigkeit gleichzusetzen, also das unbefragte Vertrauen in den Regelkodex zu erschüttern und mithin an die ultimative Instanz des Genies zu appellieren. Für ein Zeitalter, an dem politische Spannungen zwischen Monarchie, Aristokratie und dem aufsteigenden Bürgertum, religiöse Spannungen zwischen konkurrierenden Konfessionen und epistemologische Spannungen zwischen Naturwissenschaft, Skeptizismus, Philologie und Religion zerrten, bot das Erhabene eine offenbar willkommene Gelegenheit, auf die Grenzen der Forderung nach sozialer Kohäsion um jeden Preis zu verweisen und, zumindest in Anspielungen, die irreduzible Bedeutung individueller Verschiedenheit zu Bewusstsein zu bringen. Freilich konnten solche Überzeugungen artikuliert werden, ohne die herrschende Ideologie ernsthaft herauszufordern, war der Bereich des Erhabenen doch stets als ein ästhetischer oder natürlicher statt eines politischen oder kirchlichen spezifiziert.

Trotz seiner anhaltenden Funktion als Druckventil fand sich das Erhabene im Laufe des 18. Jahrhunderts einer graduellen Wandlung unterzogen – von Boileau und Pope über Burke zu Kant und Schiller. Die Tendenz zur Entrhetorisierung, wie sie schon bei Boileau auffiel, erreichte ihren logischen Kulminationspunkt: Das Erhabene wurde nicht nur aus dem System rhetorischer Theorie entlassen, sondern auch abgekoppelt von Longinus und seinem Traktat, das die klassischen Philologen zwar weiterhin beschäftigte, jedoch nach und nach aus dem Gesichtskreis der vielen an der Diskussion beteiligten Nichtspezialisten verschwand, da es letztendlich zu eng mit der Rhetorik verschwistert war. Unausweichlich fand sich der Umfang des Begriffs ausgeweitet, verschrieb sich doch eine Reihe von Denkern der Aufgabe, so viele Phänomene wie möglich unter diesem Titel zu klassifizieren – zum Beispiel auch der vorkritische Kant, der in seinem frühen Text über das Erhabene und Schöne erklärte, dass Männer, die Italiener und die Nacht erhaben, während Frauen, die Engländer und der Tag schön seien. Kants Aufsatz nimmt unbewusst, wie im übrigen auch Burke, den Hinweis von Longinus auf, das Erhabene mit dem Schönen zu kontrastieren, doch führt die Neigung der Aufklärung, die Begriffe zu entgrenzen (entgegen Longinus' eigener Absicht), dazu, den Gegensatz zwischen den beiden derart zu verallgemeinern, dass er alle erdenklichen Gehalte umfasst. Darüber hinaus wurde der schon in der antiken Abhandlung anklingende Subjektivismus im Laufe des Jahrhunderts immer stärker betont. Mehr und mehr von speziell literarischen oder sogar ästhetischen Fragestellungen abgetrennt, fand sich das Erhabene einerseits wegen des Lichtes untersucht, das es auf psychologische Sachverhalte zu werfen vermochte. Andererseits wurde das Erhabene immer stärker in dem Subjekt verortet, das auf es reagiert, und nicht in dem Objekt, das seine Ursache zu sein schien. Gegen Ende des Jahrhunderts konnte Kant sich sogar über die ganze Tradition lustig machen, aus der heraus sein Werk entstanden war, und mit gespieltem Erstaunen fragen, »Wer wollte auch ungestalte Gebirgsmassen, in wilder Unordnung über einander gethürmt, mit ihren Eispyramiden oder die düstere tobende See u.s.w. erhaben nennen? Aber das Gemüth fühlt sich in seiner eigenen Beurtheilung gehoben, wenn es, indem es sich in Betrachtung derselben ohne Rücksicht auf ihre Form der Einbildungskraft und einer, obschon ganz ohne bestimmten Zweck damit in Verbindung gesetzten, jene bloß erweiternden Vernunft überläßt, die ganze Macht der Einbildungskraft dennoch ihren Ideen unangemessen findet« (*Kritik der Urteilskraft* §26).

Seinen größten Triumph feiert das Erhabene jedoch am Ende des Jahrhunderts bei Kant und Schiller, nachdem sich seine Bedeutung derart ausgeweitet hatte, dass es die hohe Dichtkunst, großartige Gemälde und umwölkte Gebirge weit hinter sich lassen konnte, um nun fundamentale Aspekte des menschlichen Daseins in der materiellen Welt zu bezeichnen nebst des vergeblichen, wiewohl unaufgebbaren Bestrebens, ihr zu entkommen. Doch eben diese Nobilitierung leitete das schrittweise, indes unausweichliche Verschwinden des Erhabenen als einer ernstzunehmenden Kategorie ästhetischer Spekulation ein. Um Missverständnissen vorzubeugen, selbstverständlich hat Schlegels und Schillers Nutzbarmachung der Kantischen Erhabenheitstheorie für gattungspoetologische Reflektion auf die Tragödie der ästhetischen Theorie neue Kraft verliehen und dazu beigetragen, einen völlig neuen, vom literarischen Genre der Tragödie unterschiedenen, theoretischen Gegenstand zu kreieren, das Tragische nämlich als metaphysische Disposition. Aber dieser Transfer vermochte das Erhabene nicht zu retten, es sank während der ersten Hälfte des 19. Jahrhunderts von diesem Gipfel auf den Status einer weitgehend antiquarischen Kuriosität herab. Auch Hegel und seine unmittelbaren Nachfolger diskutierten weiterhin, ob die Natur erhaben sein könne und welche Künste, Autoren und Werke am erhabensten seien, doch bis zur Mitte des 19. Jahrhunderts war die Popularität des Begriffs als eines Gegenstands philosophischer Reflexionen gewiss erschöpft. Wie konnte es dazu kommen?

Die wahrscheinlichste Antwort lautet, dass der Begriff des Erhabenen nicht stark und substantiell genug war, um die metaphysische Last zu tragen, die Kant und seine Schüler ihm aufbürden wollten. Letztendlich war er innerhalb der Rhetorik entstanden, lange durch die Ästhetik gepflegt worden, und doch wurden viele, durchaus grundlegende Fragen über seine exakte

Bedeutung niemals zur allgemeinen Zufriedenheit beantwortet. So gesehen war gerade das enorme Interesse am Erhabenen ein Symptom des Niedergangs der Rhetorik, und tatsächlich hat es ihr Ende kaum überlebt. Ein anderer, tiefer liegender Grund mag mit dem generellen Mangel an Transzendenz zu tun haben, der so viele Aspekte des modernen Denkens insbesondere seit dem Ende des 18. Jahrhunderts charakterisiert. Wo angenommen wird, dass die Grenzen des Wirklichen mit den Grenzen des Menschlichen zusammenfallen – wenn nicht mit dem für Menschen Machbaren, so zumindest mit dem für sie Erkennbaren – ist unklar, welcher Raum überhaupt noch für eine genuine Erfahrung des Erhabenen zur Verfügung steht. Das Erschrecken und die Freude, die Longinus ergriffen, las er Homer oder Demosthenes, konnten sich dem modernen Leser nicht länger mehr als erhaben vermitteln, waren die antiken Autoren, welche frühere Jahrhunderte als Wesen anderer Art verehrt hatten, einmal so weit historisiert, dass sie nur noch als Bewohner eines weiteren, fremden Landes firmierten, der Vergangenheit nämlich. Als solche unterscheiden sie sich nicht mehr grundsätzlich von beliebigen Schriftstellern in jeder anderen älteren oder modernen Literatur. Und nachdem die technische Naturbeherrschung bis zu dem Punkt fortgeschritten war, den sie für viele Bewohner der westlichen Welt während der letzten Generationen erreicht hat, mussten die wütenden Ozeane und luftigen Berggipfel, wie sie die Phantasie der frühen Reisenden und Leser noch gepackt hatten, zu einer Sache der Ingenieure, Meteorologen, hydroelektrischer Kräfte oder des Club Méditerranées werden.

An das Verschwinden des Erhabenen seit der Mitte des 19. Jahrhunderts scheinen sich die meisten Autoren und Künstler gut angepasst zu haben. Die erste Generation romantischer Dichter in England, Deutschland und Italien erforscht die Berge und Täler noch bei ihrem Bemühen, die Grenzen menschlicher Imagination auszuloten, viele ihrer jüngeren, lyrischen Nachfolger scheinen jedoch sehr viel vorsichtiger, selbstkritischer und schlichter geworden zu sein. Wie die meisten Romanschriftsteller, die den Platz der traditionellen Epiker eingenommen haben, scheint auch die moderne lyrische Dichtung mit kleineren, privateren oder alltäglicheren Themen vorlieb zu nehmen. Transzendenz kommt, wenn denn überhaupt, höchstens ironisch oder zweideutig ins Spiel. Schon Heinrich Heine rief das Erhabene nur an, um es sofort ironisch zu brechen und lächerlich zu machen – historisch scheint der sprichwörtliche Schritt, der – nach einem Napoleon zugesprochenen *bon mot* – das Erhabene vom Lächerlichen trennt, zumindest in Deutschland um 1830 gemacht worden zu sein. Das mag erklären, warum der Dichter, wann immer die ihn umgebende Masse im Laufe der vergangenen Jahrhunderte den heimtückischen Attraktionen politischer oder religiöser Leidenschaften aufgesessen ist, die verschiedenste reaktionäre Versuche freisetzen, das Transzendente wieder als eine Kategorie unserer realen sozialen Welt einzurichten, warum dieser Dichter also weitgehend immun gegenüber solchen Infektionen blieb, vielleicht nicht so sehr durch eine liberalere Moral geschützt als vielmehr durch seine Zurückhaltung und eine heilsame Selbstironie.

Diese Überlegungen zur Laufbahn des Erhabenen lassen sich mit einem besonders passenden Beispiel illustrieren, das vorführt, wie ein moderner Dichter die Versuchungen und Risiken durcharbeitet, die das Erhabene offeriert. Es handelt sich um ein Gedicht von Robert Frost:

»The Most of It«

He thought he kept the universe alone;
For all the voice in answer he could wake
Was but the mocking echo of his own
From some tree-hidden cliff across the lake.
Some morning from the boulder-broken beach
He would cry out on life, that what it wants
Is not its own love back in copy speech,
But counter-love, original response.
And nothing ever came of what he cried
Unless it was the embodiment that crashed
In the cliff's talus on the other side,
And then in the far distant water splashed,
But after a time allowed for it to swim,
Instead of proving human when it neared
And someone else additional to him,
As a great buck it powerfully appeared,
Pushing the crumpled water up ahead,
And landed pouring like a waterfall,
And stumbled through the rocks with horny tread,
And forced the underbrush – and that was all.

[»Das meiste davon«
Er dachte, er sei auf der Welt allein; Denn die einzige Stimme, die er zur Antwort ermuntern konnte, War nur das spöttische Echo seiner eigenen Von einem unter Bäumen verborgenen Kliff jenseits des Sees. Eines Morgens, vom Felsbrocken übersäten Strand Rief er über das Leben, dass, was es wünsche, Sei nicht die eigene Liebe zurück in kopierter Rede, Sondern Gegen-Liebe, ursprüngliche Antwort. Und nichts kam je zurück, von dem, was er rief Es sei denn, die Verkörperung, die aufprallte Am Fuße des Kliffs auf der anderen Seite, Und dann in das ferne Wasser platschte, Aber nachdem sie eine Weile schwamm, Statt sich

menschlich zu zeigen, als sie sich näherte, Und jemand anders zusätzlich zu ihm, Erschien sie mächtig als großer Hirschbock, Schob die aufgeschäumte Woge vor sich her, Und landete triefend wie ein Wasserfall, Und stolperte durch die Felsen mit hornigem Tritt, Und zwang das Unterholz – und das war alles.]

Frosts kurzes Gedicht bindet eine ausgeklügelte, wenn auch implizite Reflektion auf die Unterschiede zwischen dem Schönen und dem Erhabenen in das enge Korsett von fünf Quartetten. Seine Eröffnung bietet ein ergreifendes Bild des enttäuschten Begehrens nach Schönheit: Der Mensch, der über den See hinweg die unpersönliche Natur anruft, sucht einen Partner, eine Person wie ihn selbst, weder das Schweigen der Entfremdung (das seine Isolation bestätigen würde), noch das bloße Echo eigenen Rufens (das sein Verlangen nach einem Anderen verspotten würde). Er sucht Spontaneität, die seiner eigenen entspräche und ihr antwortete, freilich authentisch wäre, also nicht ursächlich durch ihn bestimmt – mit der bemerkenswert paradoxen Formulierung Frosts gesprochen: »counter-love, original response«. Was er verlangt, ist Schönheit; was er bekommt, etwas gänzlich anderes: das plötzliche Erscheinen eines großen männlichen Hirsches, der unversehens ins Wasser springt, zu ihm schwimmt und an Land kommt, offenkundig in ziemlich unbehaglicher Nähe. Die Beschreibung des »great buck« verbindet animalische Vitalität derart mit einer spezifisch männlichen Sexualität, dass er nicht nur beeindruckend, sondern geradezu beunruhigend, gar bedrohlich wirkt. Statt eines »human, […] someone else additional to him«, empfängt der Rufende eindeutig etwas anderes, ja mehr als das, wonach er verlangt hatte. Was ihm erschien, ist die Natur in ihrer bedrohlichsten und doch erhebendsten Gestalt, eine Größe, die wegen des mit ihr einhergehenden Erstaunens, wegen der Gefährlichkeit und des Entzückens den Atem raubt – mit anderen Worten: das Erhabene. Die Deutung, der Hirschbock symbolisiere die Erhabenheit der Natur, wird durch die ausgesuchte Doppeldeutigkeit von Frosts Sprache bestätigt. Denn was ist es, das sich dem verwirrten Rufer zeigt? Einfach ein Hirsch – was schon beeindruckend genug wäre – oder vielmehr eine reine Verkörperung der Natur selbst, die sich für ihren Auftritt den Leib eines Hirsches ausgesucht hat? Schließlich hält Frost die Identität des Eindringlings über die ersten sieben Zeilen hinweg völlig im Unklaren. Und selbst nachdem er ihn auf den Fuß des Kliffs hat prallen lassen und ihm schließlich gestattet, sichtbar zu werden, nennt ihn der Dichter nicht »einen großen Hirsch«, vielmehr lesen wir: »as a great buck it powerfully appeared«, was doch impliziert, dass die Natur – wenn sie nur gewollt hätte – auch in ganz anderer Gestalt hätte erscheinen können.

So mag auf den ersten Blick der Anschein entstehen, als beschriebe das Gedicht eine genuine Erfahrung des Erhabenen der Natur – überraschend genug, zieht man die im Grunde anspruchslose Form seines Reims und Umfangs in Betracht, überrraschend zudem, weil Frost große, dramatische Gesten vermeidet. Ein genauerer Blick wird uns freilich lehren, dass Frost hier das Erhabene sorgfältigst mit einer Reihe von Bestimmungen und Zweideutigkeiten ausgestattet hat, die seine Botschaft entscheidend verändern. Die allerletzten Worte »and that was all« verzichten auf jedes großsprecherische Pathos, wie wir es nach dem prächtigen Auftritt des Hirschbocks vielleicht erwartet hätten, zugunsten eines nahezu entschuldigenden Tonfalls. Sicherlich ist die feierliche Nebenbedeutung von »und das war die Gesamtheit von Allem, nichts mehr als das wäre möglich gewesen« nicht ganz auszuschließen, aber die offenkundigere Bedeutung der Worte lautet doch unzweifelhaft, »und da war nichts mehr als das, es war nur dieses, nicht sehr viel«. Die Entschuldigung betrifft nicht nur den Hirsch, von dem der Schluss des Gedichts berichtet, er sei eben nur irgendein Tier gewesen, nein, sie bezieht sich vor allem auf den Schlüsselsatz des Gedichts in der zehnten Zeile: »And nothing came of what he cried | Unless it was the embodiment that chrashed«. Alle Mühe verwendet Frosts Formulierung hier darauf, die Frage, ob der Hirsch tatsächlich als eine Reaktion auf den Schrei des Rufers erschienen sei, offen und unentscheidbar zu halten. Hätte er eine andere Konjunktion verwendet, etwa »until« oder »except«, hätte der Text implizit zu verstehen gegeben, dass der Auftritt des Hirsches eine lang erwartete und schließlich eingetroffene Antwort auf den Ruf gewesen war. Das Ereignis würde ein den Rufer bedenkendes, responsives Bewusstsein der Natur voraussetzen, das auf seine (womöglich bessere) Art menschliche Bedürfnisse wahrnimmt und befriedigt. Erhabenheit wäre dann weniger in dem monströsen Hirschbock verortet als vielmehr in dem schrecklichen Wohlwollen der Natur, aus der er heraustrat und die sich zuvor entschlossen hatte, den Rufer (und uns mit ihm) vermittels dieser nicht-menschlichen Erscheinung zu züchtigen und zu instruieren. Andererseits schreibt Frost aber auch nicht, dass die Erscheinung des Hirsches in überhaupt keinem Zusammenhang mit dem menschlichen Ruf steht: Die Worte »and nothing (…) unless it was« räumen eine hypothetische Kausalbeziehung ein, ohne uns irgendeinen schlüssigen Beleg an die Hand zu geben. Im Licht dieser Formulierung weist der letzte Halbsatz »and that was all« nicht bloß darauf hin, dass diese Episode das einzige Ereignis gewesen ist, das überhaupt eine (unerwartete, irgendwie beängstigende) Antwort auf den Ruf hätte sein können, sondern auch darauf, dass selbst angesichts der Episode völlig unklar bleibt, ob es in der Tat so oder anders aufzufassen ist.

Wenn Frost mit Nachdruck behauptet hätte, der Hirsch sei bestimmt die Antwort der Natur gewesen, hätte er ein Urvertrauen in den Geist und das Wohlwollen der Natur bekundet, das uns wahrscheinlich spießig und pompös vorkäme. Hätte er umgekehrt mit Überzeugung behauptet, alles sei nur eine Frage des Zufalls gewesen, eine glückliche Fügung eben und nicht mehr, hätte er die uns umgebende Welt als sinnentleert und willkürlich beschrieben, also in seinem Gedicht Trauer und Verzweiflung kommuniziert. Indem der Text zwischen beiden Möglichkeiten oszilliert, gibt er zu verstehen, was eigentlich der Fall sein müsste, damit wir weiterhin an das Erhabene glauben könnten. Und er dokumentiert zugleich die Schwierigkeiten, die einem solchen Glauben faktisch im Wege stehen. Unter diesem Gesichtspunkt erhält die merkwürdige Flachheit und nahezu banale Abstraktion des Titels »The most of it« eine eigenartige Kraft: Mehr als dieses hier kann nicht sein, es ist das Äußerste, worauf zu hoffen ist – nicht viel vielleicht, (»and that was all«), doch umgekehrt auch nicht nichts.

Letztendlich gibt Frosts Gedicht weniger eine Darstellung des Erhabenen, vielmehr repräsentiert es die Schwierigkeiten der Moderne, das Erhabene darzustellen. Es dient der Vergegenwärtigung einer Erhabenheit, der unser ungetrübtes Vertrauen nicht mehr anhängen kann, auf die wir aber auch nicht ganz verzichten können. Für Frost, und ich will hinzufügen, wie für die meisten von uns, existiert das Erhabene, wenn denn überhaupt, nur im Modus des Bedauerns, der Nostalgie, der Sehnsucht nach etwas, das in Wirklichkeit vielleicht niemals dagewesen ist, sicherlich aber in der Welt nicht mehr vorkommt, die uns umgibt. Das Erhabene ist ein Schatten, den kein Körper wirft, auch wenn wir seine Kühle unversehens spüren; es ist eine Narbe, die wir immer wieder betasten, von einer Verletzung herrührend, die uns nie zugefügt wurde. Erstaunlich genug, ist es vermutlich genau dies, was Longius vorschwebte, als er den Begriff erfand. So scheinen wir mit unserem Zeitalter, nach den optimistischen Missverständnissen, die kennzeichnend für das Erhabene im Jahrhundert der Aufklärung gewesen waren, zu einer Longinius'schen Erfahrung des Erhabenen als Verlust zurückzukehren.

III.

Und tatsächlich lassen sich, schaut man genau hin, Spuren der Sehnsucht nach dem Erhabenen finden, die noch über die jüngsten Dekaden aufgeklärter Gegenwartskultur verstreut sind. In der Kunst etwa sind die großformatigen, abstrakten Gemälde von Barnett Newman und Mark Rothko absichtlich so gestaltet, dass sie ein Gefühl ozeanischen Unbehagens und ängstlicher Exaltation im Betrachter hervorrufen sollten und hervorrufen, der, um das Gemälde zu erfahren, genauso nah an die Leinwand herantreten muss, wie der Maler bei dessen Fertigstellung. In einem Essay wie »The Sublime is Now« durchdenkt Newman zeitgenössische Anstrengungen, die Tradition des Erhabenen im Gegensatz zu dem wiederzubeleben, was seiner Überzeugung nach die ungute, europäische Mode kleiner, schöner, verwöhnt gegenständlicher Kunst ist. Seine Theorie veranschaulichte er in überwältigenden Gemälden wie dem 2,5 Meter hohen und 5,5 Meter breiten »Vir Heroicus Sublimis« von 1950/51. In der zeitgenössischen amerikanischen Literatur ist Don DeLillo einer der aufmerksamsten und originellsten Erforscher der unausgesprochenen Sehnsucht nach dem Erhabenen, wie sie die amerikanische Gesellschaft durchdringt. Sein brillanter Roman *Weißes Rauschen* beispielsweise reflektiert im Medium des Erzählens die Unfähigkeit von Menschen, die in einer von der Werbesprache durchsetzten Konsumentenkultur aufwachsen, ihrem tiefsitzenden Bedürfnis nach Transzendenz angemessenen Ausdruck zu verleihen. Es sind Leute, die über alle erdenklichen Annehmlichkeiten moderner Lebensformen verfügen, sich aber – wie Longinus – nach dem Erhabenen sehnen, es freilich, wenn denn überhaupt, nur in ihren Fernsehern finden.

> »Wir hatten zwei Schranktüren, die sich von allein öffneten. An diesem Abend, einem Freitag, versammelten wir uns vor dem Fernsehappart, wie es der Brauch und ungeschriebenes Gesetz war, mit Essen aus dem Chinarestaurant. Es gab Überschwemmungen, Erdbeben, Erdrutsche, Vulkanausbrüche. Noch nie zuvor hatten wir unsere Pflicht, unsere Freitagsversammlung so aufmerksam wahrgenommen. Heinrich war nicht verdrossen, ich war nicht gelangweilt. Steffi, die sich von Filmkomödien-Ehemännern, die sich mit ihrer Frau stritten, zu Tränen rühren ließ, schien völlig gefesselt von diesen Dokumentarstreifen über Unglück und Tod. Babette versuchte, auf eine lustige Fernsehserie umzuschalten, in der eine Gruppe von Kindern mehrerer Rassen sich ihren eigenen Kommunikationssatelliten bauten. Die Heftigkeit unseres Einspruchs erschreckte sie. Ansonsten blieben wir stumm, während wir zusahen, wie Häuser ins Meer rutschten, ganze Dörfer in einer Masse heranfließender Lava zerbarsten und in Flammen aufgingen. Jede Katastrophe weckte in uns den Wunsch nach mehr, nach Größerem, Grandioserem, Überwältigenderem.«

Im Laufe des Romans wird diese Fernsehzuschauer eine wirklich erhabene Erfahrung überkommen, eine der Art, wie sie nur in unserem technischen Zeitalter zu haben ist – ein umweltgefährdender Industrieunfall ereignet sich, eine »toxische Luftverschmutzung«. Sie sind durch ihre Kultur derart gründlich verstümmelt, dass ihnen das begriffliche Rüstzeug fehlt, um den Zwischenfall anders als technisch zu begreifen, um ihm anders als mit einer boden- und namenlosen Angst vor der eigenen Sterblichkeit zu begegnen. Zusammen mit Thomas Pynchon ist Don DeLillo allerdings nicht der einzige Exponent des Erhabenen in der modernen Literatur. Die zwanghafte Faszination, die das, was gemeinhin – wiewohl fälschlicherweise – Holocaust genannt wird, auf Autoren wie Publikum ausübt, hängt – wie ich meine – damit zusammen, dass dieses Thema der Erfahrung des Erhabenen, die auf anderen thematischen Feldern kaum zu plausibilisieren ist, einen Schauplatz bietet. In der Literatur- und Kulturtheorie erfreute sich das Erhabene während der späten achtziger und frühen neunziger Jahre des 20. Jahrhunderts einer kurzen Renaissance, als es sich, in den Händen solcher Denker wie Jean-François Lyotard und Slavoj Žižek, zu einem nützlichen, allerdings nur begrenzt tauglichen Werkzeug entwickelte, um die Problematik des Undarstellbaren in der Theorie wie in der Kunst zu durchdenken. Und schließlich hat die moderne Technologie, weit davon entfernt, die Möglichkeiten des Erhabenen zu annullieren, es vielmehr für Millionen von Menschen zu einem Objekt alltäglicher Erfahrung gemacht, der nur das Wort »erhaben« fehlt. Was, wenn nicht »erhaben«, ist denn die visuelle Erfahrung, nachts über eine große Stadt zu fliegen? Und was, wenn nicht erhaben, wird die Empfindung des ersten Astronauten gewesen sein, der auf der Mondoberfläche stand und auf die Erde blickte, die er hinter sich gelassen hatte, und die, auch nach seiner Rückkehr, nie mehr dieselbe sein würde? Mangels eines besseren Wortes sagen wir vielleicht »Wahnsinn!« oder »Unglaublich!« oder »Geil«, vor zwei Jahrhunderten indes hätte niemand gezögert »Erhaben!« auszurufen.

Die Sehnsucht nach dem Erhabenen ist also keineswegs verschwunden, vielmehr hat sich das Erhabene, in Ermangelung des spezifischen Ausdrucks, der es vormals bezeichnete, demokratisiert, verwandelt und über unsere ganze Kultur zerstreut. So lässt sich tatsächlich behaupten, wir lebten nach dem Erhabenen, allerdings nur in der eingeschränkten Bedeutung, dass diesem Gefühl, im Unterschied zu vielen anderen Gefühlen, stets ein Schuss Nostalgie beigemischt ist – als ein intrinsisches, unverzichtbares Element, das dem Erhabenen seine Zukunft sichert. Für uns kann es kein Erhabenes mehr geben, das frei von Verlustempfindungen, von Bedauern und einem melancholischen Anflug wäre. In diesem Sinne findet unser Leben immer nach dem Erhabenen statt.

[Aus dem Amerikanischen von Claudia Wassmann und Martin Bauer]

BRUNO PREISENDÖRFER

Tapfer sein auf einem Bein

Erzählung

Die Krücken stehen in der Ecke des Schlafzimmers, meines Schlafzimmers; unseres Schlafzimmers, als sie noch lebte. Ein roter Schuh mit hohem Absatz und die Krücken. Erst amputierten sie bis knapp unter das Knie. Dann kamen das Knie und die erste Hälfte des Oberschenkels dran. Den Rest schnitten sie ihr schräg aus der Hüfte. Es sah aus wie tranchiert. Ich schlief mit ihr. Sie hatte Schmerzen. Die Zehen taten ihr weh, manchmal auch die Knöchel. Fehlermeldungen von oben. Der Schmerz wird in der Zentrale gemacht. Die schmerzenden Zehen und Knöchel gehörten zu dem Bein, das nicht mehr da war. Sie sagte mit Wasser in den Augen: Rein gefühlsmäßig kann ich immer noch die Beine breit machen. Wir schliefen miteinander. Wie eine Art Erinnerung. Wir schliefen vorsichtig miteinander und erinnerten uns, weißt du noch, erzählten uns gegenseitig unser Geturne, natürlich auch die Sache mit dem altersschwachen Hotelbett, das wir –. Wie erklärt man so was an der Rezeption? Wir lachten und heulten. Wir hielten uns umschlungen, ihr Bein zwischen meinen Beinen, erinnerten uns, und die Tränen liefen aus den Augen, liefen einfach so raus ohne Schluchzer und Krämpfe.

Ich schaue in die Ecke auf den roten Schuh und die Krücken. Was machen sie mit den Gliedmaßen, die sie abschneiden? Sie liegt im zweiten Gang, viertes Feld links, nicht weit von dem Becken mit dem Wasserhahn, wo die grünen Plastikkannen angekettet sind. Wahrscheinlich ist der Sarg schon eingebrochen. Man wird von den Würmern gefressen, sagt man. »Staub zu Staub« und so. Aber was machen sie mit dem Bein, das sie deiner Frau abgeschnitten haben? Tun sie es in eine Plastiktüte und schmeißen es zum Müll?

Sie bestand auf dem scharfen roten Schuh mit dem hohen Absatz. Sie schaukelte mit ihren Krücken bei *Schuhtick* durch die zurückweichenden Lichtschrankentüren und ließ sich von einer der hübschen, lang- und zweibeinigen Mäuse mit Nabelblitz die Schuhe vorführen. Das Mädchen, das es erwischt hatte, war ganz bleich im Gesicht. Die anderen hielten sich abseits und schielten zur Bank, auf der ich mit meiner Frau saß. Sie streckte das Bein aus und das bleiche Mädchen bugsierte ihr zitternd den einen Fuß in den Schuh, den sie aus dem Karton genommen und knisternd aus dem Papier gewickelt hatte. Ein geiles rotes Teil. Solange sie zwei Beine hatte, fand sie es blöd, auf diesen »Gehverhinderern«, wie sie lachend sagte, herumzustaken. Gehverhinderer. Und dann hält sie dem *Schuhtick*-Mädchen das eine Bein hin und probiert einen geilen roten Stöckelschuh an, während ihr Mann neben ihr auf der Bank sitzt und die Krücken zwischen den Beinen dreht. Als sie den richtigen roten Stöckel gefunden hatte, sagte sie zu dem Mädchen: »Ich nehme an, ich muss beide nehmen.« Dem Mädchen zitterten die Lippen, als sie Elviras schwarzen linken Halbschuh zu dem rechten Stöckelschuh in den Karton packte. »Jetzt bin ich wirklich gehbehindert«, lachte Elvira, als sie mit dem neuen Schuh am Fuß aus dem Laden wippte.

Es fing oben im Schritt an und zog langsam nach unten. Der Schmerz sank dem Schnitt entgegen, zeitversetzt. Sie fingen unten an und schnitten in drei Etappen nach oben bis nichts mehr da war. Es dauerte zweieinhalb Jahre. Was machen die Krankenhäuser bloß mit den abgeschnittenen Stücken? Als vom Bein nichts mehr übrig war, starb sie. Du kannst absolut nichts tun. Zum Schluss kannst du um Morphium für deine Frau kämpfen. Du kannst sie verteidigen. Beschützen. Keine Behandlung mehr. Das Sterbebett zu Hause. Und das Morphium. Dann begräbst du sie. Auf die evangelische Pfarrerin redest du so lange ein, bis sie auf die Ansprache in der Friedhofskapelle verzichtet und stattdessen heidnische Gesänge spielt. Du bringst der Pfarrerin die CD mit und sie legt das Ding seufzend in den Player. Ein Dutzend Schäufelchen Friedhofserde poltern auf den Sarg. Ein Dutzend Gedecke beim »Italiener«. Nach dem Leichenschmaus gehst du nach Hause, lehnst die Krücken in eine Ecke des Schlafzimmers und dazwischen stellst du den roten Schuh. Du holst nach, was deine Frau immer vermieden hatte, als ob sie gehofft hätte, ihr würde zum neuen Schuh ein neues Bein nachwachsen. Du wirfst den überflüssigen Schuh mitsamt Schuhkarton in den Müll. Dir schießt das Wasser in die Augen, als dir der blödsinnige Impuls durch den Kopf schießt, zu trennen, den Karton in die blaue, den Schuh in die gelbe Tonne. Die Idee hätte ihr gefallen. Mit ihrem argen Humor zum Schluss und dem eisigen Hinunterschauen auf sich selbst, wer weiß aus welcher Höhe. Es ist nicht mehr der Tod, hatte sie eines Tages zu mir gesagt, als ich sie ohnmächtig und verrenkt im Flur gefunden, aufgehoben, ins Bett getragen, wachgeklopft, wachgeküsst, wachgeweint hatte – es ist nicht mehr der Tod, es ist der Schmerz. Das Vieh. Sie sagte immer »Das

Vieh«. Das Vieh ist wieder da. Sie kämpfte gegen das Vieh, das aus ihr herauskroch. Es kommt nicht von außen über dich und zerreisst dich, es kriecht dir von innen entgegen, erfüllt dich. Eine richtige Erfüllung ist das, sagte sie, alles wird Vieh. Sie kämpfte gegen das Vieh. Wir trainierten Flüche, Verwünschungen, Beschimpfungen. Nicht nur der nackte Schrei. Der Atem des Viehs strömt durch deine Kehle, formt sich in deinem Gaumen, schießt aus deinem Mund. Mach den Schrei sprechend, brüllen, brüllen, aber dem Vieh einen organisierten Laut abringen, von seinem Atem etwas in die Hülle eines Wortes abzweigen, das Wort aufblähen, den Fluch, die Beschimpfungen. Wir trainierten die Flüche. Und natürlich sprachen wir darüber, zum Schluss – in den letzten fünf, sechs Monaten. Das Vieh töten. Es wäre so viel leichter gewesen. Das erste Mal sprachen wir darüber nach ihrem Zusammenbruch im Wohnungsflur, diesem riesigen Altbauflur, der in der Mitte der Wohnung einen rechten Winkel macht, wie ein richtiger Weg, der abbiegt. In diesen Winkel war sie gekrochen. Wie ein Tier, das verendet. Der Tod ist es nicht mehr, sagte sie danach, es ist der Schmerz, das Vieh. Jetzt habe ich eine Waffe, sagte sie, gegen das Vieh. Und wir sprachen darüber, wann es so weit wäre, diese Waffe in die Hand zu nehmen. Und wir sprachen darüber, ob ich es machen würde. Das Zeug besorgen; vielleicht sogar spritzen, wenn sie es nicht mehr fertig bringen würde. Und wir trainierten die Flüche und das Schreien. Ich sprach mit den Nachbarn, setzte ihnen artig bei einem Glas Rotwein auseinander, was passierte, wenn bei uns Musik dröhnte. Die Nachbarn nickten verstört, versprachen duldsam zu sein, hielten ihr Versprechen. Wir schlossen die Fenster, drehten die heidnischen Gesänge auf, übten das Schreien, während das Vieh in Elviras Körper in seiner Höhle lag. Wir drohten dem Vieh mit unserer Waffe, wir drohten ihm, es umzubringen. Ich bring dich um, wir schrien beide: ich bring dich um, ich bring dich um, du Vieh; und manchmal kroch das Vieh wieder zurück nach innen in die Höhle, aus der es emporgeschwollen war, seinen Atem durch Elviras Kehle, Gaumen, Lippen blasend.

Elvira warf den rechten Schuh nicht weg. Er war unser Zeichen. Die beiden roten Stöckelschuhe standen einträchtig nebeneinander unter Elviras Bett, zwei erotische Einbeiner mit kleinen runden Fersenrücken. Wir hatten alles genau besprochen. Besprochen und besprochen und besprochen. Dann hatten wir die Modalitäten ausgearbeitet, jeden einzelnen Schritt genau festgelegt. Elvira setzte mit der Hand ein Schriftstück auf, das sie im versiegelten Umschlag bei einem Notar hinterlegte. Der rote Schuh war das Zeichen. Ich komme eines Tages ins Schlafzimmer und der Schuh zum fehlenden Fuß am fehlenden Bein ist verschwunden. Jeder einzelne Schritt ist genau festgelegt. Wir haben es wieder und wieder besprochen. Nach dem Begräbnis stellst du den linken Schuh mit der Krücke in die Ecke des Schlafzimmers, die du vom Bett aus gut sehen kannst, legst den rechten in den Schuhkarton und bringst ihn zu den Tonnen. Der rechte Schuh stand immer neben dem linken unter dem Bett. Nie hat Elvira ihn angerührt. Ich komme eines Tages ins Zimmer und der Schuh ist verschwunden. Jeder einzelne Schritt ist genau festgelegt. Am Anfang unseres Kampfes gegen das Vieh, als wir das Zeichen definierten, schaute ich immer sofort an die Stelle unter dem Bett, wenn ich das Zimmer betrat, zuerst heimlich, beschämt, dann ganz offen, ein rascher offener Blick. Dann schaute ich gar nicht mehr hin. Ich hatte das Zeug besorgt, genau wie es zwischen Elvira und mir vereinbart war, es lag bereit. Die Schuhe standen nebeneinander unter dem Bett, und so blieb es bis zum Schluss. Jetzt stehen die Krücken und der linke Schuh in der Ecke des Zimmers, in dem der Mensch gestorben ist, den ich geliebt habe.

Manchmal gehe ich auf den Friedhof, eher selten. Ich fürchte mich vor den alten Männern auf den Bänken am Rand der Friedhofspfade, vor ihrem Schlurfen, wenn sie die gefüllten Gießkannen an die Gräber ihrer Frauen schleppen, auf denen Marmorsteine stehen mit Jahreszahlen in Gold, mit Lebensspannen, doppelt so hoch wie die Elviras. Ein ganzes Rudel grüner Gießkannen ist am Becken mit dem Wasserhahn angekettet, manche mit aufgesteckten Brauseköpfen, die anderen nur mit geschwungenem Hals und oben eben das Loch, aus dem der Wasserstrahl auf die Gräber plätschert, wenn die alten Männer und Frauen die Kannen von den Ketten losgeschlossen, unter dem Wasserhahn gefüllt und zu ihren Toten geschleppt haben. Zwischen den Kannen mit den Brauseköpfen sehen die Kannen mit den offenen Hälsen seltsam amputiert aus. Aber das fiel mir damals nicht auf, als ich anfing, an freien Tagen quer durch den Friedhof zum Gießkannenrudel an der Wasserstelle zu gehen, eine kleine, wackelige Staffelei zurechtzurücken und grüne Kleckse aufs Aquarellpapier zu machen. Das viele Grün der Kannen, manche neu, andere schon ziemlich verwittert, einige abgeschabt, verschrammt, dazwischen zwei alte, angerostete Zinkkannen, die offenbar nicht mehr benutzt wurden, und das Aufschimmern der kleinen, bronzefarbenen Vorhängeschlösser an den Ketten, wenn ein Sonnenstrahl für einen Augenblick durch die flirrenden Blätter der Birken genau auf eines dieser Schlösser fiel. Wir hatten dieses Wunder an Grün, diese unerhörte Vielfalt an Grünheit, wie Elvira bemerkt hatte, Grünheit, wir hatten das Kannenrudel am Wasserbecken bei einem unserer Spaziergänge über die Stadtfriedhöfe entdeckt, die wir eine Weile lang abklapperten, um nach Engeln zu suchen, überhaupt nach Grabfiguren, die Elvira fotografierte; für einen Katalog, oder für einen Kalender, oder für eine Postkartenserie. Und später, als wir dann in die Gegend des Friedhofes zogen, die große Wohnung mieteten mit dem langen, abgeknickten Flur und dem zweiten, fensterlosen Bad, in dem sie ihre Dunkelkammer einrichtete, später war ich eine Zeit lang auf den Friedhof gegangen, um dort herumzuspielen mit meiner Sonntagsmalerei, meinem kleinen, erholsam spießigen Hobby, dessen Resultaten das volkshochschulhafte Bemühen sofort anzusehen war – was mich aber nicht störte, was auch Elvira nicht störte. Ich habe nie eines dieser Bilder aufgehängt. Das Malen war eine Art Meditation, ein Herumträumen mit dem Pinsel in der Hand. Ich machte die weiße Fläche auf meiner wackeligen Staffelei grün, ließ das Blatt trocknen und warf es zu Hause auf einen Stapel. Das war alles. Den Stapel brachte ich einmal im Monat zum Papiercontainer. Ich malte weiße Blätter voll, machte daraus einen kleinen Stapel und schmiss den Stapel weg. Irgendwann hörte ich damit auf. Schon vor Elviras Krankheit. Ich stellte die verkleckste Staffelei mit einem Zettel »Zu verschenken« in den Hausflur. Schon am nächsten Morgen war sie weg. Der Zettel lag auf dem Boden.

Manchmal überlege ich, ob ich nicht die Bilder von der Wand nehmen soll, die Fotos, all die Fotos, die sie über die Jahre gesammelt und an die Wand gehängt hat, bis zum Schluss, fast bis zum Schluss. Der lange, abgeknickte Flur, in dessen Winkel verkrochen ich sie eines Tages finden musste, war die »Galerie«. Wir sagten von Anfang an Galerie zu diesem Flur, als wir die Wohnung mieteten und Elvira sagte, das wird meine Galerie, wenn du einverstanden bist, wenn du es auch magst, eine Fotogalerie. Sie kaufte Fotos auf Flohmärkten und in Antiquariaten, sie trennte Seiten aus großformatigen Bildbänden, zog die Seiten auf Pappe, rahmte die Bilder und hängte sie in den Flur, unter Passepartouts, aber ohne Glas, Glas macht milchig, sagte sie, du siehst nichts, oder nur dich, wenn du davor stehst und das Licht ungünstig aufs Glas fällt. Entweder das Glas spiegelt oder, wenn es gewaschenes Glas ist, entspiegelt, macht es die Farben milchig, auch das Schwarz und das Weiß.

Sie hängte Mapplethorpes Vasenblumen in die Galerie, Totenblumen eigentlich, wie eingefroren in Farbe; und Atgets Pariser Straßenleere mit nass glänzenden Pflastersteinen früh am Morgen, wenn das Wasser aus den kleinen Kanalschächten sprudelte und die Stadt gespült wurde; dann einen von Blossfeldt fotografierten Springkrautstengel, der aussah wie eine Strebe in einem gusseisernen Geländer, starr und schön. Und dann eine Serie von Fotos, die Candida Höfer in den Zoos der europäischen Großstädte aufgenommen hatte, Pinguine, Elvira schnitt die Bilder mit Pinguinen aus dem Bildband, alle mit Weitwinkel fotografiert, Panoramabilder, unglaublich verloren stehen die Vögel am Rande der blau gestrichenen Bassins oder gehen in Gruppen durch eine betonierte Landschaft wie eine Kohorte deprimierter Angestellter. Die Fotos klagen nicht an, dokumentieren eigentlich auch gar nichts, sie zeigen bloß, zeigen auf vollkommene und zugleich niederschmetternde Weise, zeigen so, wie das menschliche Auge ohne die Prothese des Objektivs nicht sehen kann. Das Menschenauge muss den Befehlen des Interesses gehorchen, ist physisch zur Auswahl gezwungen, zur Fokussierung, zur Entscheidung darüber, was in den Sichtkreis des scharfen Blicks genommen und was in der Peripherie der Randunschärfe gelassen werden soll. Diese optische Hierarchie, die das Auge ununterbrochen herstellen muss, war auf den Pinguin-Bildern, die Elvira in den Flur hängte, fotografisch außer Kraft gesetzt. Aber auch Geschichten hängte sie in die Galerie, den Bananenverkäufer, fotografiert von René Burri am Halleschen Ufer in Westberlin im Jahr 1959. Der Mann steht in einer weißen Schürze über Hemd und Pullover hinter einem Stapel Holzkisten und ruft die Früchte aus, die kostbaren Früchte, Frauen schauen ihm lächelnd zu, ein Mann guckt in seine geöffnete Aktentasche, ob er wohl noch Platz hat, die Papiertüte zu verstauen, die er ungeschickt in der rechten Hand hält, während er mit der linken gereizt die geöffnete Tasche herumschlenkert, und im Hintergrund entfernen sich zwei Männer, und noch weiter im Hintergrund das fensterlose Gerippe eines Verwaltungsgebäudes. Auch der »Rathauskuss« von Robert Doisneau hängt in unserem Flur, in meinem Flur, seit Elvira nicht mehr lebt, und Doisneaus Straßentanz der beiden jungen Mädchen, deren Bäuchlein in engen, dunklen Röcken sanft aneinandertupfen, am Jahrestag der Erstürmung der Bastille, am 14. Juli 1955, an Elviras Geburtstag, als Elvira von einer strammen Hebamme herausgezogen wurde wie ein Kälbchen, den Klaps bekam und gleich sauber gemacht wurde, wie das damals so üblich war, nicht sofort der Mutter auf den Bauch, erst schön säubern und alles wieder ordentlich machen nach der ganzen Sauerei, die eine Geburt ja eigentlich war, zu Hause noch dazu, nicht im Krankenhaus. Und die beiden französischen Mädchen tanzten an diesem Tag und streckten die Bäuchlein heraus. Was aus den beiden wohl geworden ist, sagte Elvira eines Tages zu mir, sie hatte das Bein noch, wusste aber schon vom Krebs, ob sie noch leben, die beiden tanzenden Mädchen, die vielleicht siebzehn oder achtzehn waren im Jahr 1955, sie wären noch nicht einmal sechzig heute, bestimmt leben sie noch, hatten wahrscheinlich Kinder bekommen, sie heranwachsen gefühlt in ihren rührenden Bäuchlein, die zu prallen Kugeln angeschwollen waren, auf eine ganz andere Weise rührend, nicht mehr unschuldig eben, oder nicht mehr das, was man unter »unschuldig« so versteht. Vielleicht waren sie glücklich über all die Jahre, die zwischen dem Augenblick lagen, als Doisneau sie am 14. Juli 1955 fotografiert hatte und dem Tag, als Elvira die Reproduktion sehr akkurat aus dem Bildband trennte, auf Pappe zog, rahmte und an die Wand im Flur hängte, sich ein wenig streckte dabei und schon den Schmerz im Bein fühlte, das die Ärzte dann zurückschneiden mussten im vergeblichen Versuch, den Krebs aus Elviras Körper zu holen. Vermutlich leben sie noch, die tanzenden Mädchen vom 14. Juli 1955, dem Geburtstag der Fotografin Elvira Mai, die diese Aufnahme von Robert Doisneau mehr als dreieinhalb Jahrzehnte später an die Flurwand in unserer Wohnung hängte, ungefähr zwei Jahre bevor sie starb, nicht ganz vierzig Jahre alt.

Und zwischen die Bilder von Mapplethorpe, Robert Doisneau, René Burri, Eugène Atget, Candida Höfer und vieler, vieler anderer Fotografen hängte Elvira eigene Bilder, nicht sehr viele, fünf oder sechs, von denen sie glaubte, sie könnten bestehen im Tumult der Galerie, könnten die Nachbarschaft mit den Sachen der Meister aushalten. Eines ihrer Bilder, ein Farbfoto, DIN A4 im Querformat, zeigt das Gießkannenrudel, die »Grünheit«, von der Elvira auf unserem Spaziergang gesprochen hatte, als wir am Wasserbecken unter den Birken standen. Wie hätte sie wissen können, dass sie auf diesem Friedhof begraben werden würde. Eines Tages. Und dass »eines Tages« nicht mehr fern war, als sie dieses Foto machte, nicht mehr sehr fern, fünf, sechs Jahre nur noch. Und jetzt ihr Leichnam im Eichensarg. Ihr linker Schuh zwischen den Krücken in der Ecke des Schlafzimmers, der rechte auf irgendeiner Müllhalde. Ihre Fotos in der Galerie. Soll ich sie nicht doch abräumen, die Galerie zurückverwandeln in einen beeindruckend langen, typischen Berliner Wohnungsflur. Soll ich nicht endlich ihre Sachen aus den Schränken räumen, die Wäsche, die Pullover, die einzelnen Söckchen, die immer noch zwischen meinen ineinandergestülpten Paaren herumliegen. Und die Kleider, die immer schmaler geworden waren, immer zarter, Elviras vom Krebs aufgefressener Üppigkeit hinterherwelkend. Soll ich alles in blaue Säcke stopfen, verschnüren und zu den beigefarbenen Containern mit Maltheserkreuz bringen? Was machen sie mit den Sachen? Mit den abgelegten Klamotten der Leute, den Schuhen, die sie einsammeln, den alten Wintermänteln, die noch in Schuss sind, wie man sagt, mit all dem Leergut des Lebens? Und was machen sie mit den Gliedmaßen? Was haben sie mit den Armen und Beinen gemacht, die den Leuten fehlten, als ich Elvira nach der dritten Operation aus der Reha-Klinik abholte und sie mir im Rollstuhl entgegensurrte, mit diesem kleinen, fiesen Geräusch auf dem Steinboden in der Halle, wo zwischen zwei Palmen in gewaltigen Töpfen ein Brunnen plätscherte, alles in der wohltuenden Geschmacklosigkeit eines Mittelklassehotels gehalten, mit dieser klinischen Hotelsterilität über die Tatsache hinweghelfend, dass dies die Eingangshalle einer Klinik war. Über den hellen, marmorierten Steinboden schnurrte mir mit kleinem, fiesem Geräusch meine Frau im Rollstuhl entgegen. Und überall fehlten Glieder. Das aufsehenerregende Nicht-mehr-da-sein in Hülle und Fülle. Die Halle war belebt, ein Sonntag, Besuchstag, blauer Himmel, ein Ausflugstag eben mit erschrockenen Kindern, die den Rollstühlen ihrer Mütter, Väter, Großmütter, Großväter, Onkel, Tanten oder Geschwister hinterhertrotteten wie Särgen.

Dann die Peinlichkeiten, als sie wieder zu Hause war und im Alltag Fuß fassen wollte, eine sehr präzise Ausdrucksweise, fand sie, Fuß fassen. Wie gibst du einer einbeinigen Frau die Hand, die dir – sagen wir bei der Eröffnung ihrer ersten Fotoausstellung – entgegenkommt? Nehmen wir an, ihr fehlt das linke Bein. Sie lehnt sich also ein wenig nach links auf die Krücke, lehnt die rechte Krücke mit dem geriffelten grauen Griff ans rechte Bein und gibt dir die rechte Hand. Du kommst auf die Frau mit dem einen Bein und den zwei Krücken zu und streckst deine rechte Hand ihrer rechten Hand entgegen. Dann merkst du, dass du nicht aufgepasst hast. Dass es nicht so einfach ist, freundlich die Hand von jemandem zu nehmen, wenn man nur ein Bein hat und wenn das Bein, das fehlt, das rechte Bein ist. Nach einer Weile lernt die Frau mit den Krücken, wie man es macht, eine entgegengestreckte Hand zu drücken, obwohl das rechte Bein fehlt. Sie bleibt eben auf dem einen Bein stehen, das übrig geblieben ist, stemmt den Unterarm auf die halbkreisförmige Stütze oben an der Krücke, und löst schon die Hand vom Griff, um dich zu begrüßen, während sie das Gewicht auf das linke Bein verlagert. Sie hat Fuß gefasst.

Und die Hässlichkeit des Leutemitleids in der ersten Zeit, als sie aus der Klinik wieder nach Hause gekommen, aber immer noch sehr bleich war, ja, totenbleich, um die Augen diese furchtbaren Ringe. Du fährst mit deiner Frau an einen See. Natürlich nicht an einem Sonntag, wenn die Menge der Ausflügler in der schönen Jahreszeit viel zu groß ist. Du führst sie vorsichtig über den Kies, der knirscht wie auf einem Friedhofsweg, das fällt dir aber nicht auf, dafür bist du viel zu sehr mit deiner Frau beschäftigt, die du an einen freien Tisch führst. Sie ist noch sehr wackelig. Sie hat noch nicht Fuß gefasst. Es wird noch eine ganze Weile dauern, bis sie mit der aggressiven Unbekümmertheit, die sie sich dann angewöhnt hat, um es auszuhalten, ins Schuhgeschäft schaukelt und einen Stöckel kauft. Jetzt führst du deine Frau an den anderen Tischen vorbei zu dem freien Platz, den du da hinten gesehen hast. Das dauert seine Zeit. Du hoffst, dass die Leute aufpassen, aufmerksam genug sind, dass nicht jemand vor euch den freien Tisch nimmt, wenn ihr endlich einigermaßen herangekommen seid. Die Leute an den Tischen schauen zu, die meisten auf eine verstohlene Art, als ob sie etwas Obszönes sehen würden, das sie gar nicht sehen wollen und von dem sie doch den Blick nicht lassen können. Sie pieksen eine Kirsche vom Kuchen und sind so schrecklich dezent beim Zuschauen. Du hörst, wie jemand »Mein Gott« sagt, »Mein Gott, in diesem Alter«. Du tust so, als hättest du es nicht gehört. Deine Frau wackelt noch ein bisschen mehr auf den Krücken und tut auch so, als hätte sie es nicht gehört – mein Gott, in diesem Alter. Du schaust deine Frau misstrauisch von der Seite an und hoffst, dass sie es vielleicht wirklich nicht gehört hat. Du siehst, wie ihr die Muskeln am Kiefer zucken beim Zusammenbeißen der Zähne. Du siehst auch, wie ihre Lippen beben und ihr ein bisschen Wasser über die Wangen läuft. Du wendest dich ab. Dann schaust du ihr wieder ins Gesicht und siehst tatsächlich, wie sie mit einer raschen Bewegung der Zunge versucht, die Tränen aufzufangen, die links und rechts am Mund vorbeifließen, na klar, denkt irgendetwas ganz Nüchternes in dir, sie kann sie nicht abwischen, sie hat die Hände nicht frei, um sie abzuwischen. Dann am Tisch, ihr seid endlich am Tisch angekommen und die Leute, die sich gerade den Tisch nehmen wollten, haben doch aufgepasst und rechtzeitig bemerkt, dass ihr zu diesem Tisch unterwegs seid und haben sich gerade noch rechtzeitig nicht hingesetzt, sie waren ja schon fast dabei, und haben euch zugewunken und haben den Tisch geräumt; an diesem Tisch dann, kaum hat sie die Krücken an die Armlehne des weißen Plastikstuhls neben sich gelehnt, schlägt sie die Hände vors Gesicht, hält lange die Hände über die Augen, sehr lange. Dann schaut sie dich an. Sie schaut dir in die Augen und sagt so leise, dass du es kaum verstehen kannst: Es ist sehr schlimm. Und es war sehr schlimm. Und das war der erste Ausflug, den du mit deiner Frau gemacht hast, nachdem sie aus der Reha-Klinik zurückgekommen war, nach der dritten Operation, nachdem man ihr das letzte Stück des Oberschenkels abgenommen hatte, schräg unter der Hüfte.

Sie hatte den Stöckelschuh gekauft und fing noch am gleichen Tag wieder mit dem Fotografieren an. Wir räumten das kleine Zimmer leer, das »Kinderzimmer«, wie wir am Anfang gesagt hatten, als wir zusammen in die neue Wohnung gezogen waren. Das Schlafzimmer, das Erkerzimmer, das

Balkonzimmer und das Kinderzimmer. Elvira wusste noch nichts vom Krebs und wir nannten den sonnigen kleinen Raum »das Kinderzimmer«. Mal sehen, wie es klappt. Es klappte ziemlich schnell. Sie sind schwanger, sagte der Arzt, aber da ist noch etwas anderes. Die Schmerzen im Bein haben mit der Schwangerschaft nichts zu tun. Ich werde sie überweisen. Wir waren glücklich. Möchtest du lieber einen Jungen oder ein Mädchen? Wir sahen uns an, lachten und deklamierten pathetisch: Hauptsache gesund. Die Lieblingsmaxime von Elviras Vater. Auch eine Art Anrufung Gottes. Lieber einen Jungen oder lieber ein Mädchen? Das Leben verändert sich. Deine Frau ist schwanger und du interessierst dich plötzlich für Kinderbettchen und Strampelhöschen. Ihr liegt einander in den Armen und lacht euch gegenseitig aus: Du schaust neuerdings ganz kuhäugig, wenn du einen Säugling siehst; und du hast mit dem Kleinen von nebenan ein ernsthaftes Gespräch über Dreirädchen geführt; und du hast schon mal Latzhosen mit viel Platz vorne probiert, dabei sieht man noch gar nichts; und du hast deinen Freund Helmut angerufen und gefragt, ob das nette altmodische Gitterbett seines Jüngsten noch auf dem Dachboden steht. Ja, das stimmt, das habe ich wirklich. Wie gerührt man von sich selber sein kann, wenn man glücklich ist und sich ein wenig darüber lustig macht. Dann fängt der Arzt wieder an, von »dem anderen« zu sprechen, da ist noch etwas anderes, Frau Mai.

Man liegt festgeschnallt auf der Bahre und wird langsam in eine Röhre gefahren. Die Röhre wird verschlossen. Zwischen dem Gesicht und der gerundeten Röhrenwand sind nur ein paar Zentimeter. Die Verbindung nach außen wird über Mikrophon und Kopfhörer hergestellt. Einatmen. Nicht atmen. Ausatmen. Rollende Geräusche, wie wenn Kugeln rund um die Röhre rasen würden. Es dauert eine Ewigkeit, bis man wieder aus der tosenden Röhre gleitet.

Elvira wankte, als sie endlich aus dem Raum kam, in dem die Computertomographie durchgeführt worden war. Wir sprachen über »das andere«. Wir sprachen nicht mehr vom Kinderzimmer. Als es keinen Zweifel mehr an der Diagnose gab, sprachen wir über Krebs. Nach der dritten Operation sprachen wir über den Tod. Zum Schluss sprachen wir über das Vieh.

An dem Tag, an dem Elvira den Stöckelschuh gekauft hatte, fing sie wieder mit dem Fotografieren an. Ich räumte das kleine Zimmer leer: Bügelbrett in die Küchenkammer, Wäscheständer ins Bad, Schuhschrank in den Flur, zwei Stühle in den Keller. Elvira suchte im leeren Zimmer den besten Platz für das Stativ, richtete Höhe und Neigungswinkel aus, montierte die Kamera und stöpselte den Fernauslöser ein. Sie bat mich, die Beine an den

Dielen festzuschrauben. Die Stellung des Stativs sollte sich bis zu ihrem Tod nicht mehr verändern. Immer der gleiche Abstand, immer die gleiche Perspektive. Elvira immer an der gleichen Stelle an die Wand gelehnt, dort, wo ich mit einem dicken Zimmermannsbleistift einmal um ihren einbeinigen Körper gefahren war. Sie machte jeden Tag ein Foto von sich, immer in der gleichen Haltung, aufrecht, mit dem Rücken zur Wand. Sie betrat das Zimmer, brachte sich in Positur, stellte die Krücken beiseite, blickte ins Objektiv und drückte den Selbstauslöser. Sie machte täglich ein Farbfoto von sich. Keinen Kunstquatsch in Schwarz/Weiß. Ich will keinen Kunstquatsch mehr machen, sagte sie, ich will sehen, wie man aussieht, wenn man stirbt – wie sich mein Gesicht verändert. Ich will mir zeigen, was mit mir passiert. Es dauerte lange, bis sie sich ohne Krücken an der Wand nicht mehr aufrecht halten konnte, bis auch diese Kraft aufgebraucht war. Sie glitt einfach an der Wand zu Boden. Wie immer hatte ich sie allein gelassen, als sie ins Zimmer gegangen war, um ihr tägliches Foto zu machen. Ich horchte auf die Tür. Sie war so schwach geworden, dass ich wartete, bis sie wieder aus dem Zimmer kam. Es dauerte jedes Mal länger. Ihre Bewegungen waren sehr vorsichtig geworden, zeitlupenhaft. Ich horchte auf die Tür. Als ich schließlich hineinging, saß sie unten auf dem Fußboden, starr vor sich hinsehend, vollkommen reglos. Ich lehnte mich an die Wand und ließ mich neben ihr zu Boden gleiten. Blieb einfach unten sitzen, berührte sie nicht und wartete. Irgendwann sagte sie: Das Foto, ich habe das Foto noch nicht gemacht. Ich wartete. Sie sagte: Ich will die Krücken nicht auf den Fotos haben; mit den Krücken könnte ich mich noch halten, noch, aber ich will sie nicht auf den Bildern haben. Ich wartete. Sie sagte: Ich könnte jetzt wieder aufstehen. Ich nahm sie unter den Achseln und hob sie hoch, ich schaute ihr in die Augen und dann lehnte ich sie wieder an die Wand, passte sie ein in die Bleistiftkontur, die ich um ihren Körper herum an die Wand gezeichnet hatte und die sie schon lange nicht mehr ausfüllte. Ich rückte sie zurecht, gab ihr den Auslöser in die Hand und ging wieder aus dem Zimmer. Ich horchte auf die Tür. Nach einer Weile kam sie heraus. Ich lief in den Flur, nahm sie in die Arme und trug sie zum Sofa. Die Krücken, die sie an die Flurwand gelehnt hatte, kippten um und klackerten auf den Holzdielen. Noch am gleichen Tag besorgte ich zwei Spitzeisen, schmale, stabile Dinger, die mit schweren Hämmern in die Wand getrieben werden und an denen man sonst Vorhangschienen aufhängt. Ich verankerte sie so in der Wand des kleinen Zimmers, dass sie ungefähr fünfzehn Zentimeter aus dem Bleistiftschatten ragten, genau in Achselhöhe. An den nächsten Tagen half ich Elvira dabei, die Position einzunehmen. Sie stellte sich mit dem Rücken an die Wand, lehnte die linke Krücke neben sich, außerhalb des Kamera-Ausschnittes natürlich, und stützte sich mit der Achsel auf die Eisenstrebe. Dann lehnte sie die rechte Krücke an der rechten Seite neben sich und schob auch die rechte Achsel über eine Strebe. So, sagte sie, jetzt bin ich eingehängt. Ich ging hinaus und wartete vor der Zimmertür. Sie schaffte es schnell, sich ohne meine Hilfe »einzuhängen«. Sie ging mit den Krücken ins Zimmer, schloss die Tür, hängte sich ein, machte das Tagesfoto und kam wieder heraus. Fast bis zum Schluss. Bis sie das Bett nicht mehr verlassen konnte. Die Eisenstreben konnte man auf den Bildern kaum erkennen. Ich habe mir die Bilder angesehen, nach Elviras Tod. Sie lagen in Schuhkartons, Hunderte von Fotos, lose, aber alle mit Datum. Ich habe die Bilder erst nach ihrem Tod gesehen. Sie machte jeden Tag ein Foto, ich brachte die 36er Filme zum Entwickeln. Wir sprachen nicht darüber. Die Bilder interessierten mich nicht. Ich brauchte sie nicht, Elvira brauchte die Bilder. Nach ihrem Tod schaute ich mir die Bilder an, einen Teil davon, machte kleine Stapel aus ihnen und spielte Daumenkino. Ich habe mir nicht alle angesehen. Sie liegen immer noch in Schuhkartons. Die beiden Eisen, die aus der Wand des »Kinderzimmers« ragten, habe ich mit der Metallsäge abgeschnitten. Von der Kontur, die ich mit dem dicken Zimmermannsbleistift um Elvira gezogen hatte, ist kaum noch etwas zu sehen, Elvira hat sie verwischt, jeden Tag ein bisschen mehr, wenn sie sich in Positur brachte, um ihr Foto zu machen.

Einsprüche und Nachreden

AXEL HONNETH

Rassismus als Wahrnehmungs-deformation

Über Unsinnigkeiten der Toleranzforderung

Wir sind auch nach zehn Jahren noch nicht wirklich in der Lage, die sozialen Vorgänge angemessen zu beschreiben, die sich nun beinah wöchentlich in Form von fremdenfeindlichen Übergriffen und Attacken vor unseren Augen abspielen. In nichts zeigt sich diese Schwierigkeit stärker als in der spürbaren Unangemessenheit der Begriffe, die uns zur Bestimmung des Phänomens heute zur Verfügung stehen: Weder »Rassismus« noch »Fremdenfeindlichkeit« sind, so ist wahrscheinlich nicht nur mein Eindruck, geeignete Kategorien, um die Motivlagen oder Absichten der Jugendlichen zu beschreiben, die sich an den gewaltsamen Attacken gegen Ausländer beteiligen. »Rassismus« scheint nicht die angemessene Kategorie, weil sich die Übergriffe nicht einfach gegen die Mitglieder einer einzigen, durch bestimmte Zuschreibungen konstruierten »Rasse« richten, wie klarerweise im Antisemitismus oder im Schwarzenhass bestimmter Gruppen in den USA; die Opfer solcher Attacken sind nicht bloß Mitglieder eines einzigen ethnischen Kollektivs, sondern sind zumeist durch zusätzliche, soziale Merkmale gekennzeichnet, die mit der Stellung im Statussystem zusammenhängen – Asylbewerber, mittellose Flüchtlinge, Obdachlose, selten aber Mitglieder einer ausländischen Mittel- oder Oberschicht. Aus ähnlichen Gründen ist auch der Begriff der »Ausländerfeindlichkeit« nicht wirklich geeignet, die Einstellungen und Motivlagen der jugendlichen Gewalttäter angemessen zu kennzeichnen: Es handelt sich allem Anschein nach nicht um eine generalisierte Feindschaft gegen alle Ausländer, weil Opfer vor allem diejenigen sind, deren körperliches Aussehen, sei es in Hautfarbe oder den Gesichtszügen, eine schnelle Stigmatisierung erlaubt; und diese konstruierten Erscheinungsmerkmale dienen häufig wiederum nur als Anzeichen, als Symbole einer sozialen Position, der die Gewalttat eigentlich zu gelten scheint.

Wenn also »Rassismus« oder »Ausländerfeindlichkeit« bestenfalls nur Annäherungsbegriffe sind, so mag vielleicht ein anderer Weg geeigneter sein, um das Phänomen der gewaltsamen Angriffe auf bestimmte Minderheiten einzukreisen: nicht von den Eigenschaften der Opfergruppen her, sondern von der Besonderheit des Geschehens her, das in den Übergriffen und Attacken zum Ausdruck gelangt. Alle diese Formen der Gewaltausübung sind durch die Abwesenheit einer Einstellung gekennzeichnet, die uns heute im zivilisierten Umgang zwischen Menschen normalerweise so selbstverständlich erscheint, dass wir uns ihre moralische Bedeutung kaum mehr vergegenwärtigen: Ich meine jene Form des Respekts, der Achtung oder der Anerkennung, die wir allen anderen Menschen gegenüber dadurch zum Ausdruck bringen, dass wir uns wie selbstverständlich in der Interaktion von gewissen Normen gebunden fühlen, wie sie in Prinzipien der Gewaltlosigkeit, der Verständigungsbereitschaft oder der Diskretion verkörpert sind. Natürlich kennen auch wir Situationen, in denen wir uns durch andere Personen so verletzt, bedroht oder herausgefordert sehen, dass solche habitualisierten Einstellungen der Achtung schubartig zusammenbrechen und wir in Worten oder Gesten körperliche Gewalt androhen, aber auch von solchen momenthaften Ausbrüchen bis zur tatsächlichen Gewaltanwendung ist es zumeist noch ein weiter Weg. Ich will mich im Folgenden dem Phänomen der so genannten Ausländerfeindlichkeit nähern, indem ich die Einstellung oder die Verhaltensorientierung zu ergründen versuche, die in dem Wegfall einer derartigen Anerkennung gegenüber bestimmten Personengruppen zum Ausdruck kommt; dadurch hoffe ich an einen Punkt zu gelangen, von dem aus wir nicht nur die Motivlagen, sondern auch die Ursachen der ausländerfeindlichen Übergriffe ein wenig besser überblicken können. Ich will so vorgehen, dass ich zunächst noch einmal in groben Zügen zu beschreiben versuche, durch welche Merkmale die Normalform der alltäglichen Anerkennung gekennzeichnet ist; dabei soll sich zeigen, dass es sich weniger um die Demonstration einer bestimmten kognitiven Überzeugung handelt als um den Ausdruck einer Wertschätzung menschlicher Personen, die wir mit der Einübung in unsere Lebensform früh erlernen (I). Im Umkehrschluss soll sich dann im zweiten Schritt nicht nur zeigen, was das ausländerfeindliche Verhalten, die gewaltsamen Übergriffe also, nicht sind, sondern auch, wie wir sie vielleicht annäherungsweise charakterisieren können: nämlich nicht als das Resultat der praktischen Anwendung eines bestimmten Bündels von Überzeugungen, sondern als Ausübung einer bestimmten Verhaltensweise, für die die Abwesenheit von Respekt eben typisch ist; die Überzeugungen wären dann, so will ich sagen, das Ergebnis der nachträglichen Rationalisierung eines Verhaltens, zu dem die habituelle Bereitschaft schon vorher bestand (II). Wenn diese Bestimmungen überzeugend sind, dann möchte ich in einem dritten, kurzen Schritt einige Schlussfolgerungen andeuten, die sowohl die Bestimmung der Ursachen als auch die mögliche Bekämpfung der Ausländerfeindlichkeit betreffen: was die Hypothesen über soziale Ursachen anbelangt, so lässt sich vermuten, dass die Entwicklung einer solchen besonderen, missachtenden Verhaltensweise wohl nicht ohne eigene Erfahrungen von körperlicher Ohnmacht und Missachtung vonstatten gehen kann; was Ausblicke auf den staatlichen oder sozialen Umgang anbelangt, so muss viel stärker an sozialisatorische Maßnahmen als an ethische Erziehung oder Überzeugungsarbeit gedacht werden (III).

I.

Fragen wir uns also zunächst, was mit »Anerkennung« im alltäglichen Handlungsvollzug gemeint ist, mit jener geradezu selbstverständlichen Einstellung also, in der wir andere Personen als autonome, sichselbstbestimmende Wesen achten und ihnen in der entsprechenden Weise begegnen. Meine Vermutung ist, dass uns dieses Verhalten im Allgemeinen viel zu selbstverständlich ist, als dass wir ein klares Bild davon haben; wahrscheinlich werden uns die Züge einer solchen Anerkennung immer nur indirekt oder auf anderem Wege bewusst, nämlich anhand von Situationen, in denen sie erfahrbar abwesend ist, wie in der Schlägerei an der Ecke, im Macho-Verhalten eines Frauen hinterherpfeifenden Mannes oder eben zugespitzt im gewalttätigen Übergriff auf einen Ausländer. Worin also besteht diese alltägliche, heute im Ganzen wohl sehr selbstverständliche Form der Anerkennung oder Achtung, die noch unterhalb der moralischen Schwelle liegt, auf der wir von der Tugend der Toleranz sprechen? Aus meiner Sicht ist es zunächst einmal ganz richtig, davon auszugehen, dass eine solche Art der elementaren (moralischen) Anerkennung zwei Schichten oder Dimensionen umfasst[1]: eine kognitive oder epistemische und eine performative oder handlungspraktische. Was die kognitive oder epistemische Seite anbelangt, so besteht sie meines Erachtens in einer Art von Wertschätzung der anderen Person, die auf eine ganz elementare Weise mit ihrem Menschsein zusammenhängt; wir nehmen den Anderen als Mitglied im Kreis der Wesen wahr, denen ein besonderer Wert dadurch zukommt, dass sie der autonomen Selbstbeziehung, eine Art des Sich-auf-sich-Beziehens fähig sein sollen. Wichtig an dieser epistemischen Dimension ist aber, dass wir sie uns nicht nach dem Muster einer Erkenntnis von etwas unabhängig Bestehendem vorstellen dürfen: Wir erkennen nicht an besonderen Eigenschaften, dass jemand ein Mensch ist, vielmehr werden wir schon ganz früh in eine Wahrnehmungswelt eingeübt, in der Menschen oder menschenähnliche Wesen von Tieren und auch von leblosen Objekten als unterschiedliche Klassen von alltäglich Begegnendem grundsätzlich getrennt sind. An dieser frühkindlichen Einübung in eine bestimmte Wahrnehmung ist vielleicht auch am besten zu demonstrieren, was mit der anderen, der performativen Seite von Anerkennung gemeint ist: Wir erlernen als Kinder nicht nur, bestimmte uns begegnende Wesen als Menschen wahrzunehmen und sie daher in anderer Weise wertzuschätzen als andere Wesen, sondern dieses Erlernen geht auch mit der Einübung in bestimmte Verhaltenspraktiken einher, die diesen, »menschlichen« Wesen gegenüber als angemessen gelten. Was wir in diesem Sinn einüben, ist die Fähigkeit, bestimmte höherstufige, »second-order«-Motivationen wirksam werden zu lassen, sobald wir in unserem Gegenüber einen Menschen erblicken: Wie selbstverständlich schlagen wir irgendwann auf menschliche Wesen nicht mehr ein, beginnen unser Handeln auch von deren Willensbekundungen abhängig zu machen, nehmen sie im wachsenden Maße als sich selbst bestimmende Wesen wahr, kurz, lassen unser Verhalten ihnen gegenüber von bestimmten Normen gesteuert sein, die eine Rücksichtnahme, eine Wertschätzung ihrer Autonomie zum Ausdruck bringen. Für den Zusammenhang zwischen der kognitiven und der performativen Dimension ist es nun wichtig, dass wir sie im Grunde genommen nur analytisch auseinander halten können, während sie in Wirklichkeit eine alsbald habitualisierte Einheit bilden: Jemanden als Menschen wahrzunehmen heißt dann, ihn als autonomes Wesen in dem Sinne anzuerkennen, dass wir uns ihm gegenüber in einer bestimmten, normativ geregelten Weise verhalten. Dieser synthetische Zusammenhang zwischen Wahrnehmung und Performanz lässt sich auch so beschreiben, dass wir nicht deswegen uns anderen Menschen gegenüber respektvoll verhalten, weil wir so etwas wie die Überzeugung oder die Annahme besitzen, dass es sich bei diesen Wesen um ein Exemplar der menschlichen Gattung handelt; unser Handeln ist nicht das Resultat der Umsetzung einer solchen Überlegung, sondern die ganz selbstverständliche, ja geradezu reflexartige Reaktion auf eine Wahrnehmung, die allerdings begrifflich unendlich reichhaltig ist und eben auch elementare, praktisch eingeübte Klassifikationen umfasst. »Anerkennen« ist, kurz gesagt, ein Verhalten gegenüber anderen Personen, in dessen normativem Charakter zum Ausdruck kommt, dass die Autonomie des Anderen respektiert oder geachtet wird.

Von hier aus können wir uns nun fragen, was es wirklich bedeutet, dass Jugendliche in Übergriffen auf Ausländer offenbar keine Spur von Achtung, von Anerkennung für diese Klasse von Menschen besitzen.

II.

Was also besagt nun der Befund über den performativen Charakter der Anerkennung über das Verhalten, das diejenigen Jugendlichen an den Tag legen, die Ausländer angreifen, verprügeln, misshandeln und sogar manchmal in den Tod treiben? Zunächst einmal macht die zuvor angestellte Überlegung klar, was der auffälligste Zug einer solchen gewaltsamen Verhaltensweise ist: Hier tritt ganz offenbar jene »second-order«-Motivation, also jene motivational wirksame Bindung des eigenen Willens an Normen außer Kraft, die angesichts von menschlichen Wesen gewöhnlich einsetzt. Ihr hat eine Verhaltensweise Platz gemacht, bei der Menschen behandelt werden, als ob sie keine Menschen, als ob sie subhumane Wesen wären. Ich spreche bewusst von einem Verhalten des »Als-ob«, weil die Annahme natürlich falsch wäre, dass diese Jugendlichen das Menschliche an den attackierten Ausländern nicht mehr erkennen würden; ja, wahrscheinlich resultiert sogar die besondere Grausamkeit ihres Verhaltens aus dem Umstand, dass sie Wesen, die sie unzweideutig als Menschen identifizieren, so behandeln, als ob sie keine Menschen wären – daher sprechen wir in solchen Kontexten ja auch davon, dass jemand »wie ein Tier« gejagt wird.[2] Aber wie erklären wir uns die eigentümliche Blindheit, die bei solchen Übergriffen in einem übertragenen Sinn doch gegenüber einem Menschen zu bestehen scheint, weil die habitualisierten Muster eines anerkennenden Verhaltens gänzlich ausgefallen sind? Auch im Fall dieser Blindheit muss meines Erachtens von einem habitualisierten Verhaltensmuster gesprochen werden, also von einem Habitus oder einer motivational tief sitzenden Einstellung, weil ohne eine solche einsozialisierte Bereitschaft nicht das Gewicht der normativen Bindungen aufgewogen werden könnte, die wir normalerweise gegenüber Menschen verspüren; läge dem Verhalten dieser Jugendlichen nicht ein ganzes Einstellungssystem zugrunde, das tiefer reicht als einzelne Überlegungen oder Meinungen, so wäre nicht zu erklären, wie jene spezifische Blindheit möglich wäre, die anerkennende Verhaltensweisen gegenüber bestimmten Menschen gänzlich wegfallen lässt. Ich vermute also, dass das gesamte Verhalten dieser Jugendlichen durch eine Haltung, ein Orientierungssystem ermöglicht wird, das die Anerkennungsdimension unserer sozialen Beziehungen zum Schweigen bringt und Formen der missachtenden Unterdrückung erlaubt; im Rahmen eines Habitus, der eine solche moralische Enthemmung ermöglicht, werden bestimmte Gruppen von Menschen nicht mehr als menschliche, »selbstzweckhafte« Wesen wahrgenommen, sodass auch die begleitende Verhaltensweise des respektvollen Umgangs entfällt.

Nun können wir von hier aus aber noch einen Schritt weitergehen und vermuten, dass dieses neue Einstellungssystem nur das Ergebnis einer sozialisatorischen Überformung der ursprünglich gegebenen Wahrnehmungsweise sein kann; wo Kinder es nämlich zunächst auf einer sehr elementaren Ebene gelernt haben, Menschen als distinkte Wesen mit wertvollen Eigenschaften wahrzunehmen und entsprechend mit ihnen umzugehen, da kann es sich nur um sekundäre Hervorbringungen im Fortgang ihres Sozialisationsprozesses handeln, wenn sie später den Habitus eines feindseligen Umgangs mit bestimmten Teilgruppen von Menschen entwickeln. Die Haltung, die es den Jugendlichen erlaubt, gewaltsam gegen Ausländer vorzugehen, kann nicht einfach das Ergebnis des Erwerbs von bestimmten Überzeugungen oder Theorien sein; sie sind nicht gewaltsam, weil sie davon überzeugt sind, dass die von ihnen verfolgten Ausländer verachtenswerte Eigenschaften besitzen; eher ist es umgekehrt, solche Theorien, solche rassistischen Überzeugungen können nur das Ergebnis einer Rationalisierung von Verhaltensweisen sein, die die Jugendlichen in einem sekundären Sozialisationsprozess erworben haben, der ihr primäres Einstellungssystem zu überformen vermochte. Mein Eindruck ist der, dass diese Jugendlichen nach Gründen und Erklärungen, also nach Rationalisierungen, suchen müssen, um ihren missachtenden Verhaltensweisen einen intersubjektiv verstehbaren Sinn zu verleihen; der Versuch, ihr Handeln in den narrativen Rahmen einer mythischen Erzählung einzurücken, in der »Rassen« eine zentrale Rolle spielen, stellt den Ausdruck einer Anstrengung dar, etwas weitgehend Undurchschautes mit öffentlichkeitswirksamer Bedeutung auszustatten. Zugespitzt formuliert ließe sich sogar sagen, dass diese Jugendlichen nicht gewaltsam sind, weil sie »rassistische« Überzeugungen besitzen, sondern »rassistische« Überzeugungen haben, weil sie Gewalttätigkeiten ausüben. Natürlich soll mit einer derartigen Formulierung nicht der bedrohliche Charakter der (»rassistischen«) Überzeugungen oder Alltagstheorien heruntergespielt werden, die ja im Zuge ihrer verhaltenserklärenden Anwendung durchaus eine verstärkende Wirkung entfalten können. Wenn aber die psychische Funktion nicht recht verstanden wird, den jene Mythologien im Verhaltenssystem der Jugendlichen übernehmen, lässt sich auch die Frage der Ursachen und der möglichen Therapie ihrer Gewalttätigkeiten nicht angemessen angehen.

III.

Bislang habe ich nicht mehr zu zeigen versucht, als dass die Gewaltbereitschaft der »ausländerfeindlichen« Jugendlichen der Aufhebung eines Anerkennungsverhaltens geschuldet ist, das seine genetischen Wurzeln in der frühen Einübung eines normgeleiteten Umgangs mit Menschen besitzt; dort, wo an die Stelle dieses geradezu selbstverständlichen Respekts ein Habitus der Missachtung getreten ist, muss es sich um das Ergebnis einer sekundären Sozialisation handeln, die die ursprüngliche Wahrnehmung gewissermaßen hat abstumpfen lassen und die daran gekoppelte Selbstbindung mithin aufzulösen vermochte. Schon diese erste, noch grobe Überlegung erlaubt es nun aber, sowohl über die möglichen Ursachen als auch über die potenzielle Therapie einer solchen Gewaltbereitschaft Vermutungen anzustellen, die zumindest einem Teil der öffentlichen Meinung zuwiderlaufen. Was die sozialen Ursachen anbelangt, so war schon deutlich geworden, dass die Gewaltbereitschaft gegenüber Ausländern nicht einfach das Resultat eines kognitiven Bildungsprozesses sein kann: Um die moralischen Schwellen einzureißen, die habituell mit dem frühen Anerkennungsverhalten einhergehen, bedarf es mehr als einer Überzeugung wie etwa derjenigen, dass es sich bei dem anderen Menschen um den Nutznießer einer unverdienten Bevorzugung oder um einen ökonomischen Konkurrenten handelt. Jene ursprüngliche Anerkennung von Menschen kann vielmehr nur durch einen sekundären Sozialisationsprozess aufgehoben werden, der ebenso tief in das gesamte Motivationssystem eingreift, wie es die primäre Einübung in die menschliche Wahrnehmungswelt getan hatte; es reicht nicht der Erwerb einzelner, isolierter Überzeugungen, sondern nur eine lange

Kette von motivationswirksamen Erfahrungen, um ein neues Verhaltenssystem entstehen zu lassen, in dem das vorgängige Respektverhalten zum Erlöschen gekommen ist. Ich vermute nun, dass eine solche moralzerstörende Kraft nur von Sozialisationsprozessen ausgehen kann, in denen Jugendliche am eigenen Leib erfahren müssen, wie wenig sie selber jene Form von selbstverständlicher Anerkennung genießen, die sie zunächst allen anderen Menschen garadezu reflexartig entgegenbringen; daher liegt die Hypothese nahe, dass es innerfamiliale Erfahrungen körperlicher Ohnmacht und sozialer Missachtung sind, durch die Heranwachsende in ein zweites Verhaltenssystem eingeübt werden, das sie ihr vorgängiges Anerkennungsverhalten gleichsam vergessen lässt. In einer vorzüglichen Dissertation hat Ferdinand Sutterlüty jetzt zeigen können, dass bei jugendlichen Gewalttätern tatsächlich in einem hohen Maße ein solcher Kreislauf von Erfahrungen innerfamilialer Demütigung und starker Gewaltbereitschaft gegen Schwächergestellte zu beobachten ist: Vor allem Jugendliche, die sich innerhalb ihrer Familien selbst als ohnmächtig, als minderwertig, als »nichtsnutzig« erfahren mussten, neigen später zu einer expressiven Ausübung von Gewalt, deren Opfer zumeist die Mitglieder von randständigen Gruppen der Gesellschaft sind.[3] Dieser Zusammenhang würde auch erklären, warum die bevorzugten Adressaten »ausländerfeindlicher« Gewalt die Angehörigen von ethnischen Gruppen bilden, die in der sozialen Statushierarchie die untersten Ränge einnehmen: Ebenso wie Obdachlose oder Nichtsesshafte repräsentieren sie Mitglieder des Kollektivs, dem gegenüber das Anerkennungsverhalten deswegen verlernt wurde, weil es sich aufgrund der eigenen Ohnmachtsstellung in der Familie sozial nicht bewähren konnte. Es fehlt den betroffenen Jugendlichen gleichsam die unterstützende Erfahrung sozialer Reziprozität, die notwendig zu sein scheint, um aus dem anfänglich erlernten Anerkennungsverhalten ein stabiles, dauerhaft verankertes Orientierungssystem werden zu lassen.

Mit dieser letzten Überlegung haben wir bereits den Punkt erreicht, an dem sich in ersten Umrissen auch die Konsequenzen abzuzeichnen beginnen, die sich für die Frage einer angemessenen Form der Bekämpfung der jugendlichen Gewaltbereitschaft ergeben. Die Idee, gegenüber den Jugendlichen ein Mehr an Toleranz für die Ausländer oder »Fremden« einzuklagen, scheint hier schon aus begrifflichen Gründen abwegig: Woran es den jugendlichen Gewalttätern mangelt ist nicht die Tugend der Toleranz, sondern jene elementare Einstellung des Respekts, die wir allen Menschen gleichermaßen schulden. Toleranz lässt sich nur dort sinnvoll fordern, wo es aus dem Horizont einer eingespielten Lebenspraxis heraus zunächst gute Gründe gibt, eine andere, fremde Kultur abzulehnen, weil sie mit Teilen der eigenen Überzeugungen unvereinbar ist; in solchen Fällen verlangt das Toleranzgebot, die unvermeidliche Relativität der eigenen Lebensform einzusehen, um zur wohlwollenden Duldung der entgegenstehenden Lebensweise in der Lage zu sein. Nun liefern aber weder der Ausländerstatus noch gar die Hautfarbe als solche Gründe, die es rechtfertigen könnten, die entsprechenden Personengruppen zunächst einmal abzulehnen; daher verletzt derjenige, der gegen Ausländer als Ausländer, gegen Fremde als Fremde vorgeht, nicht das Toleranzgebot, sondern das viel umfassendere Prinzip des moralischen Respekts.[4]

Aber auch das pädagogische Einfordern von Respekt scheint mir bei den Jugendlichen, um deren Gewaltbereitschaft es hier geht, eine eigentümlich stumpfe

Waffe zu sein. Wenn es nämlich zutrifft, dass die Orientierungen dieser Jugendlichen nicht das Ergebnis der Übernahme von theoretischen Überzeugungen, sondern das Produkt einer sekundären Sozialisation sind, dann handelt es sich um tief sitzende Haltungen, die gegenüber Argumenten weitgehend immun sind; solche Einstellungen, von denen schon Sartre in seiner Schrift zur »Judenfrage« gezeigt hat, wie sehr in ihnen Motive und Überzeugungen zu einem schwer zu durchdringenden Ganzen verschmolzen sind[5], lassen sich durch argumentativ nahe gebrachte Einsichten ebenso wenig korrigieren wie, um ein leichtgewichtigtes Beispiel zu nennen, bestimmte sozialisatorisch ausgebildete Vorlieben für Musiktraditionen. In beiden Fällen vermag die Darlegung noch so guter Gründe kaum eine Einstellungsänderung zu bewirken, weil die Einstellung selber eben nicht bloß ein Konglomerat aus verschiedenen Überzeugungen, sondern ein mit dem individuellen Charakter zusammengewachsenes Orientierungssystem, eine Haltung darstellt. Insofern haftet jedem Versuch, die gewaltbereiten Jugendlichen durch moralische Überzeugungsarbeit eines Besseren zu belehren, etwas Vergebliches an; die Argumente, ob sie nun aus der Pädagogik der Menschenrechte oder moralischen Lerntheorien stammen, werden ihr Ziel verfehlen, weil sie gar nicht die Kraft besitzen können, sozialisatorisch erworbene Einstellungen durch Einsichten zu ändern. Die Therapie muss vielmehr selber jene verhaltensbezogene Dimension aufweisen, die das Hartnäckige an jenen Haltungen ausmacht, die sie zu überwinden versucht; nur dann, wenn die Jugendlichen von sich aus in Form geteilter Praktiken die Erfahrung machen können, was es bedeutet, sich wechselseitig als autonome Person zu respektieren, werden sie wahrscheinlich die habituelle Bereitschaft zur Gewalt ablegen können, zu der sie aufgrund eigener Sozialisationserfahrungen gelangt sind. Auch der Begriff der »Resozialisierung« weckt hier die falschen Assoziationen, weil er viel zu sehr an Maßnahmen denken lässt, die wie von außen auf die Einstellungsweisen der Jugendlichen einzuwirken versuchen, es bedürfte stattdessen der Ermöglichung von kooperativen Verhaltenspraktiken, in denen eine friedfertige Alternative zu der Möglichkeit erprobt werden kann, durch Gewaltäußerungen zu dem Respekt zu gelangen, der in der familialen Sozialisation versagt blieb.

1 Ich lasse mich im Folgenden von Überlegungen leiten, die von einigen zeitgenössischen Philosophen wie Stanley Cavell oder Cora Diamond im Anschluss an Wittgenstein entwickelt wurden: Stanley Cavell, »Knowing and Acknowledgement«, in: ders., Must We Mean, What We Say, Cambridge 1969; Cora Diamond, The Realistic Spirit. Wittgenstein, Philosophy and the Mind, Cambridge, Mass. 1990, v. a. Kap 13–15.

2 Vgl. zur Demütigung als einem Behandeln »als ob«: Avishai Margalit, Politik der Würde. Über Achtung und Verachtung, Berlin 1997, Kap. 6.

3 Ferdinand Sutterlüty, Gewalterfahrung und Gewaltkarrieren. Elemente einer empirisch fundierten Theorie der Jugendgewalt, Diss. FU Berlin 2000.

4 Vgl. Rainer Forst, Grenzen der Toleranz, in: Beiheft des Archivs für Rechts- und Sozialphilosophie, hg. von W. Brugger u. G. Haverkate, i. E.

5 Jean-Paul Sartre, Überlegungen zur Judenfrage, Reinbek bei Hamburg 1994.

JOACHIM SENG

Damit der Schrei der Opfer nicht verstummt

Paul Celan und der Dokumentarfilm »Nacht und Nebel«

»Auch ruhiges Land, auch ein Feld mit ein paar Raben drüber, mit Getreidehaufen und Erntefeuern, auch eine Straße für Fuhrwerke, Bauern und Liebespaare, auch ein kleiner Ferienort mit Jahrmarkt und Kirchturm kann zu einem Konzentrationslager hinführen.«[1] Mit diesem abgründigen Satz beginnt die wohl ungewöhnlichste Übersetzung des Dichters Paul Celan: die Übertragung des Filmtextes von Jean Cayrol zu Alain Resnais' Dokumentarfilm *Nuit et Brouillard/Nacht und Nebel*, der vor fünfzig Jahren Premiere hatte (Uraufführung des französischen Originals am 8. Mai, der deutschen Synchronfassung im Dezember 1956). Unter den zahlreichen Übertragungen Celans aus dem Französischen nimmt diese eine besondere Stellung ein. Denn hier handelt es sich um einen Text, der mit den Bildern eines Filmes harmonieren musste. Da der Film Resnais' in Bild und Schnitt sehr präzise zusammengestellt worden war, und der Text exakt der Bildsprache folgte, war auch Celan in seiner Übertragung nicht frei, sondern eng an die Form gebunden. Dass er den Auftrag dennoch annahm, hat tiefergehende Gründe als den, dass ihn der französische Dichter Jean Cayrol selbst darum bat, dessen Roman *L'éspace d'une nuit/Im Bereich einer Nacht* (Olten/Freiburg i. Br. 1961) Celan damals gerade ins Deutsche übersetzte.

Die neuen Dokumente zur sogenannten »Goll-Affäre«, aber auch der jüngst erschienene Briefwechsel mit seiner Frau Gisèle Celan-Lestrange helfen bei der Beantwortung der Frage, warum Celan diese so außergewöhnliche Übersetzungsarbeit annahm.[2] Sie lassen die Entscheidung des Dichters in einem neuen Licht erscheinen. Diese Übersetzung war für Celan ein wichtiges »Gegenwort«, ein »Schritt«, gegen die Verleumder und eine Literaturkritik mit NS-Vergangenheit, die sich teilweise an der von Claire Goll initiierten und gesteuerten »Infamie« gegen ihn beteiligte.

Als Cayrol Paul Celan im Sommer 1956 bat, die Übertragung des Filmtextes zu übernehmen, hatte *Nacht und Nebel* bereits eine Skandalgeschichte, die Celan in einigen entscheidenden Punkten mit den Machenschaften gegen seine eigene Person in Verbindung bringen konnte. Resnais' Dokumentarfilm war zwischen Herbst 1955 und Januar 1956 entstanden und sollte als französischer Beitrag in der Kategorie »Kurzfilm« während der Filmfestspiele in Cannes gezeigt werden. In Frankreich hatte *Nacht und Nebel* schon einen ersten Preis, den »Prix Jean Vigo« erhalten, als ihm eine diplomatische Intervention bereits im Vorfeld der Festspiele zu internationaler Aufmerksamkeit verhalf.[3] Nachdem ihn das französische Auswahlkomitee Ende März 1956 für Cannes nominiert hatte, erhielt der damalige französische Außenminister Christian Pineau einen Brief der bundesdeutschen Botschaft in Paris. Darin teilte ihm der deutsche Botschafter Freiherr von Maltzahn mit, dass man nichts gegen den Film einzuwenden habe und einverstanden sei, dass man »der unglücklichen Opfer des Naziterrors gedenkt«, das Internationale Filmfestival sei nach deutscher Einschätzung jedoch nicht das richtige Forum für die Vorführung des Films: »Eine solche Veranstaltung würde zweifellos die Atmosphäre in Cannes vergiften und dem

Ruf der Bundesrepublik Deutschland schaden, da der normale Zuschauer nicht in der Lage ist, sich den Unterschied zwischen den kriminellen Anführern des Naziregimes und dem heutigen Deutschland klarzumachen.« Die deutsche Intervention hatte Erfolg. Die Franzosen zogen *Nacht und Nebel* aus dem Festspielprogramm zurück. Eine Entscheidung, die in Frankreich, aber auch in Deutschland einen Sturm der Empörung auslöste.

Celan hatte viel Gelegenheit, die Auseinandersetzung um den Dokumentarfilm in den französischen und deutschen Zeitungen zu verfolgen. Jean Cayrol gehörte zu den Ersten, die gegen die Entscheidung protestierten. In *Le Monde* schrieb er: »Aus Gründen des politischen Opportunismus, (...) reißt Frankreich jene Seiten aus dem Geschichtsbuch heraus, die ihm nicht gefallen; es entzieht den Zeugen das Wort; es macht sich zum Komplizen des Grauens (...). Diese armen Körper, die seit einigen Wochen aus Mauthausen in aller Heimlichkeit zurückkehren (...) werden nun erneut von Frankreich erstickt, das die letzte Schaufel Erde auf einen Mund wirft, der nicht mehr schreien kann (...). Die Deportierten sind zu Störenfrieden geworden. Meine deutschen Freunde, was haltet ihr von diesem Attentat auf unsere Freundschaft.« Auch in Deutschland hatte der Protest der bundesdeutschen Botschaft ein publizistisches und politisches Nachspiel. In einer Fragestunde im Deutschen Bundestag musste die Regierung der Opposition die Gründe für ihre Intervention erklären, und auch in den Feuilletons wurde der Streit um *Nacht und Nebel* zum Thema. Karl Korn berichtete in der *F.A.Z.* ausführlich über diesen »recht peinlichen Vorgang«, und die *Frankfurter Rundschau* bemerkte dazu: »Uns will es nicht einleuchten, daß ein französischer Film über deutsche Konzentrationslager, falls er nicht gehässig übertreibt (und wie sollte er das, wie hätte er das nötig?), die nationalen Gefühle der Deutschen in der Bundesrepublik verletzen soll. Anders mag es freilich mit den Beamten des Bundesaußenministeriums stehen, die sich ja in vielen Dingen mit ihren Vorgängern vom Reichsaußenministerium zu identifizieren pflegen, soweit sie nicht sogar mit ihnen identisch sind.« Obwohl der Film schließlich am 8. Mai, dem Gedenktag »Journée Nationale des Deportés«, in Cannes außerhalb des Wettbewerbs gezeigt wird, beschäftigte der Streit um *Nacht und Nebel* noch lange die Öffentlichkeit.

Celan, der sich gerade in Genf aufhielt, wo er als Übersetzer beim Internationalen Arbeitsamt tätig war, beobachtete den Vorgang und das Verhalten der französischen und deutschen Intellektuellen sicher mit großer Aufmerksamkeit. Im WDR verlas Paul Schallück eine Erklärung, in der er sich u. a. im Namen von Alfred Andersch, Heinrich Böll, Walter Dirks, Wolfgang Hildesheimer und Eugen Kogon auf die Seite Cayrols stellte und die Intervention der Botschaft scharf kritisierte. Diese Erklärung wurde sowohl in den *Frankfurter Heften* als auch, mit einer Einleitung von Hans Werner Richter versehen, in der Zeitung *Die Kultur* abgedruckt. In einem Brief an Hans Werner Richter hatte Schallück von den Irritationen berichtet, die die Film-Affäre für das bevorstehende deutsch-französische Schriftstellertreffen auslöse, das zwischen dem 28. April und 2. Mai 1956 im burgundischen Vézelay stattfand.[4] An dieser Tagung nahm auch Celan teil, der sich dort von seinen deutschen Dichterkollegen Solidarität und Ratschläge erhoffte, wie er sich den neuen Machenschaften Claire Golls gegenüber verhalten solle. Gerade erst Anfang März war ihm in einem anonymen Schreiben mitgeteilt worden, dass ihn Georg Maurer auf einem

Schriftstellerkongress in Ostberlin als einen »Meisterplagiator« bezeichnet habe, »der in seinen Versen mittelmäßig wiederholt, was Iwan Goll zur Meisterschaft gebracht hat«. Doch seine deutschen Kollegen nahmen Celan nicht ernst. Sie rieten ihm, die Sache auf sich beruhen zu lassen und taten als Verfolgungswahn ab, was Celan nicht zuletzt als antisemitische Kampagne empfand, deren Ziel es war, ihn als Dichter, aber auch als Menschen und Juden zu »vernichten«. So verließ der Dichter die Tagung, die den Arbeitstitel *Der Schriftsteller vor der Realität* trug und an der neben Ilse Aichinger, Günter Eich und Heinrich Böll auch Jean Cayrol und Marguerite Duras teilnahmen, enttäuscht über das Verhalten einiger Kollegen. Zudem hatte ihm ein Vorfall in Vézelay eine erschreckende »Realität« vor Augen geführt. Er musste die bittere Erfahrung machen, dass er als Jude – auch unter deutschen Schriftstellern und in literarischen Kreisen – wieder antisemitischen Schmähungen ausgesetzt war. Am Rande der Tagung hatte eine Teilnehmerin erklärt, dass sie »die Juden nicht riechen« könne – ein Zwischenfall, der u. a. Heinrich Böll und Rolf Schroers dazu veranlasste, kurze Zeit nach der Veranstaltung einen Offenen Protestbrief an die Teilnehmer zu versenden, in dem man die Äußerung scharf verurteilte und bedauerte.[5] Dass man in Vézelay seine Befürchtungen zur Goll-Affäre nicht ernst genommen hatte, musste Celan irritieren, zumal einige der deutschen Autoren zur gleichen Zeit in der Zeitschrift *Die Kultur* eine Refaschisierungs-Debatte führten und sich in dem von Richter mitbegründeten »Grünwalder Kreis« engagierten, der gegen Verlage prozessierte, die wieder ungehindert nationalsozialistisches Gedankengut verbreiteten und von der »Auschwitz-Lüge« sprachen. Celan selbst nahm im Oktober 1956 an der Tagung des »Grünwalder Kreises« in Köln teil und schloss die Arbeit an der Übersetzung des *Nacht und Nebel*-Textes nur eine Woche nach deren Ende ab. In Köln war er auch über die Unterwanderung der gerade neu geschaffenen Bundeswehr durch ehemalige SS-Angehörige unterrichtet worden. Denn zum unmittelbaren historischen Kontext der Diffamierungskampagne gegen Celan und des Film-Skandals gehört die Entscheidung des Bundestages zur Wiederbewaffnung. Gerade war per Gesetz die allgemeine Wehrpflicht eingeführt worden. Als im Juli 1956 der Film *Nacht und Nebel* im Münchener Amerikahaus (noch ohne deutsche Übersetzung) aufgeführt wird, nimmt Erich Kuby dies zum Anlass, um mit Nachdruck darauf hinzuweisen, dass der Film gerade an jenem Tag gezeigt wird, »an dem die Regierung durch ihre parlamentarische Mehrheit dem Volk die Wehrpflicht aufzwingt«.[6] Sein Artikel schließt mit der Frage, ob die Bundesregierung den Film nur deshalb nicht gezeigt sehen wolle, weil sie wieder Offiziere brauche.

In dieser Situation erreicht Celan die Bitte Jean Cayrols, den Filmtext von *Nacht und Nebel* ins Deutsche zu übersetzen. Beide Dichter hatten den Terror des Nazi-Regimes schmerzhaft am eigenen Leib erfahren müssen. Jedoch aus unterschiedlichen Perspektiven: Celan, weil er Jude war, Cayrol, weil er sich seit 1941 in der Résistance engagierte und gegen die deutschen Besatzer Widerstand leistete. Deshalb wurde er 1942 verhaftet und »bei Nacht und Nebel« in das Konzentrationslager Mauthausen deportiert, wo er nur knapp der Vollstreckung des Todesurteils entging. Cayrols moralische Integrität wird Celan sicher nie in Frage gestellt haben, allerdings wird ihm auch nicht entgangen sein, dass Cayrols Text an keiner Stelle davon spricht, dass die Todesfabriken der Nazis in erster Linie der Vernichtung von Juden dienten. Das Wort »Jude« taucht im gesamten Text nur an einer einzigen Stelle auf, an der von einem »jüdischen Studenten« die Rede ist. Überhaupt kann der Zuschauer nur in vier Szenen anhand des Davidsterns zweifelsfrei erkennen, dass es sich bei den gezeigten Opfern um Juden handelt. Dieser Blickwinkel war in Frankreich nicht ungewöhnlich. Bis in die achtziger Jahre hinein wurden die Worte »déportation« und »concentrationnat« nicht mit der Shoah, sondern fast ausschließlich mit dem Widerstandskampf der Franzosen in Verbindung gebracht.[7] Ähnliches galt für den Filmtitel. Anders als im Deutschen, wo die Verbindung »Nacht und Nebel« schon im Mittelhochdeutschen nachgewiesen werden kann, wurde der Begriff in Frankreich erst während der Zeit der deutschen Besatzung in der eigenen Sprache zum feststehenden Begriff. Er erinnerte an den sogenannten »Nacht-und-Nebel-Erlaß«, der im besetzten Frankreich die »Verfolgung von Straftaten gegen das Reich oder die Besatzungsmacht« regelte. Er sah vor, dass alle des Widerstandes Verdächtigen »bei Nacht und Nebel« nach Deutschland deportiert werden sollten. Jean Cayrols erster Gedichtband nach dem Krieg trug daher auch den programmatischen Titel *Poèmes de la nuit et du brouillard*. Allerdings sollte *Nacht und Nebel* nach dem Willen seiner Macher nicht allein an die nationalsozialistischen Verbrechen erinnern. Der Film richtete sich gegen Rassismus im Allgemeinen und nahm damit auch deutlich Bezug auf die aktuelle französische Kolonialpolitik sowie die Haltung der Nationalisten und der Armee in der Algerien-Krise.

Vieles musste für Celan gegen die Annahme des Auftrages sprechen. Zum einen war es die Bundesregierung, die die Übersetzung ins Deutsche finanzierte, weil sie mittlerweile zu der Einsicht gelangt war, mit der Intervention in Cannes dem deutschen Ansehen in der Welt mehr geschadet als genutzt zu haben. Zudem war dies keine poetische Übersetzung im strengen Sinn. Dem Dichter musste der Auftrag, in einer Phase, in der er »seit einem Jahr kaum eine richtige Zeile zu Papier« gebracht hatte, alles andere als gelegen kommen. Wohl zu keinem anderen Zeitpunkt in seinem Leben hätte der Dichter ihn angenommen. Nie hatte er sich bisher öffentlich zu politischen Fragen oder zur Shoah geäußert. Was er dazu zu sagen hatte, sagte er ausschließlich mit seinen Gedichten und poetischen Übersetzungen. Für Celan war die Übertragung des Filmtextes zu *Nacht und Nebel* daher mehr als ein Übersetzungsauftrag oder ein Freundschaftsdienst. Es war ein öffentliches Bekenntnis, tatsächlich ein »Gegenwort« gegen die Verleumder. Er, der nur wenige Jahre später von Claire Goll auf unsägliche Weise beschuldigt wurde, er wisse die Ermordung seiner Eltern als »traurige Legende« tragisch zu schildern, hatte nun seinen Namen mit einem Dokumentarfilm verknüpft, der über den Massenmord der Nationalsozialisten berichtete. Seine Übersetzung hielt die Erinnerung an das Leid der Menschen in deutschen Vernichtungslagern in der Sprache der Mörder, der deutschen Sprache wach. Gerade das versuchte Celan ja auch mit seinen Gedichten. Christoph Graf von Schwerin, der dem Dichter in den 50er Jahren in Paris begegnete, erinnert sich an ein Gespräch über den Filmtext zu *Nacht und Nebel* und Celans Bemerkung, »nach Auschwitz habe kein Mensch mehr das Recht, unpolitisch zu sein«[8].

Auch gilt es daran zu erinnern, dass *Nacht und Nebel*, nach den Reeducation-Filmen der Alliierten unmittelbar nach Kriegsende, der erste Dokumentarfilm über die Grauen der deutschen Vernichtungslager war, der in Deutschland gezeigt wurde. Gerade jüngere Menschen kannten die Dokumentarbilder und -filmausschnitte über und aus den Konzentrationslagern nicht, die heute den meisten vertraut sind. Der Film hatte eine aufklärerische Wirkung, auch wenn er nicht in öffentlichen Kinos gezeigt wurde, sondern, bedingt durch das von der Bundesregierung gewünschte Vertriebssystem, nur auf Anfrage für »nichtgewerbliche Vorführungen« zur Verfügung stand. Das »Dokument des Grauens«, so beschwerte sich Karl Korn, komme »nur vor eine Separatöffentlichkeit«.

Zur Geschichte dieser besonderen Übersetzung Celans gehört es aber auch, dass sie lange Zeit beinahe völlig unbeachtet blieb. Erst die Herausgeber der ersten Werkausgabe (Frankfurt 1983) ordneten *Nacht und Nebel* wieder in das umfangreiche Übersetzungswerk Celans ein. Zu Recht, denn trotz der strengen Vorgaben, die das Medium Film an den Übersetzer stellte, entwickelte der Dichter gegenüber dem Text Cayrols einen eigenen Stil, nahm wichtige und charakteristische Veränderungen vor, durch die Celan Film und Text mit seinem eigenen Schicksal verband. Den Originaltext besaß er in Form eines kleinformatigen Heftes, in das er überwiegend mit Bleistift eine erste Übersetzung ausgewählter Stellen eintrug, die meist wörtlich dem Originaltext folgte. Erst in weiteren Arbeitsschritten fertigte Celan eine »persönlichere« Übertragung an.[9] Ein Beispiel: Cayrol hatte im Zusammenhang mit den Deportationen aus ganz Europa typifizierende Namen verwendet und damit Personen auf eine bestimmte Nation festgelegt (Burger der Deutsche, Schmulzki der Pole und der Jude heißt Stern). Celan dagegen verzichtete auf die Nennung der Namen. Die bereits ausgewählten Opfer können in seiner Übersetzung in jedem Fall auch Juden sein. Und dort, wo Cayrol Städte aufzählte, die Ausgangsorte für Festnahmen und Deportationen waren, verändert Celan den Text und fügt Wien, Budapest und Paris hinzu – Orte seiner eigenen Flucht und Geschichte.

Innerhalb der Forschung fiel das Augenmerk bislang fast ausschließlich auf die sprachlichen Interdependenzen zwischen Film- und Gedichttexten, denn auch in seinem eigenen dichterischen Werk, vor allem in *Sprachgitter*, hat der Film *Nacht und Nebel* Spuren hinterlassen (z. B. in *Stimmen*, *Tenebrae*, *Ein Auge, offen* und besonders im großen Schlussgedicht *ENGFÜHRUNG*). Unbeachtet blieb dabei, dass Celan auch Resnais' avantgardistische Filmsprache teilweise adaptiert. Der Regisseur hatte sich bei *Nacht und Nebel* dazu entschieden, für die Gegenwart den Farbfilm und für die Vergangenheit den Schwarzweißfilm bzw. -bilder zu wählen. Er hatte dafür 1955 in Auschwitz und Maidanek gedreht. Der Weg von der Farbe (Gegenwart) ins Schwarzweißbild (Vergangenheit) ist im Film der Weg, den das Gedächtnis nimmt. Dabei ist die Farbkamera ständig in Bewegung. Im Gegensatz zu den statischen Lagerruinen scheint das »Auge« der Kamera auf der Suche nach der Vergangenheit zu sein, die sich unter diesen Steinen verbirgt. Die unkonkreten Farbbilder der KZ-Landschaft werden durch die Schwarzweißdokumente eindeutig festgelegt. Während der Blick der Farbkamera die Oberfläche des KZ-Geländes abtastet, dringen die Schwarzweißbilder unter die Oberfläche und bringen die grausame, »vergangene« Realität des Lagers an den Tag. Der Zuschauer wird gezwungen, sie zur Kenntnis zu nehmen. Ein vergleichbares Verfahren verwendet Celan in *ENGFÜHRUNG*, wenn er ständig zwischen Präsens und Präteritum, der Zeitform der Erinnerung in der geschriebenen Sprache, wechselt. In diesem Gedicht, in dem er das Thema der berühmten *Todesfuge* am unmissverständlichsten wieder aufnimmt, hat der Film seine deutlichsten Spuren hinterlassen. Hier tastet der »Finger« des Dichters »hinab und hinan« und hält die Wunde fühlbar und offen, welche die Vergangenheit geschlagen hat – analog zur Kamera, die an den Steinruinen des KZs suchend entlang tastet, um unter ihnen die Vergangenheit wieder lebendig werden zu lassen. In seinem Text zu *Nacht und Nebel* war Cayrol der Bildsprache des Films gefolgt und hatte beständig zwischen Imparfait und Präsens gewechselt. Dagegen bleibt Celans Kommentar – und darin liegt der grundlegende Unterschied zur Originalversion – mit wenigen Ausnahmen im Präsens. Er versetzt sich in die Gegenwart der Opfer. Es lässt sich sogar die Textstelle exakt bestimmen, an der Celan die erzählende Vergangenheit des Kommentators verlässt. Dort wo Cayrol schreibt: »Wir können euch nur den äußeren Schein, die Farbe dieses Backstein-Schlafraumes, dieses bedrohten Schlafes zeigen«, übersetzt Celan: »Von Gefahren umlauerter, backsteinfarbener Schlaf …« Celans Übersetzung weist über das Wort »Schlaf« hinaus ins Offene, in den Bereich des Traums. Hier vollzieht er den Übergang in die Gegenwart des Lagers, die er nun nicht mehr verlässt. Selbst dort, wo die Bilder Resnais' leere Baracken und gesprengte Krematorien zeigen, »belebt« Celans Sprache die Szenerie: Er erinnert sich nicht, er berichtet, als sähe er, was geschieht. Die Nähe seines Kommentars zum grausamen Geschehen im KZ führt einen Kampf gegen die Bilder des Films, die dem Zuschauer nur noch die Ruinen der Angstlandschaft zeigen – so als wäre nun alles vorbei. So übersetzt Celan, dessen Mutter vermutlich im Winter 1942/43 bei »einer Liquidierung« mit Genickschuss ermordet worden war, Cayrols distanzierten Text zu Bildern einer Erschießung von Juden in Polen und der Sowjetunion (»Diese Bilder sind einige Augenblicke vor einer Hinrichtung aufgenommen«), mit: »Wenige Augenblicke vor einer Liquidierung …« Indem Celan das Zeitwort vermeidet, bleibt sein Kommentar offen. Er macht uns zu Mitwissern des Geschehens, das unmittelbar auf das Verstummen des Kommentators folgte: »einer Liquidierung«.

Wie sehr Celan diese Übertragung unter dem »Akut des Heutigen« anfertigte, zeigt jene Stelle, an der er dem französischen Originaltext etwas hinzufügt. Cayrol hatte am Ende des Films einige Tätergruppen genannt, die ohne Strafe davonkamen. Anfangs folgt Celan der Vorlage nahezu wörtlich: »Irgendwo gibt es noch Kapos, die Glück hatten, Prominente, für die sich wieder Verwendung fand, Denunzianten, die unbekannt blieben«, doch dann folgt sein Zusatz: »gibt es noch alle jene, die nie daran glauben wollten – oder nur von Zeit zu Zeit.« Während Cayrol nur jene benennt, die sich aktiv schuldig machten, erweitert Celan den Kreis der Schuldigen um »alle jene«, die den Massenmord an Menschen, weder damals noch im Jahr 1956 zur Kenntnis nehmen wollten. Die diplomatische Affäre um den Film *Nacht und Nebel* sowie seine Erfahrungen mit den Verleumdern und Beschönigern aus Deutschland hat Celan bereits in seine Übertragung eingearbeitet.

In einer wichtigen Notiz zu Celans Büchnerpreis-Rede heißt es: »Erst wenn du mit deinem allereigensten Schmerz zu den krummnasigen, bucklichten und mauschelnden und kielkröpfigen Toten von Treblinka, Auschwitz und anderswo gehst, dann begegnest du auch dem Aug und seinem Eidos: der Mandel. (…) Nicht das Motiv, sondern Pause und Intervall, sondern die stummen Atemhöfe, sondern die Kolen verbürgen im Gedicht die

Wahrhaftigkeit solcher Begegnung.«[10] Während Celan mit der Annahme des Übersetzungsauftrages ein öffentliches Zeichen für all jene setzte, die verleumdeten und verschwiegen, führte die Arbeit an *Nacht und Nebel* auch zu einer Begegnung mit den »Toten von Treblinka, Auschwitz und anderswo«. Der Film schließt mit den Worten: »Diese Landschaft: die Landschaft von neun Millionen Toten. Wer von uns wacht hier und warnt uns, wenn die neuen Henker kommen? (...) Und es gibt uns, die wir beim Anblick dieser Trümmer aufrichtig glauben, der Rassenwahn sei für immer darunter begraben (...), uns, die wir vorbeisehen an den Dingen neben uns und nicht hören, daß der Schrei nicht verstummt.« Diese Worte waren auch an die deutschen Freunde und Kollegen gerichtet, die Claire Golls Rufmord-Kampagne gegen ihn nicht ernst nehmen wollten. Die Übersetzung des Filmtextes von *Nacht und Nebel* war eine Entgegnung, ein Gegenwort, ähnlich wie Celans Gedichte, die – so paradox dies auch klingen mag – mit ihren »stummen Atemhöfen« der deutschen Sprache, der Sprache der Mörder, einen Raum geschaffen hat, in dem der Schrei der Opfer nicht verstummt.

1 Paul Celan. Nuit et Brouillard / Nacht und Nebel. In: P. C., Gesammelte Werke in sieben Bänden (GW), Bd. IV, S. 76–99, Frankfurt am Main 2000, hier S. 77.
2 Paul Celan – Die Goll-Affäre. Hrsg. von Barbara Wiedemann, Frankfurt am Main 2000 und Paul Celan – Gisèle Celan-Lestrange, Briefwechsel. Mit einer Auswahl von Briefen Paul Celans an seinen Sohn Eric. Aus dem Französischen von Eugen Helmlé. Hrsg. u. kommentiert von Bertrand Badiou in Verbindung mit Eric Celan. Anmerkungen übersetzt und für die deutsche Ausgabe eingerichtet von Barbara Wiedemann, Frankfurt am Main 2001.
3 Für die meisten im Folgenden angeführten Dokumente zur Geschichte des Films vgl.: Richard Raskin, Nacht und Nebel by Alain Resnais. On the Making, Reception and Functions of a Major Documentary Film. Aarhus University Press 1987.
4 Vgl. Paul Schallück an Hans Werner Richter, Brief vom 17. 4. 1956. In: Hans Werner Richter, Briefe. Hrsg. von Sabine Cofalla. München, Wien 1997, S. 226f.
5 Vgl. dazu: Paul Celan – Die Goll-Affäre, a. a. O., bes. S. 829 sowie Paul Celan – Gisèle Celan-Lestrange, Briefwechsel, a. a. O., Bd. 2, S. 91f. und 423.
6 Erich Kuby, Tag und Nebel. Wer trägt die Verantwortung. In: Die Kultur, 15. Juli 1956, 4. Jg., Nr. 64, S. 1.
7 Judith Klein, Schreiben nach Auschwitz. Die französische Debatte. In: GRM, N.F., Bd. 44 (1994), H. 2, S. 206f.
8 Christoph Graf von Schwerin, Als sei nichts gewesen. Erinnerungen, Berlin 1997, S. 215.
9 Zu den Besonderheiten der Celanschen Übertragung und deren Bedeutung für Celans dichterisches Werk vgl.: Joachim Seng, Auf den Kreis-Wegen der Dichtung. Zyklische Komposition bei Paul Celan am Beispiel der Gedichtbände bis »Sprachgitter«, Heidelberg 1998, bes. S. 269ff.
10 Paul Celan, Der Meridian. Endfassung – Vorstufen – Materialien. Hrsg. von Bernhard Böschenstein und Heino Schmull unter Mitarb. von Michael Schwarzkopf u. Christiane Wittkop (Tübinger Ausgabe), Frankfurt am Main 1999, S. 128.

WOLFGANG MATZ

Repräsentative Fopperei

André Gide, fünfzig Jahre danach

I.

Wie gründlich nagt doch der Zahn der Zeit! Als André Gide am 19. Februar 1951 mit einundachtzig Jahren starb, war sein Tod ein europäisches Ereignis. Fünfzig Jahre später ist Gide außerhalb von Frankreich kaum mehr als ein Name vergangener Literaturgeschichte, ist kaum noch nachvollziehbar, dass sein internationaler Rang als intellektueller und literarischer Repräsentant wohl nur mit demjenigen Thomas Manns vergleichbar war. Noch 1985 schrieb der bedeutende Kritiker Maurice Nadeau über den Gide der Nachkriegszeit: »Im Jahre 1946 ist er der berühmteste französische Schriftsteller, er überstrahlt seine Kollegen, die der Krieg hat altern oder an Wert verlieren lassen, er wird als Meister anerkannt von den Jüngeren wie Malraux, Sartre, Camus, die ohne ihn nicht wären, was sie geworden sind. Er herrscht. Die Universität Oxford macht ihn 1947 zum Doktor *honoris causa*. Schweden verleiht ihm im gleichen Jahr den Nobelpreis. Die Feinde von früher haben endgültig die Segel gestrichen. Die Aufführung der *Caves du Vatican* an der Comédie Française 1950 ruft die Festlichkeiten für den Voltaire seiner letzten Jahre ins Gedächtnis.« Und am 24. Mai 1952 ehrt der Vatikan den lebenslangen Provokateur auf seine Weise, indem er das Gesamtwerk, wie zuvor bereits der Kreml, postum auf den *Index librorum prohibitorum* setzt.

Doch das Erstaunen über die ungeheure, ungerechte Abwertung durch die gleichgültige Nachwelt macht leicht übersehen, wie erstaunlich bereits der Aufstieg zu diesem unangefochtenen Gipfel gewesen war. André Gide ist der unwahrscheinlichste Repräsentant, den die literarische Welt sich wählen konnte. Der frühe symbolistische Ästhet, der homosexuelle Außenseiter der autobiographischen Werke, der Ankläger des französischen Kolonialsystems, der Sympathisant und Kritiker des Kommunismus – jede einzelne dieser aufeinander folgenden Gestalten Gides scheint seiner späteren Rolle ausdrücklich zu widersprechen. Und doch ist er der Einzige gewesen, der sie zu erfüllen vermochte – eine intellektuelle Bahn, die vielleicht nur in Frankreich möglich war.

Ein solcher Prozess schleichenden Vergessens lässt sich kaum noch revidieren. Deshalb scheint es fast ein Wunder zu sein, wenn ein Verlag in dieser Situation das Wagnis einer zwölfbändigen Werkausgabe eingeht. Freilich handelt es sich keineswegs um ein Mirakel, vielmehr um das Beispiel für eine außerordentliche verlegerische Autorentreue, wie sie ihrerseits fast nur noch in Geschichtsbüchern bezeugt ist. 1928 ist das erste Buch André Gides in der Deutschen Verlags-Anstalt erschienen, die das Gesamtwerk dieses Autors seitdem betreut. Der Entschluss, noch einmal auf fast siebentausend Seiten zusammenzufassen, was sein Lebenswerk ausmacht, zeugt nicht unbedingt von ökonomischer Vernunft. Doch beweist sich in ihm ebenjene Kultur, ohne die das Verlagswesen zum bloßen Geschäft verkommt. Gewiss, man wird auch hier Einwände an der Edition nicht verschweigen können: Die manchmal allzu verschwatzten Vor- und Nachworte mit überflüssigen, belehrenden Interpretationsanleitungen, die häufig leider nur korrekten, durchschnittlichen Neu-Übersetzungen, unter denen die von Gerda Scheffel und Andrea Spingler sowie die von Johanna Borek bearbeiteten autobiographischen Bände allerdings herausragen. Alles in allem sollten solche Kritteleien das unschätzbare Verdienst dieser Gesammelten Werke jedoch nicht schmälern: Zum ersten Mal seit Jahrzehnten wird André Gide dem deutschen Leser im Ganzen wieder zugänglich, ein Lebenswerk nachles- und überprüfbar, die Revision einer Wirkungsgeschichte denkbar, die im Vergessen endete.

II.

Bei André Gide wird bereits die Anordnung der Edition zu einer die Lektüre bestimmenden Vorentscheidung. Die Einteilung der Gesammelten Werke nach Werkgruppen klärt die Proportionen sofort: Die autobiographischen und erzählenden Schriften dominieren. Reisen und Politik, lyrische und szenische Dichtungen treten dagegen zwar im Umfang zurück, nicht jedoch in ihrer Bedeutung für Leben wie Werk; die frühen *Früchte der Erde* haben vielleicht die größte Wirkung auf die Zeitgenossen ausgeübt, und die beiden Russlandbücher der dreißiger Jahre erregten Aufsehen und Anstoß, wie es die *Falschmünzer*, der einzige Roman, niemals vermochte. Zugleich erweckt diese Anordnung jedoch den Eindruck einer Systematik, die es in Gides Werk faktisch nicht gegeben hat. Eine chronologische Anordnung hätte auf den ersten Blick vielleicht verwirrend gewirkt, sie könnte freilich dokumentieren, wie konsequent das Auftauchen und Verschwinden von Lyrik und Theater, Autobiographie und Erzählung der Existenz und den Erfahrungen des Menschen und Schriftstellers folgt. Kein anderer Franzose hätte mit ähnlicher Berechtigung von seinen Werken behaupten können, sie seien im goetheschen Sinne Bruchstücke einer lebenslangen Konfession. Gide war keiner, der die verschiedenen Genres seines Werks regelmäßig bediente; die Wechsel, Sprünge und Wandlungen spiegeln vielmehr das Maß an Öffnung und Verschlossenheit gegenüber der Welt wider, die Oszillation zwischen Engagement und Rückzug.

Hier auch liegt der einzige große Mangel dieser Gesammelten Werke. Indem sich der lieblos zurechtgemachte Schlussband »Essays und Aufzeichnungen« auf die umfangreichen Arbeiten zu Dostojewski und Chopin sowie ein paar kleinere Aufsätze zu Literatur und Politik beschränkt, lässt er den publizistischen Gide beinahe vollständig verschwinden – in der kürzlich erschienenen Pléiade-Ausgabe immerhin mehr als tausend eng bedruckte Seiten Aufsätze, Vorträge, Rezensionen, Vorworte und Ähnliches zu den Forderungen des Tages. Gewiss ist davon heute nicht alles unverzichtbar, aber die kritische und journalistische Aktivität begleitet Gides Werk durchgehend seit seiner Reifezeit. Der ungeheure, überhaupt nicht zu überschätzende Einfluss, den er während der Zwischenkriegszeit in der französischen Literatur ausübte, verdankte sich dieser, der Aktualität zugewandten Seite seiner Produktion aber nicht weniger als seinen dichterischen Werken.

Schon 1918 räumte Ernst Robert Curtius Gide eine ausdrücklich herausgehobene Stellung unter den *Literarischen Wegbereitern des neuen Frankreich* ein; gerade wenn man sich diese Gesammelten Werke in ihrer historischen und lebensgeschichtlichen Abfolge vergegenwärtigt, wird dem heutigen Leser überdeutlich, dass keiner aus Curtius' Reihe, weder Rolland, Suarès, Péguy noch der Ausnahmefall Claudel, André Gide in seiner geschichtlichen Bedeutung nahe kommt. Gide hat Frankreichs Übergang in die Moderne verkörpert wie kein Zweiter. Der gleiche Autor, der mit seinen ersten Veröffentlichungen, den *Heften* und den *Gedichten des André Walter*, 1891 und 1892, noch ganz in der geistigen Welt des späten neunzehnten Jahrhunderts steht, des Symbolismus und der Décadence, stark geprägt durch die auch persönlichen Begegnungen mit Stéphane Mallarmé und Oscar Wilde, er befindet sich in den dreißiger Jahren des neuen Jahrhunderts im Mittelpunkt der Auseinandersetzungen um engagierte Literatur und den Weg des sowjetischen Kommunismus. Und gegen Ende seines Lebens sieht er noch den Existenzialismus sartrescher Prägung zur herrschenden intellektuellen Strömung aufsteigen. Bei dieser Entwicklung war Gide nicht etwa nur Begleiter, er war Anreger und treibende Kraft. Wenn Curtius schreibt, in Gides frühem *Traktat vom Narziß*, der Text stammt aus dem Jahr 1891, sei »alles, was Gides spätere Bücher entfalten, schon keimhaft zusammengedrängt«, so mag das zum damaligen Zeitpunkt der bestimmende Eindruck gewesen sein; der Blick auf die zweite Hälfte von Gides Werk korrigiert die Einschätzung, denn gerade die weltzugewandte, öffentliche Seite dieses Schaffens war für Curtius seinerzeit noch nicht absehbar.

Bei einem Werk, das zeitweise so dicht an der Aktualität, an den neuesten Strömungen und deshalb auch Moden entlangging, stellt sich die Frage, was davon ein Jahrhundert später auch jenseits eines bloß historischen Interesses haltbar geblieben ist, naturgemäß besonders scharf. Vieles, sehr vieles, was einst als das Aufregende, Provozierende, Neue, eben als die aktuelle Thematik Gides empfunden wurde, kann gerade als »Thema« heute kaum noch Interesse wecken. Was etwa vermag die »Befreiung der Sinne«, wie sie die *Früchte der Erde* im wahrsten Sinne des Wortes *predigen*, in der Epoche eines Michel Houellebecq noch bedeuten, wo auch nicht mehr der kleinste Rest Sinnlichkeit zu befreien bleibt? Und die sokratischen Dialoge im *Corydon* sind nicht unberührt davon geblieben, dass die Homosexualität heute ein Geschäftszweig der Vergnügungsindustrie ist wie jeder andere. Aber das sind Einwände allenfalls gegen das vordergründige Bestreben, in literarischen Werken der Vergangenheit um jeden Preis »Aktualität« entdecken zu wollen; gegen das Werk selbst richten sie sich nur dort, wo die Zeitgebundenheit seine individuelle künstlerische Kraft übertrifft.

In der frühen Lyrik und Prosa wird man vor allem den Reflex eines beginnenden Autors auf jene Dichter sehen, die den Übergang zur Moderne ankündigten, vor allem Stéphane Mallarmé. Gides Sprache aber ist noch nicht auf einer Höhe, dass diese Frühwerke neben den vollendeten Spätwerken Mallarmés bereits als gültige Zeugnisse des späten Symbolismus bestehen könnten; eher als einen ersten Höhepunkt markieren sie in Wahrheit Abschied und Aufbruch. Höchst bezeichnend für Gides vielfältige schöpferische Persönlichkeit ist es, dass die Werke der folgenden Epoche, der ersten, in der sich eine künstlerische Eigenständigkeit deutlich ausspricht, dem Erosionsprozess der Zeit in sehr unterschiedlichem Maße widerstanden haben. Die Leichtigkeit, der Spott, die Ironie der *Paludes*, mit denen eine treffende Typologie des französischen, nein: Pariser Salon-Schriftstellers skizziert wird, überzeugt heute noch ebenso wie der existentielle Ernst des *Immoralisten* und, einige Jahre später, der *Engen Pforte*. Das Pathos der *Früchte der Erde* dagegen wirkt inzwischen nur noch dekorativ; es scheint in seiner ostentativen Schönheitstrunkenheit dem eigenen Programm eines nietzscheanischen »Bleibet der Erde treu, meine Freunde« ausdrücklich zu widersprechen, und es hat die spätere Verspottung dieser Art ästhetischer Rhetorik, etwa in Thomas Manns *Tristan*, definitiv nicht überlebt. Und fast zwangsläufig bringt die deutsche Übersetzung, wenn sie unreflektiert das Original imitiert, nicht viel anderes hervor als mit großem Pedal gespielte Epigonalität, viel pompöser und preziöser noch als Gide selber: »Früchte! / Ich harre eurer, Früchte! / Labungen, euch suche ich; / Ihr seid schön wie das Lachen des Sommers. / Ich weiß, daß ich keine Begierde empfinde, / Deren Erfüllung nicht schon bereitstünde. / Jedes Hungers harrt sein Lohn.« Abgesehen davon, dass im Schlussvers Subjekt und Objekt vertauscht wurden – auf eine verschmocktere Version als diesen Genitiv muss einer erst einmal kommen!

Die zeitgenössische Wirkung der

Nourritures war überwältigend, weshalb Gide deren Bedeutung in einer späteren Auflage selber vorsichtig relativierte: »*Die Früchte der Erde* sind das Buch, wenn nicht eines Kranken, so doch eines Genesenden oder Geheilten – eines Menschen jedenfalls, der krank gewesen ist. In seinem Lyrismus schwingt das Übermaß eines, der ein Leben umarmt, das er beinah verloren hätte.« So ist es zu verstehen, dass diese Seite seines Wesens kaum eine Fortsetzung fand, das Programm der *Nourritures* hatte sich erledigt, lebensgeschichtlich, vor allem aber künstlerisch – will heißen: sprachlich. Als viel angemessener und produktiver erwies sich für Gide die Weiterentwicklung seiner Erzählformen, und die unprätentiöse Leichtigkeit, die unaufdringliche, zuweilen fast unscheinbare Eleganz einer Sprache, die sein erzählerisches Werk bis zu der späten Trilogie der *Schule der Frauen* und zum *Theseus* durchdringt, klingt auch heute noch frisch, ja kaum gealtert. Und die *Verliese des Vatikans* leben inzwischen weniger von ihrem antiklerikalen Spott, ihrer Philosophie des *acte gratuit*, als vielmehr von der Präsenz ihrer hinreißenden Hauptfigur Lafcadio, der vielleicht überzeugendsten Männergestalt in Gides Erzählwerk.

Keines dieser Werke trägt die Gattungsbezeichnung Roman, im Gegenteil, Gide hatte eine Reihe von Begriffen gewählt, die seine Distanz gegenüber der traditionellen Form ausdrücklich markieren sollten: *traité*, *récit*, *sotie*, was am ehesten mit Traktat, Erzählung, Narrenspiel zu übersetzen wäre. Ironischerweise ist das einzige Buch, das Gide ausdrücklich einen Roman nannte, *Die Falschmünzer* des Jahres 1926, dasjenige Werk, das schon im erzähltechnischen, formalen Sinne das größte Experiment war, auf das Gide sich zeitlebens eingelassen hat. Die Verschränkung von Erzählpassagen mit Reflexionen des Erzählers, mit Briefen und mit den Tagebüchern eines Schriftstellers, der einen Roman mit dem Titel *Die Falschmünzer* schreibt, treibt die Fragmentarisierung des Erzählens auf einen äußersten Punkt. Diese Auflösung der Romanform als Roman dementiert eigentlich in seiner schieren Existenz jene Rolle als »Hauptwerk«, die Gide selber ihm lange Zeit zuschrieb und in der man es noch immer in der akademischen Registratur verzeichnet findet. Gewiss nehmen *Die Falschmünzer* in ihrem Anspruch auf Totalität eine zentrale Stelle in Gides erzählendem Werk ein, dies Gesamtwerk aber zeichnet sich gerade dadurch aus, dass es die Idee des Hauptwerkes ignoriert und dabei den Begriff des Romans stets nur in einer gewissen Entfernung umkreist. Gides erzählendes Œuvre besteht nicht, wie in der traditionellen Vorstellung, aus einer Reihe zentraler Hauptbücher, es ist eine Konfiguration von Texten meist sogar recht geringen Umfangs, die alle gleich nah zum Mittelpunkt dieses Werkes stehen. Wer sich Gide über die Lektüre seines »Hauptwerks«, der *Falschmünzer*, nähern will, wird ihn deshalb vollkommen verfehlen.

III.

Im Jahre 1946 stellte der Freund Pierre Herbart Gide die Frage, welches seiner Werke er auswählen würde, falls nur eines für die Nachwelt überleben dürfte. »Ich glaube, es wäre mein *Tagebuch*«, antwortete Gide. Eine bemerkenswerte Replik, selbst wenn man den natürlichen Anteil von Koketterie in Rechnung stellt: Ein autobiographisches Dokument soll wichtiger sein selbst als der große *Falschmünzer*-Roman? Aber der Schein trügt. Gides Tagebuch ist in Wahrheit kein Dokument, es ist – zumindest der von ihm selbst edierte Teil – ein eigenständig gestaltetes Werk, das sich in den großen Komplex seiner autobiographischen Schriften einfügt. Und tatsächlich ist Gides Werk ohne diese Seite einer lebenslangen Selbsterkundung und Konfession weder für sich selbst noch in seiner ungeheuren öffentlichen Wirkung zu erfassen. Doch gehören nicht nur die autobiographischen Werke im engeren Sinne, also die Erinnerungen und Tagebücher, zu diesem Kreis: Autobiographisch geprägt sind auch die großen politischen Bücher, die Reisen in den Kongo und die Sowjetunion, sind die bemerkenswerten Berichte über Kriminalfälle, wie *Die Eingeschlossene von Poitiers*, welche durch Gides Zeit als Schöffe am Schwurgericht angeregt wurden, nicht zu vergessen ein philosophisch-essayistisches Werk wie die *Corydon*-Dialoge.

Während das *Tagebuch* Werk und Leben kontinuierlich begleitet, dabei schon früh und regelmäßig in Auszügen publiziert wurde, verdanken sich die großen Erinnerungs- und Reisebücher einem periodisch auftretenden, verstärkten Interesse an der Selbstreflexion. In der frühesten Zeit ging das eigene Leben noch vermittelt in die Werke selber ein; als direkte Verwertung der eigenen Tagebücher in den *Heften des André Walter*, als Verwandlung der eigenen Lebensgeschichte zu Literatur in der *Engen Pforte*. Erst als Gide das vierzigste Lebensjahr überschritten hat, drängt sich der eigene Lebensstoff so in den Vordergrund, dass er nach einer nicht länger verkleideten Behandlung verlangt – der eigene Lebensstoff, das ist vor allem das Problem der Homosexualität. Über mehr als ein Jahrzehnt zieht sich diese Phase »aufeinanderfolgender Aufrichtigkeiten« hin. Die beiden entscheidenden Bücher erscheinen zunächst in unverkäuflichen Drucken zu je zwölf Stück: *Corydon*, die sokratische Verteidigung der Homosexualität, und *Stirb und werde*, die wirkliche Autobiographie und rücksichtslose *éducation sentimentale*. 1911 war der erste anonyme Privatdruck von *Corydon* erschienen, erst 1924 und 1926 kamen die beiden Texte, gegen den erbitterten Widerstand von Kollegen und Freunden wie Paul Claudel und Jacques Maritain, in den öffentlichen Buchhandel.

Der »Mythos Gide« ist untrennbar von diesen großen Selbstbekenntnissen. Für diese Bruchstücke seiner lebenslangen Konfession hat sich eine Lesart eingebürgert, die gewiss auf Gide selbst zurückgeht, den Blick auf ihn aber trotzdem verstellen kann. Es ist die Lesart einer Lebenstragödie, genauer: der Tragödie von Gides Ehe. Dass Gides Selbstdeutung, wie er sie in seiner späten, aller Bewunderung würdigen Prosa *Et nunc manet in te* gleichsam konsakrierte, zugleich eine ungeheure Selbststilisierung ist, haben zwei seiner Freunde in Arbeiten dargestellt, die zum Besten gehören, was über diesen Autor geschrieben wurde: Jean Schlumberger in *Madeleine und André Gide* und Pierre Herbart in *A la recherche d'André Gide*, bis heute leider unübersetzt geblieben. Goethisch ist Gide auch darin, dass er sich selbst früh historisch wurde und das biographische Bild, welches er der Nachwelt von sich zu hinterlassen wünschte, selber in seinen Schriften vorzeichnete. Bemerkenswert aber, dass diese Selbstdarstellung nicht, wie üblich, beschönigend ist, sondern eine einzige große Selbstanklage. Jene Selbstbezichtigung, das Glück Madeleines dem eigenen privaten und künstlerischen Egoismus geopfert zu haben, ist im Laufe der Jahrzehnte zu einem unanzweifelbaren Passepartout geworden, mit dessen Hilfe ein ganzes Lebenswerk erklärt wird. Zwei, drei Schlüsselszenen, die jedem Gide-Leser vertraut sind, genügen, um den ganzen Mythos wachzurufen: die Hochzeitsreise mit Madeleine, der Aufbruch mit Marc Allegret nach London und der berühmte Augenblick, da Madeleine sämtliche Briefe ihres Mannes verbrennt, wird in Kommentaren und Anmerkungen dieser Gesammelten Werke bald bis zum Überdruss wiederholt. Im Falle Gides wurde die hermeneutische Binsenweisheit, dass Selbstaussagen in autobiographischer Literatur immer Literatur bleiben und nicht umstandslos als Wahrheit genommen werden können, nur allzu oft in den Wind geschlagen. 1998 ist der erste Band *1869–1911* der großen Gide-Biographie von Claude Martin, dem eminenten Gide-Kenner, erschienen, und seine minuziöse Forschung liefert zumindest das Material für eine Überprüfung des Mythos' Gide. Der Band zur ersten Lebenshälfte lässt zwar erkennen, dass Martin sehr wohl zwischen biographischer Wahrheit und »unbestreitbarer Dramatisierung a posteriori«, von Seiten des Autors und seiner Interpreten, zu unterscheiden weiß, doch die prekäre Lage bleibt spürbar: Wie kann ein Biograph über einen Autor schreiben, der selbst das Autobiographische in die Mitte seines Werks gestellt hat? Wie kann er unterscheiden zwischen Dichtung und Wahrheit? Der Mythos wird erst da überwunden, wo er, wie in Herbarts kleinem Buch, ausdrücklich thematisiert wird. Gerade an dieser Stelle aber stößt Claude Martins so reiche, von größter Sympathie getragene Darstellung an ihre wohl unübersteigbare innere Grenze.

Die erste große Buchausgabe des *Tagebuchs* publizierte Gide 1939 in der Pléiade; nach seinem Tod folgte ein zweiter, ergänzender Band. Selbstverständlich hatte er jedoch nicht einfach seine ursprünglichen Manuskripte zum Druck gegeben; er hatte ausgewählt, bearbeitet, gestrichen, mit einem Wort: komponiert. Seit 1997 liegt nun in der Pléiade der vollständige Text in einer kommentierten Neuausgabe vor, und zum ersten Mal ist es möglich, Gides Arbeit an seinem *Tagebuch* genau zu rekonstruieren. Überraschungen bleiben allerdings aus. Gestrichen hatte er sämtliche Aufzeichnungen aus der Jugend vor 1889; jene Textstellen zu Madeleine, die er zunächst als allzu privat ansah, hatte er später selbst in den Erinnerungen *Et nunc manet in te* nachgereicht; darüber hinaus ist vor allem Gides Bestreben sichtbar, das Werk zu straffen und von allzu vielen Details und Wiederholungen zu entlasten. Die Neuausgabe ist wegen ihrer unendlichen Zahl an Korrekturen und Kommentaren unverzichtbar, sie hat Gides komponiertes *Tagebuch* jedoch in ein persönliches Dokument zurückverwandelt. Die Übersetzung in den Gesammelten Werken beruht glücklicherweise weiter auf dem Text, wie Gide selber ihn eingerichtet hat; nur so kann das *Tagebuch* rechtmäßig neben den großen Erinnerungsbüchern stehen.

IV.

Zwei Skandale seines Lebens und Denkens waren es, die aus dem Gide zwischen den beiden Weltkriegen das Muster eines »umstrittenen Autors« machten: Das Bekenntnis zu seiner Homosexualität und seine Annäherung an den und spätere Abwendung vom Kommunismus, zwei antibürgerliche Engagements, die wütendste Empörung auf fast allen Seiten auslösten. Dass ein solcher Autor dann dennoch in die Rolle des Repräsentanten hineinwachsen konnte, ohne seinen Sünden je abgeschworen zu haben, wirft ein helles Licht auf das, was französische und deutsche Literatur voneinander trennt. Der Blick auf den großen Repräsentanten diesseits des Rheins ist folglich erhellend: Die Parallelen zwischen André Gide und Thomas Mann scheinen aus ihnen zuweilen fast Doppelgänger zu machen, und zugleich steht doch mehr zwischen ihnen als Unterschiede des persönlichen Temperaments.

Fast übereinstimmend schon die Lebensepoche, 1869 bis 1951 der eine, 1875 bis 1955 der andere. Zwei Männer, denen die Homosexualität zum Lebensproblem wurde, die gleichwohl eine Ehe eingingen. Beiden war die Auseinandersetzung mit sozialistischen Ideen die politische Frage des Jahrhunderts. Und beiden gemeinsam auch die Faszination durch den goetheschen Lebensentwurf, gemeinsam die unaufhörliche Selbstreflexion in Tagebüchern und autobiographischen Bekenntnissen. Zwei Nobelpreisträger, denen nur Ignoranz oder Ranküne den höchsten Rang absprechen konnte und die bei ihrem Tod stellvertretend standen für die Literatur ihres Landes und Europas. Thomas Mann zumindest war sich dieser Nähe auch bewusst.

Bewusst aber auch, wodurch André Gide sich von ihm unterschied. Irritiert verfolgte er, was ihm selber vollkommen unmöglich war, das offene Bekenntnis in *Stirb und werde*, er, der seinerseits die biographische Wahrheit mit seinen Tagebüchern bewusst für die Nachwelt aufsparte. Doch auch die literarischen Wege gleichen sich nicht. Thomas Manns Ruhm erwuchs aus einer Reihe von klassischen Großwerken, die alle anderen, kleineren, dominieren: das überwältigende Debut mit dem Jahrhundertroman *Buddenbrooks*, dann *Der Zauberberg*, *Joseph und seine Brüder*, *Doktor Faustus*, *Felix Krull*. Ein Œuvre, das schon von sich aus den Anspruch verkündet auf Repräsentativität und auch Klassizität. Dem entspricht der großbürgerliche Lebenszuschnitt, und Mann hätte, nachdem er sich einmal »eine Verfassung gegeben« hatte, Gide nie wieder in jenen Sphären des Unerlaubten, Verrufenen begegnen können, die dieser vor allem in Nordafrika gesucht hatte. Hier aber werden die kulturellen Unterschiede ebenso wichtig wie individueller Charakter: Die französische Literatur kennt den Typus des *poète maudit*, und sie ist imstande, ihn ohne moralische Vorbehalte in ihren Kanon aufzunehmen. Villon, Nerval, Baudelaire und Rimbaud gehören dazu, und der Ruhm Paul Verlaines widerlegt den nahe liegenden Einwand, solche Würdigung sei erst postum möglich. Gide hat die Rolle des *poète maudit* weit hinter sich gelassen, doch um in den literarischen Pantheon aufgenommen zu werden, brauchte er ihr durchaus nicht abzuschwören.

Eine der wichtigsten Seiten Gides kommt in diesen Gesammelten Werken, noch verstärkt durch die Vernachlässigung des Essayisten Gide, fast unvermeidlich zu kurz: all das an literarischer, intellektueller Vermittlung, was sich nicht unmittelbar in Büchern, in geschlossenen Werken niederschlug, was vielmehr Einfluss und Ausstrahlung war, Förderung und Gespräch. Diese Seite hört auf das Kürzel *NRF*. Als Gide mit einigen Freunden um die Jahreswende 1908/09 die *Nouvelle Revue Française* gründete, schuf er mit der Zeitschrift und ihrem Verlag unter Gaston Gallimard die wirkungsvollste literarische Institution des zwanzigsten Jahrhunderts in Frankreich, einflussreicher noch als Académie oder Comédie française. Bei Gallimard zu publizieren, war eine begehrte Auszeichnung; Chefredakteure wie Jean Paulhan und Marcel Arland wurden zu *monstres sacrés* der Literatur und selbst in die Académie Française gebeten. Doch war die NRF keineswegs bloß ein Verlagsimperium mit außergewöhnlicher Macht. Was sich um André Gide und seine Zeitschrift herum bildete, ist als Zentrum eines wachsenden Kreises, bei allem Abstand, wohl nur mit einem Modell der Vergangenheit vergleichbar: mit dem Weimar Goethes. Und so ist es ironischerweise ein Franzose, und nicht der epigonale Goethenachfolger Gerhart Hauptmann oder der authentische Thomas Mann, dem diese, wohl letzte, Verwirklichung einer literarischen Gesprächs-, Lese- und Schreibkultur gelingen konnte. Die zerfallende bürgerliche

Welt in Thomas Manns Deutschland, die dieser episch in *Buddenbrooks* nachgezeichnet hatte, bot keine Basis mehr für ein literarisches Leben, das über persönliche, individuelle Begegnungen und Freundschaften hinausgehen konnte. Gerade das aber geschah in jenem Kreis, jenen sich überschneidenden Kreisen, von dem unendlich viele Dokumente Zeugnis ablegen: Tagebücher und Erinnerungen von Freunden wie der »Petite Dame« Maria van Rysselberghe, von Schlumberger und Martin du Gard, vor allem aber Gides Briefwechsel mit Freunden und Kollegen: mit Claudel, Valéry, Cocteau, Du Bos, Jouhandeau, Mauriac und ungezählten anderen in Europa, darunter auch deutsche Partner wie Franz Blei, Ernst Robert Curtius, Klaus Mann und eben dessen Vater Thomas Mann. Die Begegnungen in Zeitschrift und Verlag, in Gides Haus in der Normandie und seiner Wohnung in der rue Vaneau, im Hause von Freunden und auf Reisen, die regelmäßigen Dekaden in Pontigny, all das begründete einen dauernden Austausch, der sich keineswegs auf die praktische Arbeit beschränkte, sondern Musik, Theater, Politik, bildende Künste und Wissenschaft miteinschloss. Es ist eine untergegangene Welt, die in all diesen Bänden nachlesbar wird, und sie mutet fast traumhaft an, gemessen an einer Gegenwart, in der das Gerede über die Fernsehpräsenz und die Einkünfte von Jung- und Altautoren bereits als literarischer Gedankenaustausch gilt.

Als Gestalt in seiner ganzen Eigenart ist André Gide ohne diese öffentliche und halböffentliche Seite seiner Existenz so wenig zu verstehen wie ohne sein so irritierend vielfältiges Werk und ohne seine »aufeinander folgenden Aufrichtigkeiten« im Selbstbiographischen. Kann es Zufall sein, dass gerade Thomas Mann hier den schärfsten Blick hatte: »Man soll nicht leugnen, daß ein gut Teil Verspieltheit und Neigung zur Mystifikation und Fopperei sich in seiner besonderen Art von Moralität sublimierte. Es ist da eine dämonische Treulosigkeit, Unzuverlässigkeit und Proteushaftigkeit, ein schlüpfriges Sich-Entziehen, eine vexatorische Weigerung, sich definieren und festlegen zu lassen, ein unverkennbares Vergnügen daran, die Leute zum besten zu haben.« Welch außerordentliche Sätze, hält man sich vor Augen, wer sie schreibt! »Seine Natur enthält manches, wovon man glauben sollte, daß es der öffentlichen Würde und Repräsentativität hinderlich sein müßte. Aber das Ineinander von Traditionsgefühl und Europäertum, von Konservatismus und Kühnheit, das er darstellt, hat über solche Hindernisse den Sieg davongetragen«. Ist es nicht auch Thomas Mann selbst, der in diesem »Ineinander« aufscheint? Und verspürt man nicht zugleich den kleinen Rest Neid auf eine französische Tradition, die auch dem Abweichenden die höchsten Ehren zuerkennen kann? Die in einer zugleich ästhetischen und politischen, in einer moralisch vollkommen freien Existenz nichts Anstößiges sieht? Gewiss gibt es Zeitgenossen – wenn auch nicht viele –, deren Werk in seinem künstlerischen Rang dem seinen überlegen ist; André Gide aber ist der Einzige seiner Zeit, der die große französische Tradition des öffentlichen Autors auf europäischem Rang verkörperte. Dass sein Werk als Ganzes Bestand hat, daran lassen diese zwölf Bände keinen Zweifel.

André Gide: *Gesammelte Werke*. Hg. von Peter Schnyder und Raimund Theis. Stuttgart: Deutsche Verlags-Anstalt 1989–2000, ca. 6900 Seiten in zwölf Bänden.

André Gide: *Essais critiques*. Ed. de Pierre Masson. Paris: Gallimard/Bibliothèque de la Pléiade 1999, 1408 Seiten.

Claude Martin: *André Gide ou la vocation du bonheur*. Tome I. Paris: Librairie Arthème Fayard 1998, 699 Seiten.

WOLFGANG ULLRICH

Historische Zeitschriftenschau (7)

Playboy 6/1980

Kaum eine Zeitschrift ist so traditionsbewusst wie der *Playboy*. So fehlte, als vor wenigen Wochen wieder einmal die »Playmate des Jahres« gekürt wurde, nicht der Hinweis, dass sich bereits ihre Mutter im *Playboy* ausgezogen habe. Das war im Juni 1980, was die beiden Frauen nun »köstlich amüsierte«, da sie sich das alte Heft nochmals zusammen anschauten. Auch sonst besitzen die neuesten Nummern viele Familienähnlichkeiten zu den Ausgaben von vor zwanzig Jahren. Klischees scheinen sich daher zu bestätigen: Männer wollen nicht nur immer das eine, sondern vor allem auch immer das Gleiche; sie sind nicht darauf aus, etwas zu ändern, nur damit es geändert ist. Wie man ihnen gerne nachsagt, nicht darauf zu kommen, neue Möbel anzuschaffen oder die alten zumindest neu zu stellen, so wenig erwarten sie offenbar von einem Magazin neue Rubriken oder ein anderes Layout. Tatsächlich: Keine Frauenzeitschrift könnte sich so viel Kontinuität leisten wie der *Playboy*, der seit fast fünfzig – in Deutschland seit knapp dreißig – Jahren seinen Tonfall, seine Themen und auch seine Aufmachung nie einem gründlichen Relaunch unterzogen hat. Er verzichtet sogar auf die Verheißungsrhetorik anderer Magazine, die sich dauernd irgendwelcher Novitäten rühmen oder zumindest behaupten, »noch« informativer, übersichtlicher oder spannender – kurzum: »noch« besser – geworden zu sein.

Traditionen

»Alles, was Männern Spaß macht« ist die Prämisse, die oben links auf jedem Cover steht, wobei es sogar mehr als ein Vierteljahrhundert dauerte, bis man einen Fehler korrigierte und endlich das Komma vor dem Relativsatz einfügte. Und das, was abgesehen von Frauen – und dem Sprechen über Frauen – Spaß macht, hat sich ohnehin kaum verändert: Schicke Autos und ein bisschen Technik, Reisen und ein bisschen Sport, Lifestyle und ein bisschen Kultur. Zu diesen anthropologischen – besser: andrologischen – Konstanten gehört ferner der Wille zum Humor; von der ersten Ausgabe an ist die Rückseite des ausklappbaren Playmate-Mittelfolders für Witze freigehalten, und über das Heft verteilen sich zudem etliche Cartoons, die seit Jahrzehnten von denselben Zeichnern präsentiert werden. Rubriken wie der »*Playboy*-Berater«, ein langes Interview mit einem Prominenten sowie ein mit Porträts der Autoren des Hefts geschmücktes Editorial (»unter uns«) sind ebenfalls feste Bestandteile jeder Nummer.

Gerade diese Reverenz, die den Autoren erwiesen wird, soll gleich von der ersten Seite an deutlich machen, dass der *Playboy* alles andere als eine bloße Sexpostille ist (freilich beginnt fast jeder *Playboy*-Leser in der Mitte und nicht auf der ersten Seite!). In der Tat: Ehrgeiziger als andere Zeitschriften verfolgt *Playboy* den Anspruch, renommierte Persönlichkeiten für sich schreiben oder fotografieren zu lassen, und liefert damit allen eine willkommene Erklärung – oder Ausrede –, die unter Rechtfertigungsdruck stehen, warum sie »so ein« Magazin kaufen.

War es im Juni 1980 etwa Wolf Wondratschek, der eine lange Story über die Boxszene in New York verfasste, hat man in den jüngsten Heften die smarten Helden der popkulturellen Literaturszene entdeckt, sodass Joachim Bessing einen Artikel über Mavie Hörbiger oder Eckhart Nickel einen Beitrag über die Rocker-Band R.E.M. beisteuert. Und so wie man früher Raymond Chandler, John Le Carré oder Erica Jong veröffentlichte, sind es jetzt Stephen King, Doris Dörrie oder Keto von Waberer, die die Leser mit spannenden oder erotischen Geschichten niveauvoll unterhalten sollen. Dass dabei auch längere Texte publiziert werden, kam in den 70er Jahren ebenfalls in anderen Zeitschriften vor, wurde von der Konkurrenz jedoch fast durchwegs als antiquiert aufgegeben, sodass es den *Playboy* mittlerweile unverwechselbar macht. Gewiss, die achtzehn Seiten, die man 1980 Wondratschek für seinen Bericht einräumte, wurden bereits damals als Ausnahme verzeichnet und wären heute kaum mehr denkbar; dennoch kann der literarisch interessierte Leser bis heute Entdeckungen machen und einer Lektüre entgegensehen, die sich vom Fast-Food des üblichen Zeitschriften-Journalismus klar abhebt.

Welche der Traditionen, die der *Playboy* pflegt, Ausdruck eines konservativen Geists sind, welche hingegen fester Part einer strengen Corporate Identity, ist nur schwer zu entscheiden. Die Zuverlässigkeit, die der *Playboy* seinen Lesern bietet, hat aber nicht zuletzt einen pragmatischen Grund: Noch immer nehmen viele Käufer das Magazin verstohlen und eilig aus dem Zeitschriftenregal und trauen sich nicht, das Heft in Ruhe durchzublättern. Höchstens checken sie kurz – mit sicherem Griff in die entsprechenden Seiten –, ob die Playmate und die anderen Mädchen ihren Geschmack treffen und wären irritiert, wenn sie immerzu eine andere Aufmachung oder Reihenfolge vorgesetzt bekämen und sich jeweils neu und umständlich orientieren müssten. Wer den *Playboy* kauft, hat also bereits feste Erwartungen und braucht nicht von Finessen innovativer Warenästhetik überredet zu werden. Mit anderen Worten: Die Verkaufszahlen fast keiner Zeitschrift sonst sind so wenig von sorgfältigen Daumenproben abhängig.

Neben diesem Grund gibt es Erklärungen, die weiter reichen und ans Metaphysische grenzen. So könnte das Beharren auf einem einmal etablierten Schema der männliche Weg sein, die Vergänglichkeit der Zeit und eventuelle vanitas-Ängste auszublenden. Gerade indem er sich nicht fortwährend als neu und trendy präsentiert und Elemente wie die ausklappbare Mittelseite längst zu Ritualen werden ließ, vermittelt der *Playboy* die Illusion, es gebe gar kein Älterwerden. Er dürfte damit eine ähnliche Rolle spielen wie eine Antifaltencreme für viele Frauen, wobei allein schon die Tatsache, dass sie sich ein um das andere Mal und immer noch einmal ein *Playboy*-Heft kaufen, manchen Männern als Beweis ihrer ungebrochenen Männlichkeit erscheinen mag. Dass die Models, die sie darin serviert bekommen, immer jung sind – wie Serienheldinnen, die nicht altern –, und dass sie immer wieder denselben Spaß an diesen Models haben, verführt sie vielleicht zu der Vermutung, sie selbst blieben ebenfalls immer dieselben – jung, vital, unverwüstlich. Nichts und niemand verkörpert diesen Traum von einer stabilitas temporis dabei besser als Hugh Hefner persönlich, der den *Playboy* zuerst in den USA gründete, die Zeitschrift erfolgreich etablierte und dann, mit zunehmend selbständigen Ausgaben, in fast alle Länder der westlichen Welt exportierte. Mittlerweile 75-jährig, gibt er sich wie ein Mittvierziger, umschwärmt von einem Harem aus sieben Blondinen, die, sobald sie nicht mehr behagen, »ersetzt« werden (so Hefner in einem Interview mit dem SZ-Magazin im März 2001).

Nachdem sich der *Playboy* als eines der ersten Magazine dem Sujet ›Lifestyle‹ verschrieben hatte, ist um so überraschender, wie vollständig Zeit und Vergänglichkeit ausgeblendet werden. Immerhin ist es für entsprechende Blätter sonst unabdingbar, jeweils den unverwechselbaren Zeitgeist sowie die neuesten Trends aufzuspüren und ihren Lesern damit nicht nur das Gefühl zu geben, up to date zu sein, sondern sie auch in gewisse Unruhe zu versetzen, bereits etwas verpasst zu haben, demodé zu sein und nicht mehr mitreden zu können. Die Vergänglichkeit von Moden – das eigene Altern – lässt sich sogar kaum stärker erfahren als beim Studium aktueller Lifestyle-Magazine, in denen man oft nicht einmal mehr die Hälfte der erwähnten Namen und Trends kennt. Wirken solche Magazine also heutzutage beinahe als memento-mori-Symbole, gleichsam als neue Spielart von vanitas-Stilleben, so gelingt es allein dem *Playboy*, Lifestyle zu präsentieren und dennoch Gelassenheit, ja Zeitlosigkeit auszustrahlen. Entsprechend sind es meist Dauerbrenner oder sogar regelrechte Klassiker, die der Leserschaft als schick und statusträchtig vorgesetzt werden, und auch der Ton, in dem darüber geschrieben wird, ist so lässig und humorig-cool, dass er bei niemandem Befürchtungen auslösen dürfte, nicht mehr mitzukommen.

Dies gilt erst recht, wenn technische Novitäten vorgestellt werden. Anstatt sich mit Fachvokabular autoritär zu geben, nimmt der *Playboy* eher die Rolle eines begütigenden, manchmal leicht ironischen Vermittlers ein, der grundsätzlich die Devise vertritt, dass nichts so heiß gegessen wird, wie es auf den Tisch kommt. Im Juni 1980 ging es etwa um Neuerungen im HiFi-Bereich, die ganz kühl beschrieben wie analysiert wurden; auch die CD-Technik kam als mögliche Weiterentwicklung zur Sprache, als »futuristisch« klassifiziert, wurde sie allerdings ins Reich der Phantasie verschoben. Anstatt die Leser damit zu konfrontieren, dass ihre Plattensammlungen bald unbrauchbar werden könnten, tat der Bericht lieber so, als befriedigte die Innovation nur den Spleen einer handvoll Ausgeflippter. Das amüsierte und beruhigte zugleich, der Leser fühlte sich dank eines solchen Artikels gut informiert und war instand gesetzt, jedes Partygespräch bravourös, mit der rechten Mischung aus Sachverstand und kritischer Distanz, zu bestehen.

Nach ähnlichem Muster – nur umfangreicher – war im selben Heft eine Reportage gestrickt, die sich den »heimlichen Herrschern der Welt«, nämlich den Computern widmete. Hier wurde man nicht müde, neben Beispielen für die unglaublichen Leistungen auch die Grenzen der Rechner sowie Fehler aufzulisten, die mit ihnen passieren können. Ein großer Teil des Beitrags beschäftigte sich zudem mit neuen Spielarten der Kriminalität, die infolge der Computertechnik entstanden. Dennoch nutzte man dieses Thema nicht für Angstmache oder offene Ablehnung, sondern übte sich eher im behutsamen Abwägen der Vor- und Nachteile, bestätigte letztlich aber auf hohem Niveau ohnehin verbreitete Vorurteile und Meinungen. Weil sich Pro und Contra geschickt die Waage hielten, wirkte der Artikel ziemlich abgeklärt und intellektuell, was auch dem Selbstbild entgegen gekommen sein dürfte, das viele *Playboy*-Leser von sich hatten (und haben). Dieses Argumentationsklima erklärt zumindest teilweise auch den Langzeiterfolg des Blatts, das gelegentlich in Absatzkrisen geriet, sich aber jedes Mal konsolidiert hat und gegenwärtig wieder deutlich mehr als 100 000 Exemplare im Monat verkauft.

»Alles, was Männer ohnehin schon wissen« könnte der Claim also ebenfalls lauten, was freilich nicht klug wäre, da ja jeder Leser für sich das befriedigende Gefühl haben soll, er verfüge über so viel Bildung und Geschmack, dass ihn der *Playboy* nicht mehr verunsichern und ihm eigentlich auch nichts wirklich Neues beibringen könne. Zudem wäre ein solcher Claim ungenau, da die Sujets, die der *Playboy* anspricht, zwar selten originell und besonders avantgardistisch sind, dafür jedoch sehr wohl geistreich und oft aufwendig recherchiert dargeboten werden. Altbekannte Themen erscheinen damit in ungewohntem Licht, was die Selbstzufriedenheit der männlichen Leserschaft jedoch nicht erschüttert.

Im Juniheft 1980 wurde etwa Afrika zu einem Thema, genauer die Massai, ein Nomadenvolk in Kenia und Tansania, das Erich Wiedemann – selbst lange Jahre in Afrika lebend – für den *Playboy* porträtierte. Dieser Bericht war alles andere als politically correct, wie schon der Titel »Stamm der stolzen Strolche« verriet, und vor allem schmeichelte er den Porträtierten nicht gerade, die als ziemlich pervers, irrational und zivilisationsuntauglich beschrieben wurden (»klauen wie die Hyänen«, leben in »Schmuddelhütten«, betreiben »Blutsauferei« und leiden unter einem »Auserwähltheitstick«). Fast scheint es, als habe man versucht, nachträglich noch die Kolonialzeit zu legitimieren, doch vor allem wurde dem Leser Satz für Satz seine eigene – die westliche – Überlegenheit attestiert und einmal mehr – von scheinbar kompetenter Warte aus – bestätigt, was er über »wilde Stämme« ohnehin bereits zu wissen glaubte; die Sachkunde des Korrespondenten trug nichts zu einem differenzierteren Afrika-Bild bei, angenehmerweise brauchte also niemand umzulernen.

Wird tatsächlich einmal von etwas berichtet, das mutmaßlich kaum ein Leser kennt, dann handelt es sich um Luxus-Wissen, mit dem man ein bisschen angeben und Expertise simulieren kann. Wie immer will der *Playboy* nämlich primär den Kenner im Mann ansprechen, der mit Insider-Informationen brilliert, die ihm sonst gar nichts bringen. So wurden im Juniheft 1980 beispielsweise die zehn besten (und teuersten) Speiselokale in den USA vorgestellt, und einem »echten Snob«, dem Autos nicht mehr gefallen, empfahl das »*Playboy*-Magazin« Rikschas für DM 7000.– Auch »die kleinste Phono-Anlage der Welt« würdigte ein kurzer Artikel, war sie doch in das Modell eines VW-Busses eingebaut, der »spurtreu« auf der jeweiligen Schallplatte im Kreis fährt, die man dafür nur noch auf den Tisch zu legen braucht.

Frauenbilder

Obgleich dem *Playboy* Traditionen lieb sind und er die Zeit gerne stillstellen würde, gehen auch an ihm gesellschaftliche Entwicklungen nicht spurlos vorüber. So jung, hübsch und ausgeglichen proportioniert die Playmates und anderen Mädchen Monat für Monat sein mögen, so sehr haben sie sich in den vergangenen zwanzig Jahren dennoch verändert. Dabei ist nicht einmal wichtig, ob sie im Durchschnitt um ein paar Zentimeter größer, schlanker oder vollbusiger geworden sind. Zwar könnte dies auf Verschiebungen im Schönheitsideal hinweisen, doch wären die drei oder vier monatlichen Bildstrecken einer einzigen Zeitschrift kaum eine hinreichende Basis für seriöse – und allgemeiner gültige – Aussagen. Interessanter ist, wie sich die fotografische Inszenierung der jungen Frauen gewandelt hat.

Zuerst verwundern den an die frischen, hellen, oft leuchtenden Farben gewöhnten Zeitschriftenleser von heute die düsteren, erdigen Töne auf den Fotos der Aktmodelle. Tatsächlich sind die Frauen in den 70er und 80er Jahren generell intensiver gebräunt, wohingegen der *Playboy* inzwischen eine Vorliebe für Damen mit sehr hellem – und digital vielleicht noch zusätzlich aufgehelltem – Teint pflegt. Aber nicht nur die Frauen waren dunkler; vor allem das Ambiente trug zur dunklen Gesamttönung bei, wurden sie doch gewöhnlich in schummrigen Innenräumen aufgenommen. Während man die Playmates heute zum Shooting in die Dominikanische Republik fliegt, damit sie dort unter Palmen, am Strand oder inmitten einer sonnendurchfluteten, offenen Landschaft ihre Nacktheit locker und funny ausleben, inszenierten die *Playboy*-Fotografen vor zwanzig Jahren fast immer Variationen häuslicher Privatheit: In der Badewanne und auf dem Sofa, vor dem offenen Kamin und im Bett, gelegentlich auch in der Küche oder im Polstersessel – dies waren die Orte, an denen sich die Frauen räkelten, rollten, entkleideten, an denen sie poussierten, dösten oder vor sich hinträumten. Und falls doch einmal ein paar Fotos im Außenraum entstanden, bildete gewiss nicht die freie Natur das Ambiente, sondern ein abgeschlossener Garten, eine alte Mauer, eine Terrasse vor einer luxuriösen Villa – oder aber die Frauen zeigten sich vollständig angezogen, und man stellte sie bei Alltäglichem – beim Radfahren oder Einkaufen – vor, was der Bildstrecke beinahe den Charakter eines kleinen Fotoromans verlieh.

Ein Model nackt im öffentlichen Raum zu platzieren, wäre für den *Playboy* 1980 kaum denkbar gewesen, womit er einem traditionellen Frauenbild entsprach, demzufolge das Weibliche gerne auf das Häusliche eingeschränkt blieb und der Frau die »weite Welt« – the public sphere – verweigert wurde. Für die Öffentlichkeit blieb sie weitgehend unsichtbar; falls sie den Schutz des Hauses und des Privaten überhaupt verließ, dann nur diskret und züchtig gekleidet. Mehr zu sehen bekam allein ihr Mann, auf den sie zu Hause wartete, bis er von seinen Reisen und Geschäften zurückkehrte. Die Fotos im *Playboy* verfolgten also das Ziel, dem Betrachter zu suggerieren, er sei – ganz allein – der Auserwählte, den die schöne junge Frau an sich heranlässt. Deren Posen sind an einen Adressaten gerichtet, und die Models präsentieren sich mit lasziven Gesten, schmachtend, betörend, gar fordernd. Jede wartet auf ihren Verführer und ist es dabei in Wirklichkeit selbst, die verführt. Auf acht oder zehn Seiten wird ein Liebesspiel entfaltet, das ein breites Spektrum erotischer Momente umgreift und jeweils eine intime Atmosphäre aufbaut, in der die Frauen sich vermeintlich so zeigen, wie sie »echt« sind, dann nämlich, wenn sie sich sicher vor fremden, unerwünschten Blicken fühlen.

Mittlerweile warten die Frauen im *Playboy* nicht mehr auf ihren Prinzen, und zu Hause hält es sie auch nicht. Sie sind selbständig genug, um – durchaus freizügig – überall allein auftauchen zu können. Ihre Nacktheit ist nichts mehr, was sie einem Mann schenken, sie wird kaum noch als intimes Ereignis zelebriert, sondern ebenso selbstbewusst wie selbstverständlich dargeboten. Wer sich heute nochmals die Playmates von vor zwanzig Jahren anschaut – also die Mütter der jetzigen Models –, bemerkt erst, wie wenig frivol und verspielt, wie vergleichsweise ausdruckslos die Inszenierungen von nackter Haut seither geworden sind. Man braucht nur auf die Hände zu achten: Fungieren sie in den 70er und 80er Jahren noch als fester Bestandteil der Körpersprache, geeignet, um ein reiches und differenziertes Repertoire an erotischen Signalen zu formen, so sind sie jetzt fast immer Zonen der Verlegenheit – verkrampft gespreizte Finger, die an die Hüften oder den Bauch gesteckt werden, oder aber schlaff und teilnahmslos herabhängende Extremitäten.

Dasselbe gilt für die Blicke, ja die gesamten Gesichter, die ebenfalls nur selten noch erotisieren und eigens Neugier auf sich ziehen. In ihrer Teilnahmslosigkeit sind sie aber passbildtauglich, wenn nicht sogar passbildtypisch. Entsprechend rücken die Faktoren des Körperbaus ins Zentrum männlicher Aufmerksamkeit, weshalb Mädchen allein wegen ihrer wohlgeformten Brüste zu Playmates werden, während ihre Ausstrahlung matt und ihr ganzes Auftreten äußerst bieder und durchschnittlich erscheint – ein in zurückliegenden Jahren eher seltener Fall. Man kann den heutigen *Playboy* daher sogar als pornographischer empfinden als früher, da Nacktheit einfach zur Schau gestellt und nicht in eine Fiktion von Intimität und Häuslichkeit eingebunden wird; andererseits fielen die Nummern vor zwei Jahrzehnten ungleich schwüler und auch provokanter aus, gerade weil Nacktheit noch als Preisgabe von Privatheit – und nicht als gleichsam öffentliches Gut – aufgefasst und dargestellt wurde.

Es waren wahrlich Darbietungen, die die Mädchen damals lieferten, auch wurde manches riskiert: Um die Laszivität auf die Spitze zu treiben, wurden gelegentlich Stellungen abgelichtet, die den Betrachter nicht nur erotisch ansprechen, sondern regelrecht aufreizen konnten. Einmal, im Februar 1981, griff sogar die Staatsanwaltschaft ein und ordnete an, die Mittelseite aus dem *Playboy* zu nehmen oder aber die Playmate, die ihre Beine etwas zu weit gespreizt hatte, zu übermalen. In einer Leserbriefwelle protestierten daraufhin Heidi Brühl oder Gunter Sachs, und ein Diplompsychologe versuchte nachzuweisen, dass es sich bei dem beanstandeten Bild um eine ästhetische Überhöhung handele, also um einen Beitrag von »beachtlicher psychotherapeutischer Wertigkeit«.

Mittlerweile ist eine solche Intervention unvorstellbar, nicht weil Staatsanwaltschaften großzügiger geworden wären, sondern weil die Models im *Playboy* ihr Posenspiel mit viel weniger Einsatz betreiben. Wie sie nicht mehr alle Partien ihres Körpers ins Spiel bringen, ist auch die Spannbreite ihrer Stellungen so weit reduziert, dass nur unverfängliche Bilder entstehen. Wer auf Grenzgänge in Richtung Pornographie hofft, wird beim *Playboy* zuverlässig enttäuscht. Der Reiz, auf den Fotos eventuell doch etwas Geheimes entdecken zu können, verfängt seit längerem nicht mehr. Jeder Teil des abgebildeten Girls scheint vielmehr vorab genau inspiziert, um einen möglichen Makel – oder eine etwas obszönere Partie – sofort digital zu korrigieren. Dieses Streben nach Reinheit – das Ideal cleaner Körper ohne prominent erogene Zonen – lässt sich als neue Form von Keuschheit interpretieren, als Variation auf Virginitätsphantasien, wobei Photoshop vollendet, was mit dem Rasierer begann, nämlich die Befreiung der Haut selbst noch von ihren Haaren. Glatt, am besten schimmernd oder gar glänzend präsentiert sich die Oberfläche der jungen Wesen, deren physische Präsenz jedoch an Differenziertheit eingebüßt hat. Körper aus Fleisch und mit Gewicht haben sich auf bloße, helle Hautflächen reduziert, auf garantiert geruchslose und künstliche Gebilde.

Dass die Models grell ausgeleuchtet sind und manchmal sogar überbelichtet fotografiert werden, verstärkt die Asepsis wie auch den Entmaterialisierungseffekt; alle Schummrigkeit, die die Inszenierungen vor zwanzig Jahren noch knisternd machte, ist verschwunden. Damals wurden Licht und Schatten mit Vorliebe so eingesetzt, dass die Plastizität der Körperformen gesteigert zur Geltung kam. Starke Hell-Dunkel-Kontraste belebten das Spiel von Ver- und Enthüllung, und düstere Hintergründe sorgten dafür, dass die Mädchen um so geheimnisvoller zum Vorschein kamen – als hätte Rembrandt die Raum- und Lichtregie übernommen, während heutzutage die gleichmäßige Ausleuchtung und die Wahl heller, manchmal zudem in Unschärfe verfließender Hintergründe auch den Bildraum atmosphärisch flach werden lässt. So wirkten die Fotos abstrakter, geben nicht mehr vor, Geschichten über die Frauen zu erzählen, indem sie ihre Erscheinung durch ein Ambiente charakterisieren, sondern stellen sie in fast neutralen, nicht mehr individuell markierten Umgebungen dar. Die Models werden zu Exponaten in einer Art von white cube, steril und damit unberührbar selbst für die Phantasie.

Dies lässt mutmaßen, dass auch die Funktion der Playmates seit 1980 eine andere geworden ist: Dienten sie der männlichen Klientel des *Playboy* ehedem dazu, sich Verführungsszenen oder ganze Lovestories auszumalen und sich in die Räume der Models hineinzuträumen, werden diese mittlerweile aus – und mit – größerer Distanz bestaunt. Sie sind stärker virtuelle als reale Figuren, Anmutungen von Weiblichkeit und dabei so entpersönlicht, dass sie ähnlich einer griechischen Götterskulptur eher eine Idee von Begehren als wirkliche Lust wecken. So gelingt es, der Sehnsucht nach einer Sexualität Bilder zu geben, die vollständig befreit ist von allen dunklen Kehrseiten, von Ekel, Ekstase, Gewalt oder Obszönität. Seit der klassizistischen Aktmalerei à la Ingres war Nacktheit wohl nicht mehr so monoton und jeglicher Ambivalenz entkleidet wie in den *Playboy*-Heften der letzten Jahre. Weit und breit gibt es hier keine femme fatale und kein schwaches Fleisch, keine Körperflüssigkeiten und keine Krankheit, so wenig wie Alter und Vergänglichkeit. Insofern bestärkt die Entwicklung der Fotoästhetik auch die Utopie des *Playboy*, eine Welt ohne vanitas, ein Zustand der Zeitlosigkeit sei möglich. Monat für Monat, Seite um Seite leben die Playmates diese Sehnsucht vor.

Imagefragen

Der Hang zum Klassischen, zu Traditionen und zur Hochkultur erklärt sich beim *Playboy* freilich auch aus dem Bemühen, vom Image des Zwielichtigen wegzukommen. Sind es heutzutage die fotografierten Mädchen selbst, die das Vorurteil dementieren, ein Erotik-Magazin könne zwangsläufig nur Schmuddelkram sein, so wurde vor zwanzig Jahren noch regelrecht Geleitschutz gesucht, um die Playmates und all die anderen freizügigen Girls möglichst ohne große Proteste publizieren zu können. Dabei diente – neben der Literatur – vor allem auch die Kunst als Anstandsdame, ja als Push-Up für das Image des Magazins. Kaum ein *Playboy* damals, in dem nicht wenigstens eine Bildstrecke als Kunst präsentiert wurde, wobei die Fotografen sich entweder direkt auf Vorbilder aus der Kunstgeschichte bezogen oder aber zumindest mit Effekten arbeiteten, die künstlerisch wirken sollten und die ganze Stil- und Formensprache vom Jugendstil bis zum Surrealismus rezitierten.

Im Juni 1980 fungierte René Magritte als Vorbild; der Fotograf Pierre Eggermont arrangierte mit der Miss World 1978 einige von dessen Bildern und Sujets, so dass das Model plötzlich einen mit blauem Himmel und Schäfchenwolken bemalten Oberkörper, ein anderes Mal eine zum Scherenschnittmuster mutierte rechte Körperhälfte hatte. Im Grunde passiert hier – mit etwas erhöhtem Aufwand – dasselbe, was in erotischen Varietés schon im 19. Jahrhundert üblich gewesen war, als man, um sich vom Vorwurf des Unmoralischen zu schützen, die Mädchen auf der Bühne Aktgemälde aus der Kunstgeschichte nachstellen ließ. Der *Playboy* vergaß auch nicht den Hinweis, dass die Miss World, da ihr ihr Titel noch nicht genügt habe, eigens zum Kunstwerk habe werden wollen; dabei sei sie »allein für die Institution *Playboy*« bereit gewesen, sich auszuziehen. Wie dieser sein Image mit Referenzen auf die Kunst aufzuhellen strebt, wird er also seinerseits zum Inbegriff einer noblen – und nobilitierenden – »Institution«.

Entsprechend fehlte es nie an Werbeanzeigen edler und teurer Marken, die offenbar keinen Ansehensverlust befürchteten, wenn sie im *Playboy* inserierten. 1980 war in jedem Heft eine doppelseitige Anzeige für ein vornehmes Speiselokal reserviert, das dann als »Restaurant des Monats« – man bedenke die Analogie zur »Playmate des Monats«! – präsentiert wurde und zudem eine begrenzte Zahl von Lesern zu einem »Menü des Monats« einlud. Das Juniheft 1980 stellte das Schabbelhaus in Lübeck vor, wobei einmal mehr mit hoher Kunst geworben wurde, im Bereich der Gastronomie ohnehin ähnlich nahe liegend wie auf dem Feld der Erotik, da beides verdächtigt wird, nur die Sinne anzusprechen und niedere Lüste zu befriedigen. So legte man in diesem Fall Wert darauf, »zu Gast bei den Buddenbrooks« zu sein: Der Restaurantchef offerierte ein »›Buddenbrook-Gedeck‹, das so auf den Tisch kommt, wie es Thomas Mann in seinem berühmten Roman beschrieben hat«.

Nur wer die Kunst an sich ernst nimmt und hochschätzt, konnte sich für die Frage interessieren, die der *Playboy* im Juni 1980 im »Forum« diskutieren ließ (dies eine der wenigen Rubriken, die mittlerweile abgeschafft wurde): »Verarscht uns die moderne Kunst?« las sich die Überschrift, unter der – wie jeden Monat – eine Reihe von kurzen und längeren Statements bekannter und weniger bekannter Autoren versammelt waren. Laut einer Umfrage teilte immerhin fast die Hälfte der Bevölkerung – und eine deutliche Mehrheit der Älteren – die Auffassung, die Künstler der Gegenwart hielten ihr Publikum zum Narren. Im »Forum« bildet diese Fraktion jedoch die Minderheit, vertreten etwa durch den Grundstücksverwalter Wilhelm Erl, der sich erst wenige Monate zuvor im Münchner Streit um die vom Lenbachhaus angekaufte Beuys-Installation »Zeige Deine Wunde!« einen Namen gemacht hatte: Per Inserat hatte er ein »altes Closett im Stil der neuen Kunstrichtung vorzugsweise an staatliche oder städtische Institutionen (...) zum halben Preis von DM 85000,–« offeriert. Stolz verkündete Herr Erl in seinem Beitrag für den *Playboy*, die Zuschriften auf dieses Inserat hätten erwiesen, dass nur »wenige Intellektuelle« mit allerdings »völlig unangemessenem Einfluss« das »gesunde Augenmaß« verloren hätten. Von einer »Kunstmafia« war auch in anderen Beiträgen die Rede, während die Anwälte der modernen Kunst – darunter Jean-Christophe Ammann, Otto Herbert Hajek, Kurt Weidemann und HA Schult – überwiegend erklärten, warum es gerade wichtig sei, dass die Kunst die Menschen an der Nase herumführe.

Schult – damals noch als »Der Macher« berühmt-berüchtigt – zählte genüsslich allerlei Skandale auf, die die Kunst in den zurückliegenden hundert Jahren verursacht habe, erwähnte auch Urin, Schweiß, Fäulnis oder Bakterien als neue Materialien der Kunst, um aus all dem zu schließen, dass nur so »der Müll der Welt an die Oberfläche des kollektiven Bewusstsein gezerrt« werden konnte. Eine Kunst, die nicht umstritten sei, nicht anecke und keine Aggressionen hervorriefe, wäre für ihn genau genommen gar keine Kunst, wäre affirmativ und a priori ein Arrangement mit dem Establishment. Damit mussten die Fronten in jenem Streit unversöhnlich bleiben, da die eine Partei als Existenzbeweis der Kunst interpretierte, was die andere Seite ärgerte und zum Inbegriff der Kunstverfehlung erklärte.

Der *Playboy* selbst enthielt sich im »Forum« grundsätzlich eigener Stellungnahmen, zumal bei dieser Frage auch schwierig gewesen wäre, eine zum eigenen Image passende Position einzunehmen: So sehr man sich als aufgeklärt und intellektuell verstand und eigentlich zugunsten der modernen Kunst hätte votieren müssen, so sehr hielt man andererseits doch daran fest, dass Kunst etwas mit Schönheit zu tun habe. Wie sollten sich Models sonst weiterhin im Stil von Kunstwerken inszenieren lassen? Und wie sollte der *Playboy* andernfalls überhaupt vom Ansehen der Kunst profitieren? Eine Zeitschrift, die Männern alles verspricht, was Spaß macht, und die einen der größten Dandys und Ästheten seit Oscar Wilde zum Gründer hat, täte sich jedenfalls besonders schwer, sollte das Schöne auf einmal nicht mehr Kunst sein dürfen.

Die Autoren

HEINRICH DETERING, geboren 1959, ist Professor für Neuere deutsche und skandinavische Literaturen an der Universität Kiel. Mitglied der Deutschen Akademie für Sprache und Dichtung. Noch in diesem Jahr wird sein Buch *Herkunftsorte* erscheinen.

DOROTHEA DIECKMANN, geboren 1957, lebt als Schriftstellerin und Literaturkritikerin in Hamburg. Nach *Wie Engel erscheinen* (Hamburg 1994), *Die schwere und die leichte Liebe* (Berlin, 1996) wird im Frühjahr 2002 ihr erster Roman erscheinen.

MANFRED DIERKS, geboren 1936, arbeitet als Literaturwissenschaftler und Schriftsteller in Oldenburg, Vizepräsident der Thomas Mann-Gesellschaft. Zuletzt erschienen *Das dunkle Gesicht. Eine literarische Phantasie über C. G. Jung* (1999).

LEO DOMZALSKI, geboren 1929, lebt in Berlin. Freier Mitarbeiter des S. Fischer Verlags. Zuletzt hat er das Hörbuch *Hundert Jahre Buddenbrooks. Entstehung und Wirkung eines großen Romans* herausgegeben.

WERNER FRIZEN, geboren 1950, ist Fachleiter am Studienseminar in Aachen. Zuletzt erschien seine Studie *Die Bekenntnisse des Hochstaplers Felix Krull* (3. Auflage, 1999). Er ist Mitherausgeber des Bandes *Lotte in Weimar* im Rahmen der Großen Kritischen Frankfurter Ausgabe der Werke Thomas Manns.

BERND HAMACHER, geboren 1964, arbeitet am Institut für deutsche Sprache und Literatur der Universität zu Köln.

AXEL HONNETH, geboren 1949, ist Professor für Philosophie an der Johann Wolfgang Goethe-Universität in Frankfurt und geschäftsführender Direktor des Frankfurter Instituts für Sozialforschung. Zuletzt erschien *Das Andere der Gerechtigkeit. Aufsätze zur praktischen Philosophie* (Frankfurt am Main, 2000).

WOLFGANG MATZ, geboren 1955, arbeitet als Lektor, Übersetzer und Autor in München.

REINHARD MEHRING, geboren 1959, lebt als Privatdozent für Philosophie in Düsseldorf. In diesem Jahr wird seine Studie *Thomas Mann. Schriftsteller und politischer Philosoph* veröffentlicht.

BURCKHARD MÜLLER, geboren 1959, ist Dozent für Latein an der TU Chemnitz und freier Literaturkritiker. Zuletzt erschien *Das Glück der Tiere*(Berlin, 2000).

LOTHAR MÜLLER, geboren 1954, ist Literaturredakteur der Süddeutschen Zeitung. Er lebt in Berlin.

GLENN W. MOST, geboren 1952, ist Professor für Klassische Philologie an der Universität Heidelberg. Seit 1966 lehrt er gleichzeitig als Professor am Committee for Social Thought der University of Chicago. Er hat zahlreiche Bücher und Aufsätze zur antiken wie modernen Literatur und Philosophie, zur Geschichte der Altertumswissenschaft und zum Nachleben der Antike verfasst. Der hier abgedruckte Text gibt die überarbeitete und gekürzte Version eines Vortrages wieder, der zuerst 1999 in Chicago während der Olin Conference »After the Beautiful« gehalten wurde.

BRUNO PREISENDÖRFER, geboren 1957, lebt als freier Autor in Berlin. Zuletzt erschien *Staatsbildung als Königskunst. Ästhetik und Herrschaft im Preussischen Absolutismus* (Berlin, 2000).

JOACHIM SENG, geboren 1966, ist wissenschaftlicher Mitarbeiter im Hoffmannsthal-Archiv des Freien Deutschen Hochstifts/Frankfurter Goethe-Museums.

BERND ULRICH, geboren 1956, ist Mitarbeiter des Hamburger Instituts für Sozialforschung. Zuletzt erschien, zusammen herausgegeben mit Jakob Vogel und Benjamin Ziemann *Untertan in Uniform. Militär und Militarismus im Kaiserreich 1871-1914* (Frankfurt a. M., 2001).

WOLFGANG ULLRICH, geboren 1967, ist Dozent an der Akademie der bildenden Künste in München. Zuletzt erschien sein Buch *Mit dem Rücken zur Kunst* (Berlin, 2000).

S. Fischer Verlag
Neue Rundschau
Postfach 700 355

60553 Frankfurt/Main

Absender: ______________________

Straße: ______________________

PLZ/Ort: ______________________

Für jedes neue Abonnement der *Neuen Rundschau* gibt es jetzt eine Buchprämie. Wenn Sie ein Abonnement für sich oder als Geschenk bestellen, kreuzen Sie auf der Postkarte eine der zwei genannten Buchprämien an. Sie wird Ihnen mit dem ersten Heft des Abonnements geliefert. Solange Vorrat reicht.

❒ Alain Corbin, *Die Sprache der Glocken. Ländliche Gefühlskultur und symbolische Ordnung im Frankreich des 19. Jahrhunderts.* Aus dem Französischen von Holger Fliessbach.

❒ Isaiah Berlin, *Freiheit. Vier Versuche.* Aus dem Englischen von Reinhard Kaiser.

❒ Ich abonniere die *Neue Rundschau* zum nächstmöglichen Zeitpunkt. Zum Vorzugspreis von 56,– DM pro Jahr (inkl. Porto) erhalte ich vierteljährlich die *Neue Rundschau* frei Haus geliefert. Für das europäische Ausland kostet das Abonnement 64,– DM (inkl. Porto). Ich kann ohne Kündigungsfrist abbestellen und erhalte bereits gezahlte Beträge für noch nicht gelieferte Hefte zurück. (Keine Vorauszahlung, Rechnung abwarten.)

____

Datum / Unterschrift

❒ Ich bestelle die *Neue Rundschau* als Geschenkabonnement. Bitte liefern Sie an:

Name, Vorname ______________________
Straße ______________________
PLZ, Ort ______________________

Bitte liefern Sie die Buchprämie an den oben genannten Absender. Mir ist bekannt, dass ich diese Vereinbarung innerhalb von 10 Tagen widerrufen kann (Poststempel), und bestätige dies mit meiner zweiten Unterschrift:

____

Datum / Unterschrift

❒ Ich bestelle folgende Einzelhefte der *Neuen Rundschau* à 16,– DM

____ 3/1999	____ 3/2000
____ 4/1999	____ 4/2000
____ 1/2000	____ 1/2001
____ 2/2000	____ 2/2001

Bitte kopieren und faxen: 069/60 62 214